비연사애

悲戀四愛

비연사애 2

박찬규 新무협 판타지 소설

초판 1쇄 찍은 날 § 2002년 01월 31일
초판 1쇄 펴낸 날 § 2002년 02월 10일

지은이 § 박찬규
펴낸이 § 서경석

편집장 § 문혜영
편집책임 § 장상수
편집 § 박영주 · 김희정 · 권민정
마케팅 § 정필 · 강양원 · 김규진

펴낸곳 § 도서출판 청어람
등록번호 § 제1081-1-89호
등록일자 § 1999. 5. 31
어람번호 § 제2-0052호

주소 § 경기도 부천시 원미구 심곡1동 350-1 남성B/D 3F (우) 420-011
전화 § 032-656-4452 팩스 § 032-656-4453
http://www.chungeoram.com
E-mail § eoram99@chollian.net

값 7,500원

ISBN 89-5505-285-5 (SET)
ISBN 89-5505-287-1 04810

박찬규 新무협 판타지 소설

비연사애

悲緣四愛

변하지 않는 건없다

2

도서출판
청어람

목차

제9장 지관출도(地關出道) / 7

제10장 금붕문의 비밀 무기 / 49

제11장 경악하는 사람들 / 89

제12장 흔들리는 마음 / 123

제13장 실종 / 147

제14장 대립의 서막 / 175

제15장 그녀를 찾아서 / 207

제16장 뜻밖의 도움 / 233

지관출도(地關出道)

지관출도(地關出道)

"자네, 무림이란 곳을 기억하고 있나?"

"…모릅니다. 아니, 기억을 못하는 것이겠죠."

위문의 안색이 어두워짐을 본 사군악은 약간 미안한 듯한 어투로 말했다.

"으음, 미안하네. 아픈 곳을 내가 찌른 것 같군."

"아닙니다. 과거는 어디까지나 과거이니 더 이상 그 기억도 없는 과거를 가지고 머리 싸매고 싶지는 않습니다. 모른다면 다시 배우면 되는 것이니까요."

"그렇게 생각한다니 고맙네. 그럼 내 얘기를 들어주게나."

사군악은 한번 뜸을 들이고는 재차 입을 열었다.

"원래 무림이란 곳은 상인들을 보호하는 작은 무력 집단들이 생겨남으로써 만들어졌다네. 물건들을 운송할 때 도적들에게 뺏기지 않기 위해서 상인들은 물건을 보호할 무사들이 필요했고, 그에 몇몇이 무력 집단을 세워 그 상인들에게 무사들을 빌려주었지. 그게 무림이 생긴 시초라네. 그리고 갈수록 상인들이 많아지니 무력 집단들도 더 많이 생기게 되었지. 하지만 그때까지만 해도 무력 집단들의 무공은 그렇게 높지가 않았어. 그저 동물의 모습을 흉내 낸 형의권(形意拳) 정도에 불과했지. 그때 눈 덮인 천산산맥을 넘어 한 무리의 단체가 중원에 들어오게 되었다네. 마교(魔敎)라고 불리는 한 단체가 말이네. 그들의 무공은 너무도 수준이 높았다고 전해지지. 아직 형의권의 틀에서 벗어나지 못하고 있던 중원의 무사들에 비해 그들은 자연의 무학을 썼다고 전해지니 말이네. 그런 그들이 수송 중인 물건들을 가로채기 시작했다네. 그리고 상인들을 협박하여 하나둘씩 자신들의 세력으로 흡수하기 시작했지. 상인들은 중원의 무력 단체들에게 도움을 요청했지만 그들은 마교의 적수가 아니었어. 그들과 부딪치는 즉시 꽁무니를 빼고 달아나기에 바빴지. 그렇게 하나둘씩 무력 세력들이 붕괴되고 상인들이 마교의 세력에 흡수될 때 상인들은 이대로 가다간 자신들의 모든 재산을 마교에 뺏길 것같아 저 멀리 천축에 자신들의 처지를 알리고 도움을 요청했다네. 그래서 중원에 그 유명한 달마가 오게 된 것이지. 달마는 중원에 오자마자 그 놀라운 무학으로 마교를 십만대산(十萬大山)으로 숨어들게 만들었네. 거기에 대해 자세히 언급된 것은 없어서 나도 잘 모르지만, 아무튼 마교와 달마는 수십 년 동안 싸웠다고 전해지지. 그렇게 마교가 십만대산으로 숨어들자 달마는 숭산(嵩山) 소실봉(小室峯)에 틀어박혀 언제 다시 나타날지 모르는 마교에 대비해 힘을 키우기 시작했다네. 거기에 상인들까지 가세해서 지금의 소림사가 만들어진 것이지. 그때부터 중원의 무학이 급속도로 발전하기 시작했다네. 천축의 무학 역시 마교와 마찬가지로 자연의 무학이었거든. 거기에다 달마가 창안한 역근(易筋)과 세수(洗髓)의 두 진경(眞經)까지 가세함으로써 중원의 무학은 놀라운 발전을 보이기 시작했다네. 달마는 많은 제자들을 받아들여 저마다 특성에 맞는 무공을 가르쳤지. 그리고 그 가르침을 받은 사람들이 저마다 수련하여 새로운 무공들을 만들어냈다네. 그렇게 해서 달마의 무학은 여러 갈래로 나뉘어졌고, 세월이 흐르자 무수히 많은 유파(流波)들이 생겨나게 되었다네. 그들이 소위 정파의 시조인 셈이지. 마교도 달마가 무공을 퍼뜨리는 걸 알고 있었어. 그들도 가만히 있을 수는 없었기에 대비를 하기 시작했다네. 십만대산에 그들의 성지를 만들고, 자질이 뛰어난 사람들에게 무공을 가르치기 시작했던 것이야. 마교의 무학은 달마의 무학에 비해 그 익히는 속도가 매우 빨랐다네. 그러니까 몇 년만 수련하면 일류고수가 될 수 있었던 것이지. 그 때문에 많은 사람들이 마교의 무학을 배웠다네. 그리고 그들도 저마다 수련을 해서 새로운 무공들을 만들어냈고 그렇게 시간이 흐르자 수백 수천 개의 유파가 생겨나게 되었지. 내 선조도 그들 중 한 분이셨다네. 우리 금봉문도 그때 만들어진 것이고. 달마의 무공은 정심(正深)하다 해서 그를 따르는 사람들은 자신들을 정의 무학의 한 갈래를 익힌 사람들이라고 해서 정파(正派)라고 부르기 시작했다네. 그리고 마교의 무학을 배운 사람들은 자신들을 마교의 무학의 한 갈래를 배운 사람들이라고 해서 처음엔 마파(魔派)라고 불렀지. 하지만 그 발음이 영 이상하지 않겠는가? 그래서 마와 그 뜻이 비슷한 사(邪) 자를 써서 사파(邪派)라고 부르기 시작했다네. 이번엔 그 발음이 좋아 1천 년 전까진 이 이름을 썼지. 하지만 1천 년 전에 지극히 사악한 놈들이 중원에 들어왔다네. 고루혈교라는 놈들이 말이네. 놈들은 듣도 보도 못한 사악한 사술들만을 썼고 강시들까지 만들어서 썼지. 그래서 그놈들을 모두 사악한 놈들이라고 해서 사파(邪派)라고 부르기 시작했다네. 그 사태에 난감해진 것은 우리 마도였지. 그 이름을 우리가 쓰고 있었는데 난데없이 고루혈교 때문에 그 이름을 뺏기고 만 것이 아닌가? 게다가 우리는 단지 마(魔)보단 발음이 편해서 사(邪)라고 한 것뿐, 아무런 사악한 짓은 하지 않았다네. 다만 우리는 힘을 추구했을 뿐이니까. 아무튼 우리는 새로운 이름이 필요했고 그에 만들어진 것이 마(魔)의 도(道)를 이룩한 사람들이라는 뜻의 마도(魔道)란 이름이었지. 허허허, 근데 웃긴 건 정파 놈들이 이 이름이 마음에 들었는지 저희들도 우리와 같이 정도(正道)라고 부르기 시작했다는 것이야. 험험, 말이 이상한 데로 빠진 것 같군. 아무튼 그렇게 해서 무공의 유파는 정(正)과 마(魔), 그리고 고루혈교의 사(邪)로 갈라지게 된 것이라네. 사에는 환사문도 있지만 그놈들에 대해선 다음에 말해 주도록 하겠네."

여기까지 말한 사군악은 숨이 차는지 차를 한모금 들이키며 숨을 돌렸다. 위문은 처음 듣는 이야기라 그런지 사군악의 이야기에 무척 흥미를 느꼈다. 그리고 사군악의 말솜씨도 그다지 나쁜 편이 아니었기에 재미있기도 했다. 그의 눈은 은연중 사군악의 입이 열리길 기다리고 있었고, 사군악은 그의 기대대로 얼른 다음 말을 이어 나갔다.

"사(邪)는 어둠 속에 숨어 있는 존재들이었기에 드러나 있는 정과 마와는 달랐어. 그들이 어둠 속에 숨어 있어 더 무서운 존재였건만 정과 마는 소림사와 십만대산을 중심으로 대립을 시작했지. 어둠 속에 숨어 있어 눈에 보이는 위험이 없었기에 사에 대해선 그다지 신경을 쓰지 않았던 거야. 정과 마가 대립한 가장 큰 이유는 서로 자신들의 무공이 정통이라는 것이었어. 그러니까 자신들이 익힌 게 더 정통이란 것이지. 정은 마를 사악한 놈들이라고 욕했고, 마 역시 정을 위선의 무리라 하여 욕을 퍼부었지. 아, 서론이 너무 길었나 보군. 그럼 이제 본론을 말하겠네. 지금부터 3백 년 전, 사의 무리들인 고루혈교가 정과 마의 대립을 그 절정에 치닫게 하여 싸움을 붙였지. 그때 오대세가의 도움으로 고루혈교를 어둠 속으로 몰아낼 수 있었지만 정과 마는 이대로 가다간 사의 이간질에 계속 속아 넘어갈 것이란 걸 느꼈지. 그렇다고 정통성 문제를 양보할 수는 없었어. 그때 한 가지 획기적인 방법이 거론되었다네. 누가 정통인지 정당한 승부를 겨뤄 가려내자는 것이 그것이었어. 그렇게 해서 비무대회가 생겨난 것이지. 하지만 그때까지만 해도 우리 마는 힘만을 추구했기에 지략이 부족했어. 그래서 정과 놈들의 계략에 걸려들고 말았지. 놈들은 대진표라는 걸 만들어 싸울 상대를 미리 정해놓자고 해왔어. 그리고 20년마다 대회를 열되 먼젓번의 승자 측에서 이 대진표를 작성하기로 하자고 하더군. 우리는 아무런 반대 없이 그렇게 하겠다고 동의했지. 그것이 놈들의 술수인지를 모르고 말이야. 놈들은 그러면서 처음 대회이니만큼 자신들이 대진표를 작성해 보겠다고 했지. 우리가 대진표라는 것을 모르니 자신들이 먼저 작성해 보여 대진표란 것이 이런 것이다라고 가르쳐주겠다고 말이네. 그러면서 그들은 천, 지, 인관을 돌파한 사람들을 가지고 대진표를 만들어왔더군. 아, 내가 이걸 빼먹었군. 천, 지, 인관이란 것은 비무대회에 참가할 자격을 주는 일종의 시험 같은 거라네. 인관은 천 근의 화로를 들고 열 발자국을 걸어야 통과할 수가 있는 것이고, 지관은 열 발자국 떨어져 허공을 격하고 장풍(掌風)이나 검풍(劍

風) 등 자신의 재주껏 청강석(青剛石)에 세 치 깊이 이상의 흔적을 남겨야만 통과할 수 있다네. 그리고 천관은 구대문파와 칠패천의 장로들 중 한 명의 내력이 깃든 장력을 맨몸으로 세 번 받아야만 통과할 수가 있다네. 하지만 천관은 그 관문이 너무 어려워 대부분 인관이나 지관에 도전하지. 험험, 그럼 다시 본론으로 돌아와서 우리는 대진표를 보고 꽤 괜찮다 싶어 그대로 하자고 했다네. 그것이 어떻게 짜여진 건지 자세히 보지도 않고 말이네. 너무 힘만을 믿었던 거지. 그 대가로 우린 무당의 청죽자란 자에게 영웅제일좌(英雄第一座)를 내주고 말았다네. 사실 그의 무공은 정파에서는 강했을지 몰라도 우리 마도로 보자면 별것 아닌 자였어. 하지만 승부는 이미 그렇게 정해져 버렸고 그 20년 후에도 정파 측에서 대진표를 작성하였기에 우린 또 지고 말았지. 그렇게 해서 여태껏 단 한 번도 우리는 승자를 배출하지 못했다네. 바로 그 대진표라는 보잘것없는 종이 한 장 때문에 말이야. 허허허……."

여기까지 말한 사군악은 기가 막히는지 잠시 분노가 섞인 웃음을 내뱉고는 다시 말을 이어 나갔다.

"하지만 이번에 우리 마도는 철저한 대비를 했다네. 이번만은 정파의 뜻대로 만들지는 않겠다고 말이야. 그래서 생각해 낸 것이 바로 지관에 출전하게 되어 있는 세 명의 무사들이야. 아, 먼저 이 이야기를 해주어야겠군. 비무대회를 주최한 것이 구대문파와 오대세가, 그리고 우리 칠패천이기에 약간의 특권이 있다네. 바로 지관에 자동적으로 세 명씩의 무사를 출전시킬 수가 있게 된 것이지. 우리는 그것을 이용하기로 했다네. 그 세 명의 무사의 이름만을 지관에 통보했을 뿐 그들을 한 번도 세상에 나오지 않게 했지. 그래서 그들의 이름만을 알고 있을 뿐 정파에서는 그들이 어떤 무공을 익혔는지, 또 내공은 얼마나 되며 실전 경험이 얼마나 있는지 전혀 모르고 있다네. 말하자면 그들은 우리의 비밀 병기이자 최후의 패인 셈이지. 어제로 인관이 끝이 났다네. 총 256명을 뽑았지. 이제 열흘 뒤 그들과 이미 지관에 올라 있는 256명의 무사들이 섞여 비무를 펼치게 될 것이네. 지금 정파에서는 대진표를 짜느라 정신이 없을 테지. 우리 마도에 불리하게 만들려고 아마 꽤나 노력하고 있을 것이네. 하지만 앞서 말했듯이 그들은 우리의 비밀 고수에 대해 전혀 모르고 있어. 아마 그것 때문에 지금 골치 꽤나 썩고 있을 것이야. 이름밖에 알지 못하니 어떤 상대와 싸우게 해야 할지, 그리고 어떤 조에 넣어야 할지 난감할 것이거든. 게다가 지관부터는 마와 마, 그리고 정과 정의 싸움은 대부분 피하게 되어 있네. 이 비무대회의 성격이 정과 마의 대결이니만큼 인관에선 어쩔 수 없이 마와 마가, 정과 정이 싸우게 됐다 하더라도 지관에서부턴 정과 마가 싸우게 되어 있다네. 그러니 그들이 더 골치를 썩겠지. 우리는 그들 21명에게 모든 것을 걸고 있다네. 그들이 잘한다면 우리 마도에서 승자가 나올 것이고 그들이 못한다면 우리는 다시 20년을 기다려야 할 것이야. 내가 자네에게 할 이야기는 이것이네. 우리 금붕문에서 지관에 내놓은 이름은 모두 내 첫째와 둘째 제자인 유불희(柳拂喜)와 도곡정(屠穀精), 그리고 내당당주(內堂堂主)라네. 불희와 곡정이는 이름을 말해 줬지만 내당당주는 이름을 밝히지 않고 그저 내당당주라고만 말해 줬지. 험험, 지금 자네는 아주 강하다네. 자네 자신은 모를지 모르나 아마 나보다도 더 강할 것이야."

여기까지 말하고 사군악은 위문의 눈치를 살폈다. 그가 어떻게 반응하고 있는지 알아야만 했으니까. 위문도 사군악이 무슨 말을 하려는지 알 것 같았다. 내당당주라는 것은 어떤 특정 인물의 이름이 아닌 직위의 이름인 것, 그렇다면 누구든 그 내당당주가 될 수 있었다. 그리고 그에게 이렇게 장황하게 설명하는 것으로 보아 그가 그 내당당주가 되었으면 하고 바라는 것 같았다. 거기까지 생각한 위문은 조심스럽게 물어보았다.

"하면 저더러 그… 내당당주가 되어 비무대회에 출전하라는 말씀이십니까?"

"험험… 그렇네. 사위, 이 장인을 도와주지 않겠는가? 우리 억눌려 온 마도를 위해 자네가 나서주지 않겠는가?"

말을 하며 사군악은 위문의 손을 굳게 잡았다. 그의 눈빛은 간절히 애원하고 있었다.

'어떻게 해야 하나? 나더러 무공을 익히라고 하더니 이것 때문이었던가? 출전하지 못할 것도 없다. 빙장 어른은 내 생명을 구해주었고 나 하나를 살리기 위해 많은 노력을 아끼지 않으셨다. 하지만 말을 들어보니 소림사도 비무대회에 출전하고 있는 것 같다. 난 그들과 마주치기 싫은데… 하지만 난 기억을 잃은 척하고 있으니 말하기도 뭣하고… 혹 빙장 어른은 내 자질을 알고 날 살리신 것일까? 나를 이용하기 위해? 그런 것일까? 그럴 수도… 내가 공청석유를 다 마신 것을 알고 계셨으니… 하지만, 하지만……'

위문의 머리 속은 복잡해져만 갔다. 위문은 사군악에게 한 가지 묻고 싶은 게 있었다. 아니, 반드시 이것만은 알아야 할 것 같았다.

"제가 대답을 하기에 앞서 한 가지 여쭈어볼 게 있습니다. 곡해하지 마시고 들어주십시오."

"허허, 괜찮으니 말해 보게나."

이미 준비하고 있던 사군악이었다. 위문이 이쯤에서 자신에게 물어볼 것이라 짐작하고 있었던 것이다. 안 물어본다면 그게 더 이상한 일이겠지.

"언제부터 저를 비무대회에 내보내려고 생각하고 계셨습니까?"

"험험, 솔직히 말하자면 마의가 자네의 상세를 내게 말해 줬을 때라네."

"하면?"

"자네가 의식을 차리지 못하고 누워 있을 때 말이네."

"그때 저는 겨우 생명을 부지하고 있었다고 들었습니다만……."

"그랬지, 하나 마의가 내게 놀라운 사실을 말해 주더군. 난 애초에 자네가 내 사위가 될 사람이기에 살렸을 뿐이었네. 다른 뜻은 없었지. 한데 마의가 내게 이러더란 말이야. 저기 누워 있는 녀석이 바로 전설의 천무성맥을 타고났다고 말이야. 그는 확신에 차 있는 목소리였기에 나도 그 말을 믿을 수밖에 없었다네. 그런 까닭에 난 자네가 다시 살아날 거라고 보았고, 또한 무공을 익힌다면 남들이 수십 년 걸릴 것을 단 며칠 만에 이루어낼 거라 생각하게 되었지."

"제가 천무성맥? 그 천무성맥이란 것은 무엇입니까?"

사군악의 말을 끊으며 위문은 급히 물어보았다. 처음 듣는 말이었던 것이다. 난데없이 천무성맥이라니……. 사군악은 자세히 설명해 주었다.

"세상에 떠도는 전설이 있다네. '하늘에 떠 있는 무수히 많은 별들 중 가장 빛나는 두 별이 있으니 이 두 별을 일컬어 천문성(天文星)과 천무성(天武星)이라 하노라. 천문성을 사람이 타고나게 된다면 그의 지모는 가히 하늘을 놀릴 지경이 될 것이며 그의 말 한마디에 천하가 움직이게 되리라. 역시 천무성을 인간이 타고나게 된다면 그의 한 번 손짓에 천군만마가 달아나게 될 것이며 누구도 그를 거역하지 못하게 되리라'. 이런 말이 전해지고 있지. 천문성맥은 세상에 단 한 번 나왔다고 전해지네. 바로 제갈공명(諸葛孔明)이 그 천문성맥을 타고났다고 하지. 그리고 천무성맥 역시 세상에 두 번 나왔다네. 그 첫 번째 인물은 달마(達磨)라 전해지고, 또 한 인물은 5백 년 전 단신으로 환사문을 격패시킨 절대제황(絶對帝皇) 위무쌍(威無雙)이란 분이시지. 달마의 무공은 좀 전에 말했듯이 엄청났다네. 그리고 위무쌍 대협 역시 그분의 손에 단 일 초를 견디는 사람이 없었을 정도로 고강했지."

"제가 천무성맥이란 것이 확실한 것입니까? 전……."

"마의가 말하기로 천무성맥을 타고난 사람에겐 한 가지 특징이 있다고 하더군. 바로 왼쪽 발바닥에 충격을 주면 발바닥의 정중앙에 붉은 점이 생겨난다고 말이야."

"설마……."

위문은 급히 왼쪽에 신고 있던 신발을 벗고 양말도 벗겨내었다. 그리고는 설마 하며 손톱으로 발바닥을 꼬집어보았다. 약간 따가운 통증이 느껴지고 그와 동시에 그의 발바닥 정중앙에 선명한 붉은 점이 하나 생겨났다.

"이, 이럴 수가?! 진정……!"

"솔직히 말해서 자네는 이렇게 움직일 수는 없었다네. 상식적으로 보자면 손발의 근맥이 다 잘린 사람은 평생 혼자 힘으론 움직이지 못하게 되거든. 근데 자네는 불과 한 달 만에 이렇게 무공까지 익히지 않았는가?"

"그, 그렇군요. 생각해 보니 전… 그렇군요."

그냥 마의의 덕분인가 보다라고 생각하고 있었건만 자세히 기억을 더듬어보니 정말 자신이 이렇게 움직이는 것은 불가능한 일이었다. 뭔가 기적이 있지 않았다면 말이다. 그의 얼굴에서 그것을 느낀 사군악은 그의 의문을 해결해 주었다.

"듣자 하니 천무성맥을 타고난 사람의 몸은 스스로 방어할 줄 안다고 하는 것 같았네. 그러니 자네의 근맥이 완전히 다 잘리지 않았던 것이겠지. 그리고 몸이 다치면 스스로 치유한다고 하더군. 마의의 말을 들으니 자네는 무의식 중에도 스스로 몸을 치유하고 있다고 했어. 그러니 결론은 하나뿐이지."

'아청은 나를 업고 산속을 걸어갔었다. 그때 내 머리의 상처가 생겼을 테니 아청은 누군가에게 쫓기고 있었다는 게 맞을 거야. 그리고 그 누군가는 날 죽이려는 아미파의 사람들이었겠지. 어쩌면 내 뒤통수의 상처도… 그때 빙장 어른의 수하들이 아청과 나를 구해주셨을 것이다. 오직 아설이 날 좋아한다는 이유만으로. 그리고 마의를 불러 날 살려내려고 하셨겠지. 그러다 내가 천무성맥이란 것을 알아서…… 혹 그전에 알고 계셨던 것은 아닐까? 그래서… 아니야, 그럴 것 같지는 않다. 말을 들어보니 천무성맥은 발바닥에 충격을 주어야만 알 수 있는 것 같으니까. 그렇다면 그전까진 몰랐단 말이 되겠구나. 그리고 아청이 갈 데가 없는 데다 아설과 친하게 지내니 수양딸로 삼고 싶으셨을 것이고… 그렇다면 빙장 어른은 아청과 내게 새로운 삶을 준 데다 우리의 목숨까지 구한 셈이 된다. 아무런 사심 없이… 아니, 아설과 날 맺어주려 한 것은 빼고……. 난 어떡해야 하는가? 당연히 부탁을 들어드려야 되는 것 같다. 말을 들어보니 이번엔 마도에서 우승자가 나와도 좋을 것 같으니까. 하지만 그렇게 되면… 소림사의 분들과도 싸우게 될 테고 아미파와도… 난, 난 어떻게 해야 하는가?'

위문이 근심에 싸이자 사군악은 다음 기회를 노리기로 하였다. 더 이상 말하면 역효과를 낼 수도 있을 것 같았기 때문이다.

"하하, 아직 대회까진 열흘이나 남았으니 천천히 생각하게나. 그리고 자네가 대회에 나가지 않겠다고 해도 난 개의치 않겠네. 그럼 이만 일어나 봐야겠네."

사군악은 밖으로 나가 버렸고 위문 또한 자신의 처소로 돌아왔다. 그의 침상 위엔 어느새인가 보지 못했던 책 몇 권이 올려져 있었다. 예청과 예설을 반박귀진의 경지에 올리기 위해 참고하라고 사군악이 보내준 것일 것이다. 복잡한 것을 잊기 위해선 다른 무엇인가에 몰입해야 한다. 그리고 위문은 지금 머리가 깨질 정도로 복잡한 상태였다. 그는 주저없이 책을 집어 들었다. 책들은 불가와 도가의 심법들과 마도의 심법, 그리고 검법과 도법들도 있었다.

'으음… 심법들은 모두 태극혼원일기공만 못하구나. 그리고 검법이나 그 외의 것들도 몇 가지를 제외하면 다 태극무경의 것들보다 못한 것 같고. 그렇다면 아청과 아설에겐 태극혼원일기공을… 아참, 이들은 내가 기억을 잃은 줄 알고 있으니 태극무경의 내용도 모두 잊었다고 믿을 거야. 그럼 어쩌지? 그래, 방금 이 심법들을 보고 내가 깨달았던 것과 합쳐서 만들어냈다고 하자. 사실 태극혼원일기공에 금봉마령심법을 이미 섞었으니까. 아! 그래, 금봉마령심법과 이 책들을 섞어서 내가 만들어냈다고 하면 되겠구나. 그럼 그들도 믿겠지. 그럼 이것은 됐고… 그러고 보니 금붕십이조법만 익힌다고 다른 것들은 익히지 않았구나. 태극무경조차도 말이야. 그래, 그것들도 다 익혀야겠어.'

우선은 복잡한 것을 다 떨쳐 버리고 싶었기에 위문은 무공을 쌓기에 열중했다. 그의 내공은 이미 무한한 것, 내공이 달려 못 쓰는 무공은 없을 테니 열심히만 하면 모든 것을 다 익힐 수가 있을 것이다.

다음날 아침, 예청과 예설은 오늘도 어김없이 아침 식사를 가지고 위문의 방으로 찾아왔다. 그녀들은 위문과 식사를 하며 그에게 앞으로 어떻게 할 건지를 물었다.

"위 대가, 그래 생각해 보셨어요?"

"한 가지 방법이 있소. 만약 그 방법만 성공한다면 아청과 아설도 나처럼 될 수 있을 것이오."

"정말이에요?"

"정말 그게 가능한 일인가요?"

위문이 방법이 있다고 하자 두 자매의 얼굴이 환해졌고 위문은 그녀들의 환한 얼굴에 절로 흐뭇한 미소를 머금으며 재차 입을 열었다.

"그전에 먼저 알아야 할 것이 있소. 아청과 아설은 어떤 내공심법을 익혔소?"

그의 물음에 예청이 먼저 대답했다.

"저는 대정신공(大靜神功)을 익혔어요. 이것이 가장 제 몸에 맞을 것이라고 사부… 아무튼 저는 이것을 익혔어요."

말을 하는 예청의 얼굴이 잠시 흐려졌다. 그녀가 왜 그런 것인지 누구보다 잘 알고 있는 위문이었지만 그는 모른 척했다. 그는 기억을 잃은 체하고 있으므로 내색할 수가 없었던 것이다.

"그럼 아설은?"

"저는 금붕마령심법을 익혔어요."

"으음, 그럼 둘 다 처음부터 해야 할 것 같구려."

"처음부터 하다뇨?"

예설의 물음에 위문은 답해주었다.

"내가 빙장 어른이 주신 비급들과 금붕마령심법을 서로 섞어서 한 가지 심법을 만들어보았소. 이것을 익힌다면 우선 삼화취정까지는 무난히 갈 수가 있을 것이오. 그런데 문제는 다른 내공심법을 알고 있으면 내가 둘을 도울 수가 없다는 것이오. 그래서 나는 둘의 내공을 우선 모두 없애 버릴 것이오."

예청과 예설의 얼굴이 의혹으로 물들어갔지만 다음에 나온 위문의 말에 수긍하는 빛을 보였다.

"둘의 내공을 없애 버린 다음 내 내공을 둘의 몸에 넣어주겠소. 그래야만 하루라도 빨리 성취를 볼 수 있을 것이니까. 나 역시 내가 만든 심법을 익히고 있으니 별 어려움은 없을 것이라 보오."

내공을 다른 이에게 넣어주는 것은 지극히 위험한 일이다. 만약 서로 다른 심법을 익히고 있다면 내공을 받는 입장에선 주화입마(走火入魔)에 빠지거나 죽을 수도 있었다. 그래서 예청과 예설의 몸에 쌓여져 있는 내공들을 우선 없애 버려야 위문이 그녀들을 도울 수가 있었다. 그녀들이 쌓은 내공이래 봐야 다른 사람의 입장에선 엄청난 것일지 몰라도 위문의 입장에서 보자면 보잘것없는 것이었기에 그리 문제될 것은 없었다.

"하지만 그렇게 되면 위 대가의 내공이……."

예청이 우려를 표했지만 위문의 말에 부질없는 생각이었음을 깨달을 수 있었다.

"내 내공은 무한한 것 같소. 더구나 진원지기가 아닌 그저 내공일 뿐이기에 아마 둘의 몸에 내공을 넣어줘도 하루 정도만 운기하면 다시 원 상태로 회복될 것이오. 그러니 그런 걱정은 하지 말구려."

위문은 둘을 데리고 뜰로 나갔다. 그리고 먼저 예청을 좌선하게 했다.

"아마 힘이 빠지는 것 같은 느낌이 들 것이오. 하나 절대 눈을 뜨거나 몸을 움직여서는 안 되오."

곧 예청은 자신의 내공이 사라지는 느낌을 받았다. 처음엔 아주 천천히 사라지기 시작하더니 나중엔 급속도로 사라져 결국 그녀의 몸엔 아무런 내공도 남아 있지 않게 되었다. 그녀가 십수 년이 넘게 수련한 대정신공이 단숨에 모두 사라져 버리고 만 것이다. 그때 심히 당황해하고 있는 그녀의 귀에 위문의 음성이 들려왔다.

"이제부터가 중요하오. 내가 부르는 대로 운기를 하시오, 내공은 내가 넣어주겠으니."

그녀의 귀에 위문의 목소리가 들려왔고, 그녀는 그대로 운기를 하기 시작했다. 처음엔 자신의 몸에 내공이 없어 불가능했지만 위문이 넣어준 막대한 양의 내공 덕분에 곧 운기를 할 수가 있었다. 일순 예청의 전신에 뿌연 연기가 보이기 시작하더니 미약하게나마 삼화취정의 현상이 보이기 시작했다.

"우선 된 것 같소. 이제 천천히 내공을 갈무리하시오."

"이, 이럴 수가! 몸이, 몸이… 너무 가벼워요. 세상에!"

예청은 일어나며 감탄을 터뜨렸다. 위문이 불러준 대로 운기를 하니 순식간에 그녀는 삼화취정의 단계에 올라서 버린 것이다. 물론 머리 위에 있는 고리가 1개밖에 되지는 않았지만 말이다.

"위 대가, 나도, 나도 어서 해줘요."

예설이 예청의 모습에 놀라 위문을 졸랐다. 곧 그녀도 삼화취정의 단계에 오르게 되었다.

"이게 정말 내 단전이란 말이야? 우와~"

자신의 단전이 전과 비할 데 없이 묵직하자 예설은 감탄을 터뜨렸다. 그녀의 감탄을 들을 새도 없이 위문은 빠진 기력을 보충하기 위해 운기에 들어갔다. 그가 운기를 끝내자 두 자매의 질문 공세가 바로 이어졌다.

"위 대가, 내 단전이 어떻게 된 거죠? 이렇게 묵직하다니 말이에요?"

"하하, 다행히 성공했구려."

"정말 몸이 새처럼 가벼워진 것 같아요. 막 날아갈 것만 같은 기분이에요."

"하하……."

그녀들의 말에 위문은 그저 웃음만 지어 보였다.

"위 대가, 처음에 제 공력을 사라지게 만든 것은 어떻게 한 것이었나요?"

아마 예청은 이게 궁금했었던 것 같았다. 하긴 남의 공력을 순식간에 사라져 버리게 만드는 방법은 들어본 적도 없었으니, 어쩌면 그건 당연한 의문인지도 몰랐다.

"험험, 빙장 어른이 주신 비급들 중 몇 가지 것을 참고해서 내가 만들어본 것이오. 산(散)이라 하여 상대의 내공을 외부로 날려 보내는 것이오."

그의 말에 예청은 고개를 끄덕였다. 위문의 자질로 보아 그런 것 하나 만드는 것은 그리 어려운 일이 아니었을 것이다.

"이제 우린 어떻게 해야 하죠?"

"이제부터가 중요하오. 내가 매일 당신들에게 내공을 넣어줄 것이오. 그렇게 하면 보다 빨리 당신들의 내공이 증폭되어 반박귀진의 경지에 오를 수 있을 것이오."

사실 위문이 가르쳐 준 구결대로만 운기한다면 언젠가는 반박귀진의 경지에 오를 수가 있었다. 태극혼원일기공이 워낙 절세의 신공인데다 금붕문의 비전 심법인 금붕마령심법까지 가세해 그것들의 장점만 뽑아났으니 어쩌면 당연한 일일지도 몰랐다. 그리고 거기에 위문의 깨달음까지 곁들여졌으니 말이다. 다만 그 시간이 문제일 뿐, 아무리 깨달음이 중요하더라도 그것을 뒷받침해 주는 내공이 있어야 한다. 그러니 반박귀진이라는 꿈의 경지에 오르기 위해선 그 내공이 엄청나야 함은 불문가지일 것이다. 그녀들은 위문이 깨달은 것을 이미 배웠다. 이제 문제는 그 내공일 뿐, 그것도 위문이 매일 도와준다면 그녀들은 빠른 시일 내에 반박귀진의 경지에 오를 수 있을 것이다.

두 자매는 매일같이 위문에게 도움을 받아 내공을 쌓아 나갔다.

그렇게 엿새가 지났을 때 그녀들의 머리 위에는 3개의 선명한 고리가 생겨나 있었다.

"정말 꿈만 같아요. 우리가 이렇게 단시일 만에 삼화취정의 십성 경지에까지 오르게 되다니."

예설이 예청의 손을 잡으며 기뻐했다. 그것은 예청도 마찬가지, 그녀도 기쁨을 감추지 못했다. 하지만 위문의 얼굴은 그리 좋지가 못했다. 벌써 엿새가 흘렀으니 사군악의 청에 대답해야 하는 시간이 다가

왔기 때문이다.

"위 대가, 무슨 고민 있으세요? 아까부터 얼굴빛이 안 좋은데……."

"그래요. 무슨 고민이 있으신 것 같아요."

그녀들은 위문의 표정 변화를 읽고는 기쁨을 누그러뜨리며 그에게 걱정스런 말을 건네었다. 진심이 묻어 있는 말이었기에 위문은 혼자 고민하는 것보단 그녀들에게 도움을 청해보는 것이 좋을 것 같아 진중한 표정을 지으며 나직한 음성으로 입을 열었다.

"으음… 내 둘에게 한 가지 물어볼 게 있소."

"뭔가요?"

"내가… 천무성맥이란 것을 둘도 알고 있었소?"

"천무성맥?"

"그게 뭔가요? 위 대가가 천무성맥이에요? 한데 그게 뭐죠? 난 처음 들어보는데……."

그녀들이 거짓말을 하는 것 같지는 않았다. 그럼 그녀들은 아무것도 모르고 있다는 말이 된다. 그러니 순전히 그를 좋아하고 있을 뿐 다른 뜻은 없다는 것이 된다. 한 가지는 해결이 된 것 같았다. 이제 다른 한 가지가 남았다.

"아, 아니오. 그저 해본 소리였소."

위문은 자신이 했던 말을 얼버무리며 다음 질문을 던졌다. 아니, 질문이라기보다는 도움을 요했다는 게 맞을 것이다.

"사실 빙장 어른께서 내게 한 가지 부탁을 하셨소."

"부탁?"

"그렇소. 빙장 어른이 말씀하시길 나더러 비무대회에 출전하라고 하셨소."

"무슨 소리예요? 위 대가가 이제 와서 출전을 어떻게 한다고? 정말 아버지가 그렇게 말씀하셨어요?"

출전자들은 오래전에 이미 다 정해져 있었는데 위문이 이제 와서 어떻게 출전을 한단 말인가? 예설의 의문은 당연한 것이었다. 하지만 위문은 사군악이 했던 말을 해주었다.

"듣자 하니 금붕문에선 세 명의 무사를 지관에 출전시켜 놓았다고 하오. 그리고 그 세 명 중에 내당당주라고만 알려진 사람이 있는데 빙장 어른께선 내가 그 내당당주가 되어 비무대회에 참가했으면 하고 바라시는 것 같았소."

"흥! 생각해 볼 것도 없어요. 거절하세요. 갑자기 무슨 비무대회예요? 내가 아버지에게 따질 테니 위 대가는 거절하세요. 그런 대회엔 나갈 가치가 없다구요. 그리고 상처라도 입으면 어쩌려고⋯ 이제 다 나았는데 다시 상처라도 입으면 안 되잖아요. 또⋯ 아무튼 거절하세요. 아버지도 참, 갑자기 무슨 비무대회야?"

비무대회에 참가하게 되면 소림사 사람들과도 마주치게 되고 그렇게 되면 어쩌면 잃었던 기억을 되찾을 수도 있었다. 그리고 아미파의 사람들의 눈에 띈다면 위문은 크게 고생할 것이다. 그래서 예설은 극구 반대하는 것이다. 그것은 예청도 마찬가지였다.

"저도 설아의 말에 동의해요. 그런 위험한 대회에 나갔다가 혹⋯ 상처라도 입으시면⋯⋯."

'정말 이들은 날 걱정하고 있구나.'

그녀들의 얼굴에서 위문은 진심을 느낄 수 있었다. 그녀들이 아무런 사심 없이 그를 사랑하고 있음을 말이다.

"난 나가고 싶소. 빙장 어른은 내 생명을 구해준 데다 당신들까지 내게 주었소. 난 그 보답을 해야 할 것 같소."

자신이 왜 이런 말을 하는지 모르겠다. 어쩌면 그녀들이 너무 반대를 하니 그것에 반발심을 느꼈는지도 모르는 일이다. 아니면 그녀들의 본심을 한번 떠보려는 것일 수도 있고.

"아니에요. 그런 것 때문에 나갈 필요는 없어요. 장인이 사위를 구해주는 것은 당연한 일인데 무슨 보답이에요? 그리고 우리들은 스스로 위 대가를 사랑하는 것이지, 아버지가 강요해서 그런 것은 아니라구요."

그때 예청의 머리 속은 복잡하게 돌아가고 있었다.

'그가 비무대회에 나간다면 소림사 분들과도 마주치게 될 것이다. 그리고 아미파와도… 혹 소림사 분들과 마주쳤다 그들이 위 대가를 알아보기라도 하면… 그리고 위 대가가 대회에 나가면 나도 그를 보기 위해 대회장에 나가야 할 것인데… 그러다가 아미파의 사람들 눈에 뜨이기라도 하면… 게다가 내 얼굴은 너무 눈에 띄지 않는가? 비록 지금은 머리를 어느 정도 기르고 설아가 준 가발까지 쓰고 있지만 그들은 내 얼굴을 한눈에 알아볼 것이다. 하지만… 난 이대로 숨어 살아야만 하는 것인가? 남들의 눈에 띄지 않기 위해 숨어 살아야만 하는가? 단지 파계했다는 이유만으로… 단지 사랑을 찾았다는 이유만으로… 그건 너무 불공평하지 않는가? 듣자 하니 파계한 여승들도 많다고 들었다. 그들 중에는 떳떳하게 세상을 활보하는 사람들도 많다고 들었다. 난… 당당해질 수 있을까? 사부님을 보아도 동문, 사질들을 보아도 그들 앞에서 당당해질 수 있을까?

그녀가 상념에 잠겼을 때 사군악이 그들의 곁으로 다가왔다. 그가 다가오자 예설이 그에게 고함을 질렀다.

"아빠, 위 대가에게 무슨 말을 하신 거예요?"

"아니, 내가 무슨 말을 했다고 이러냐?"

"몰라서 물으세요? 갑자기 무슨 비무대회예요, 비무대회가!"

"험험, 내 안 그래도 너희들을 불러 그 얘기를 하려던 참이었다. 마침 여기에 사위도 있으니 잘되었구나."

하며 그는 자리에 앉았다.

"어서 말씀해 보세요. 왜 느닷없이 비무대회 얘길 꺼내신 거죠?"

예설이 쏘아붙임에도 사군악은 아랑곳하지 않고 천천히 입을 열었다.

"내 다 이야기해 주마. 사실 나도 사위를 비무대회에 내보낼 생각은 없었다. 하지만 마의가……."

그는 두 딸들에게 위문이 천무성맥이라고 마의가 말해 줬던 것을 이야기해 주었다. 그리고 그 천무성맥이 어떤 것인지도 다 이야기해 주었다.

"세, 세상에… 정말 그런 전설 같은 게 존재한단 말이에요?"

"놀라운 일이군요. 위 대가가……!"

두 자매는 놀라움을 금치 못했다. 위문의 자질이 보통은 아닌 줄 알았으나 전설의 신체라니 말이다.

"험험, 그러니 내가 욕심이 안 나겠느냐?"

"그래도 안 돼요. 아무리 위 대가가 그 천무성맥인지 뭔지는 몰라도 아무튼 안 돼요."

예설은 끝까지 고집을 피웠다. 사군악도 예설이 왜 이렇게 반대를 하는지 잘 알고 있었다.

"설아야, 네가 왜 사위를 비무대회에 내보내지 않으려고 하는지는

알겠다. 나 역시 걱정이 되는 건 마찬가지이니까. 하지만 말이
다……."

"아, 알면서도 왜… 왜 그런 말을 꺼내시는 거예요!"

사군악의 말을 끊으며 그녀는 소리쳤다. 다 알고 있으면서도 위문을
비무대회에 내보내려 하다니… 그녀는 사군악의 속셈을 알 수가 없었다.

"하지만 너도 잘 한번 생각해 보아라, 우리 마도를 말이다. 우린 지
난 3백 년 간 억압받으며 살아왔다. 너도 잘 알고 있겠지? 단지 마도
라는 이유만으로 멸시당하고 짓밟혀 온 것을 말이다. 그게 다 이 비
무대회에서 한 번도 우승자를 배출하지 못했기 때문이란다. 이 비무
대회에 단 한 번도 우승을 하지 못해 우리는 떳떳하게 고개를 들고
다닐 수가 없었지. 이 비무대회는 정과 마의 대결이니까. 그리고 지
난 3백 년 동안 정은 계속 이겨왔으니까. 우리 마도는! 계속 져왔으니
까!"

흥분이 되는지 사군악은 언성을 높였다. 하지만 곧 흥분을 가라앉히
며 계속 말을 이어 나갔다.

"만약 이번 비무대회에 우리가 우승한다면 우리 마도는 이제 고개를
들고 떳떳하게 거리를 활보할 수 있을 것이다. 자신이 마도의 문하임
을 자랑스럽게 말할 수 있을 것이고 더 이상 고개 숙이고 다니지 않
도 될 것이다. 우리가 이긴다면 말이다."

그는 여기까지 말하고 잠시 말을 중단했다. 예청은 그 틈을 놓치지
않고 재빨리 사군악에게 물었다.

"마도가 핍박을 받고 있었나요?"

그녀는 세상이 마도인을 어떻게 대접하고 있는지 잘 알지 못했다.
그것을 아는 사군악은 그녀뿐 아니라 위문에게도 들으라는 듯이 말해

주었다.

"마도는 멸시를 당하고 있단다. 모두들 말은 안 하지만 정파가 마도보다 더 강하다고 생각하며 은연중 마도를 깔보고 있단다. 정파인들은 길에서 마도인을 만나면 비웃음을 던지고 조롱을 하지. 조잡한 무학을 익혔다고, 비무대회에 한 번도 우승하지 못한 쓰레기 무공을 익힌 주제에 어떻게 고개를 들고 다니냐고. 그것은 주루에서도, 식당에서도, 객잔에서도 어디서든 마찬가지란다. 무림인이 아닌 사람들도 우리 마도를 깔보고 있으며 마도인의 출입을 금하고 있는 곳도 여러 군데 있단다. 그리고 또한……."

사군악은 마도인이 어떻게 핍박받고 있는지 비교적 자세히 설명해주었다. 그의 말에 예청은 신음을 흘렸다. 그녀도 사파인하고는 상종을 하지 말라고 배웠을 뿐 그들이 어떤 대접을 받고 있는지에 대해선 전혀 몰랐던 것이다. 그것은 위문도 마찬가지였다. 그는 사군악의 말에 놀라움을 금치 못했다. 다른 갈래의 무학을 익혔다 하여 그토록 멸시를 당하다니…….

"하지만 아버지… 위 대가가 나서지 않아도 이번 대회는 우리가 우승할 거예요. 우리는 이번 대회에 전력을 기울였잖아요."

"아니야. 솔직히 말하면 이번에도 우리가 우승하기는 힘들 것이다. 어떤 큰 변수가 작용하지 않는 한은 말이다."

그는 말을 하며 위문을 바라보았는데 그의 눈은 '그 변수는 바로 자네야'라고 말하고 있었다.

"하지만……."

예설이 다시 입을 열려 했지만 사군악이 한발 빨랐다.

"네 걱정은 안다. 사위가 소림사 사람들을 만나는 게 두려울 테지."

"아버지!"

"아버님!"

그의 폭탄과도 같은 말에 예청과 예설은 동시에 고함을 질렀다. 그리고 급히 위문의 눈치를 살폈다. 그가 못 들었기를 기원하며. 하나 사군악은 고개를 설레설레 저으며 그런 그녀들을 타일렀다.

"언젠가는 알게 될 일, 애써 감추려고 노력할 필요는 없을 것이다."

하며 그는 위문을 바라보며 누가 말릴 새도 없이 입을 열었다.

"자네는 아직도 과거가 궁금하지 않는가?"

"……."

위문은 대답을 하지 못했다. 하지만 무슨 생각이 들었는지 곧 입을 열었다.

"소림사라… 저와 관련이 있는가 보군요."

"그렇네. 자네와 밀접한 관련이 있지. 들어볼 텐가?"

"아버지, 왜 굳이……."

예설이 사군악에게 매달리며 그를 말리려 했지만 그는 예설을 타일렀다.

"너무 걱정하지 말거라. 사위가 다 안다고 해도 변하는 것은 없을 테니까."

"으음… 그렇다면 듣고 싶습니다."

그에 사군악은 자신이 알고 있는 것을 말해 주었다. 위문이 전에 소림사의 스님이었다는 것과 스님의 몸으로 예청을 범해 논죄집형을 받고 파문되었다는 것, 그리고 예청이 그를 업고 가다 치한들을 만나 그의 머리가 바위에 부딪쳐 큰 충격을 받았다는 것 등 예청을 범한 것부터 지금까지의 일을 거짓없이 모두 말해 주었다.

사군악의 말이 다 끝나자 예청과 예설은 절망 어린 표정을 지었다. 그가 과거를 알아버린 이상 앞으로 일이 어떻게 될지 그녀들은 두려워졌던 것이다. 그때 위문은 작은 충격을 받고 있었다. 아니, 정확히 말하자면 알 수 없는 감동을 느끼고 있다고 하는 게 맞을 것이다.

'왜지? 왜? 내가 기억을 잃었으니 아무렇게나 말해 줘도 될 텐데… 그리고 그것이 진짜라고 말해도 나는 믿을 수밖에 없을 것인데… 빙장어른은 나에게 모든 것을 사실대로 말했다. 내가 중이었다는 것도, 소림사에 몸담고 있었다는 것도… 내가 그 말로 인해서 떠날 수 있다는 것도 아실 텐데… 내가 이유야 어찌 됐든 전에 정파의 사람이었으니 떠나겠다고 할 수도 있다는 것을 아실 텐데… 왜 모든 것을 사실대로 말씀하신 걸까? 왜?

"그랬군요……."

위문은 침울하게 말하며 몸을 일으켰다.

"이만 실례해야겠습니다."

그는 황급히 뒤로 돌아 달려갔다. 그런 그를 예청과 예설이 말리려 했지만 사군악이 그녀들을 제지했다. 지금은 그냥 내버려 두는 게 더 낫다는 걸 잘 알고 있기 때문이었다.

"어, 어떡해? 그가 떠나기라도 하면……."

예설이 울상을 지었고 예청 또한 얼굴이 일그러져 있었다.

"걱정 말아라. 그는 생각할 시간이 필요한 것뿐이다. 너무 충격적인 말을 들었기에 혼란이 일었겠지. 그는 혼란이 수습되면 우리에게 다시 올 것이다."

"만약 오지 않으면요? 과거를 찾아 떠나겠다고 하면? 자신이 이유야 어찌 됐든 정파의 사람이었으니 마도의 우리와는 더 이상 같이 있을 수 없다고 하면 어떡해요?!"

예설이 사군악을 노려보며 고함을 질렀다. 그녀는 모든 것을 말해 버린 사군악이 너무도 미웠다. 이대로 행복했는데, 그 행복이 날아가 버릴 것 같자 견딜 수 없는 두려움이 밀려왔던 것이다. 하지만 사군악은 위문이 돌아올 거라 확신하고 있는 듯했다.

"그럴 수도 있겠지. 하지만 뭐가 걱정이냐? 그가 떠나겠다고 하면 너희들도 같이 그를 따라 떠나면 될 게 아니냐? 그리고 그는 돌아올 것이다. 돌아올 것이야."

사군악은 위문이 기억을 찾게끔 도와주고 싶었다. 과거를 기억하지 못한다는 게 얼마나 고통스러운 것인지를 그는 짐작하고 있었다. 위문이 겉으론 알고 싶지 않다고 했지만 속으론 알고 싶었을 것이라고 그는 생각했었다. 그리고 그에게 과거를 말해 주어 자신이 그를 속이지 않았음을 인식시켜 주고 싶었다.

기억 상실자의 대부분은 언젠가는 기억을 되찾게 된다고 들었다. 그게 1년 뒤든 10년 뒤든 어떤 계기만 주어지면 기억을 되찾는 건 시간문제라고 들었다. 그는 위문이 기억을 찾았을 때를 대비하여 그에게 자신은 그를 단 한 가지도 속이지 않았음을 인식시켜 주려 한 것이다.

그리고 이번 비무대회에 출전하게 되면 좋든 싫든 소림사 사람들과 마주치게 될 것이다. 그렇게 되면 그가 알아보는 사람이 있을 수도 있고 그를 알아보는 사람들도 있을 것이다. 아무것도 모르고 있다면 위문은 자신을 알아보는 사람들로 인해, 그리고 어렴풋이 기억나는 얼굴들로 인해 머리가 복잡해질 것이었다. 하지만 이제 위문은 소림사 사람들과 자신이 어떤 관계인지를 알게 되었다. 그러니 그들을 만나게 되더라도 그는 혼란스럽지 않을 것이다. 그들이 누구인지를 알고 있으니 말이다.

이것이 그가 위문에게 과거를 말해 준 가장 큰 이유였다. 행여 소림사 사람들과 마주쳐 갑자기 기억을 되찾을까 봐, 그래서 그들에게 설득되어 자신을 떠날까 봐 이 방법을 생각해 낸 것이다. 이제 위문은 그런 일이 생기더라도 쉽게 자신을 떠나지 못할 것이다. 정파는 이미 그를 버렸지만 마도는, 사군악과 그의 두 딸들은 그를 받아주었고 보살펴 주었음을 기억할 테니 말이다.

문제가 있다면 위문이 당장 여기서 나가겠다고 하는 것인데 그렇게 하지는 않을 거라 그는 믿고 있었다. 기억을 잃은 자신을 따뜻하게 보살펴 준 분들이고 또 자신을 사랑하고 있는 두 여인이 있으니 쉽게 떠나지는 못할 거라는 게 그의 생각이었다.

한편 위문은 고뇌에 잠겨 있었다.

'어떻게 한다? 빙장 어른은 나를 믿고 계신 것 같다. 그러니 나에게 모든 걸 말한 거겠지. 내가 떠나지 못하리라 생각하시고… 난 떠날 수 없다. 갈 데도 없지 않은가? 소림으로 가봤자 난 이미 파문된 몸, 다시 날 받아줄 리가 없다. 더구나 여기엔 아청과 아설이 있지 않은가? 난 이곳에서, 그들과 있음으로 해서 행복을 느끼고 있다. 이 행복을 놓치고 싶지는 않다. 하나… 비무대회에 나간다면 소림사 분들이 날 알아볼 것인데… 내 얼굴은 너무 눈에 띄지 않는가? 내 얼굴… 혹 얼굴을 가리고… 그렇다면……? 내가 얼굴을 가리고 출전한다면… 예전의 나는 무공을 모르는 평범한 이였다. 그러니 누구도 나를 알아보지 못할 거야. 그래, 얼굴을 가린다면 누구도 나를 알아보지 못하겠지. 모두들 내가 어딘가에 숨어 있을 것이라 생각하고 있을 테니… 그렇게 하면 빙장 어른의 부탁을 들어줄 수가 있다. 그리고 소림사 분들의 눈에도 띄지 않을 테지. 그래, 출전하자. 출전해서 빙장 어른의 부탁을 들어드리자. 그리고 모두에게 내가 새로 태어났음을 보여주자. 물론 그들은 나를 알아보지 못하겠지만. 그리고 비무대회가 끝나면 아청과 아설을 데리고 산속으로 들어가 우리끼리 행복하게 사는 거야. 그래, 그렇게 하는 거야.'

위문의 생각은 정리되고 있었다.

그리고 다음날, 그는 사군악과 예청, 예설이 모여 있는 자리에 찾아갔다.

"위 대가."

"위 대가."

예청과 예설이 위문을 반갑게 맞았다.

"그래, 생각은 정리되었는가?"

사군악은 자리에 앉는 위문을 보며 인자한 음성으로 물어보았다. 그에 위문은 고개를 끄덕이며 말했다.

"예, 생각해 보니 과거는 어디까지나 과거일 뿐 그 이상은 아니라는 걸 깨달았습니다. 제가 과거에 중이었다 해도 그건 어디까지나 과거일 뿐, 또한 저는 제가 중이었던 것이 기억나질 않습니다. 구태여 기억도 나지 않는 과거 때문에 괴로워할 순 없는 일이지요. 전 지금 행복합니다. 날 사랑하고 있는 아청과 아설이 있고 날 보살펴 주고 계신 빙장 어른이 계십니다. 과거의 기억을 쫓느니 전 현재의 삶에 충실하고 싶습니다."

"위 대가!"

"위 대가!"

예청과 예설은 기쁨의 탄성을 질렀다. 그녀들은 어젯밤 잠을 이루지 못했다. 위문이 어떻게 나올까 가슴 졸이고 있었던 게 사실이었다. 한데 그의 입에서 모든 근심을 씻어주는 말이 나왔으니 그녀들은 너무도 기뻤다.

"오오, 그렇게 생각하다니 고마울 뿐이네."

사군악 역시 위문의 대답에 매우 만족했다. 그도 약간은 걱정됐던 게 사실이었는데 위문이 이렇게 순순히 수긍을 하고 나오니 그로선 더할 나위가 없었다.

"그리고 빙장 어른이 말씀하신 대로 비무대회에 출전하도록 하겠습니다. 제가 출전함으로써 빙장 어른의 은혜에 조금이나마 보답할 수 있다면 출전하도록 하겠습니다."

"하하하하, 고맙네. 정말 고마워. 하하하, 내 이제 한시름 놓겠구만."

사군악은 대소를 터뜨렸다. 그러면서 그는 자리에서 일어났다. 혹시 위문의 맘이 바뀔지 몰라 다음 말을 듣지 않기 위해 자리를 피하려는 것이었다.

"하하하, 그럼 그렇게 알고 있겠네."

사군악은 몸을 돌려 사라져 버렸고 장내엔 위문과 두 자매만이 남게 되었다. 사군악이 사라지자 위문은 예청에게 다가가 그녀의 손을 잡았다.

"아청, 미안하오. 내가 당신에게 그런 몹쓸 짓을 저질렀다니 말이오……."

그의 한숨 섞인 말에 예청은 고개를 도리도리 저었다.

"아니에요. 그런 말씀 마세요. 그것도 다 운명이었을 테니까요."

"그래요. 다 운명이라구요. 언니가 위 대가와 만난 것도 나와 위 대가가 만난 것도 다 운명이라구요."

"운명이라… 그럴 수도 있겠구려……."

그는 한 손으론 예청의 손을 다른 한 손으론 예설의 손을 굳게 잡았다.

"우리를… 떠나지 않으실 거죠?"

예청의 조심스런 말에 위문은 쥐고 있는 손을 더욱 굳게 쥐며 확신하듯 말했다.

"그런 일은 없을 것이오. 과거가 어찌 되었든 이제 당신들 없는 내 삶은 생각할 수조차 없으니까 말이오."

*   *   *

"올해도 우리 정파에서 우승자가 나올 것 같지?"

"그럼, 그럼, 당연한 소리지. 지관에 올라 있는 사파 녀석들이래 봐야 137명뿐이지 않는가? 그에 비해 우리 정파 측에선 무려 334명이나 올라 있으니 결과는 불 보듯 뻔한 거라구. 게다가 사파 녀석들은 모두 운이 좋아 진출한 것일 뿐 실력은 별 볼일 없는 것들뿐이니까 올해도 우리 정파에서 우승자가 나올 것은 확실한 일이야."

"그럼 자네는 누가 우승할 것 같은가?"

"글쎄… 구대문파와 오대세가의 후기지수들 중에서 나오지 않을까? 역대로 우승자들은 그들 중에서 나왔으니 이번에도 이변이 없는 한 그들 중에서 나오겠지."

"아무튼 사파에서만 나오지 않으면 되는 거야."

"그래, 누가 됐든 사파 녀석만 아니라면 되는 거지."

두 사내의 말을 예청과 예설은 묵묵히 듣고만 있었다. 예설의 맘 같아선 당장에 두 녀석의 다리몽둥이를 부러뜨리고 싶었지만 그렇게 되면 남의 관심을 살 것이기에 자제하고 있는 중이었다. 그녀들은 지금 면사로 얼굴을 가리고 많은 인파들에 묻힌 채 비무대회장에 나와 있었으니까. 오늘부터 지관이 시작되는 데다 위문이 오후쯤에 출전할 것이기에 그녀들은 이렇게 구경을 왔다. 혹 그녀들을 알아보는 사람들이 있을까 해서 면사로 얼굴을 가리고 있긴 했지만, 다행히 아직까지 그녀들을 알아보는 사람들은 없었다.

대앵! 대앵!

드디어 사시를 알리는 징이 울려 퍼졌다. 그리고 비무대 위로 화산파의 총관인 무유승이 올라왔다.

"모두 조용히 해주시오. 지금부터 제16회 천하제일 비무대회의 지관을 개최하는 바이오. 이번 지관엔 모두 512명의 일류고수들이 출전해 있는 상태이오. 그럼 규칙을 말하도록 하겠소. 우선 승부는 무제한이오. 어느 한쪽이 패배를 인정할 때까지 비무는 계속될 것이오. 그리고 그 외의 규칙은 인관의 규칙과 동일하오. 단 명심할 것은 본 비무대회의 지관부터는 정과 마의 비무가 많을 것이기에 한 가지 우려되는 문제가 있소. 그것은 여기 이 자리에 모인 여러분들이오. 여러분들이 비무대회의 결과를 승복하지 못해 도발을 일으킬 수도 있다는 말이오. 비무는 어디까지나 비무일 뿐 그 이상도 그 이하도 아니란 것을 모두 명심하기 바라오. 행여 비무의 결과에 불복하여 도발을 일으키거나 행패를 부리는 자는 그 즉시 엄중한 징계를 받을 것이오. 그럼 지관의 비무대회를 개최하도록 하겠소. 첫 번째 출전자들은 지금 비무대 위로 올라오시기 바라오."

무유승은 할 말을 끝내고 비무대의 한쪽 구석에 가서 섰다. 그리고 첫 번째 출전자들이 비무대에 올라와 각자의 무기를 뽑아 들었다.

"설아, 비무의 결과에 불복하여 행패를 부리는 사람들도 있니?"

첫 번째 출전자들이 싸우는 것을 보며 예청은 예설에게 물었다. 그녀의 의문에 예설은 고개를 끄덕이며 대답해 주었다.

"그래요. 몇 번이나 비무의 결과에 승복 못한 관중들이 폭동을 일으킨 적이 있어요. 대회가 정과 마의 대결이 많다 보니까 흥분한 정파나 마도의 사람들이 폭동을 일으키곤 하는 거죠."

"하하하, 소저의 말은 약간 틀린 것 같소이다."

그때 예설의 옆에 있던 한 사내가 예설의 말에 잘못된 점이 있다는 것을 지적했다.

'이, 이 사람은……!'

그의 얼굴을 본 순간 예청은 황급히 그에게서 고개를 돌렸다. 그는 전에 구대문파의 후기지수들 모임에서 보았던 청성파 장문인 건곤신검 조양수의 아들이자 청성파 최고의 후기지수인 낙운검 조자양이었던 것이다.

"흥, 내 말이 어디가 틀렸다는 거죠?"

"하하, 폭동을 일으킨 적이 몇 번 있기는 했으나 그것은 모두 사파의 잡배들이 일으켰을 뿐 우리 정파 측에선 단 한 번도 폭동을 일으킨 적이 없답니다."

"흥, 제가 듣기론 정파 측에서도 폭동을 일으킨 적이 있다고 하던데요."

"하하, 잘못 아신 겁니다. 우린 다만 사파의 잡배들이 난동을 부릴 때 그들을 막기 위해 나섰을 뿐 먼저 폭동을 일으킨 적은 없었답니다."

"그런가요? 내가 알기론… 어?"

그녀가 막 반론을 펼치려 할 때 예청이 그녀의 옆구리를 찔렀다. 그녀는 예설에게 전음으로 어서 자리를 피하자고 했다. 이유는 묻지 말고.

"이만 실례해야겠군요. 하지만 이건 알아두세요. 1백 20년 전, 영웅제일좌를 가리는 결승전에서 마도의 고수이셨던 극마존(極魔尊) 어르신이 이기려 하자 정파 측에서 폭동을 일으켜 대회가 하루 동안 중단되었단 것을요. 아마 그 하루 동안 정파의 첩자가 극마존 선배님에게 암수를 가해 정파 측이 승리할 수 있었을 걸요. 흥!"

예설은 톡 쏘아붙이며 예청과 급히 그 자리를 벗어났다. 그녀들은 비무대를 반 바퀴 돌아 정반대로 가서 자리를 잡았다.

"흥, 그 꼴같잖은 얼굴이라니! 확 한 대 때려줄 걸 그랬어. 언니, 왜 그자를 피한 거예요?"

"그는 청성파의 후기지수인 낙운검 조자양이란 자로 내 얼굴을 알고 있는 사람이야."

"흥, 청성파. 그래서 그토록 오만한 거였군. 구대문파의 후기지수라서 말이지. 내 손 한 방이면 끝장날 주제에."

예설의 무공은 현재 엄청난 상태였다. 아마 청성파의 장문인인 조양수를 만나도 지지 않을 것이다. 그러니 그녀가 맘만 먹는다면 조자양정도는 충분히 날려 버릴 수가 있을 것이었다. 그런 그녀를 진정시키며 예청은 비무대로 고개를 돌렸다.

"진정해. 그보다 비무 구경이나 하자."

비무는 순조롭게 진행되고 있었다. 정파가 이기면 정파의 구경꾼들이 함성을 질렀고, 마도가 이기면 마도의 구경꾼들이 함성을 질렀다. 그리고 위문의 차례가 다가왔다. 위문은 조금 전에야 비무대회장으로 왔다. 그동안 그는 사군악에게서 실전에 대한 강의를 들었다.

　"위 대가, 무리하시진 마세요."

　"그래요. 혹 상처를 입거나 하시면 안 돼요."

　다음다음이 위문의 차례였다. 그동안 예청과 예설은 그의 곁에 붙어 몸조심하라며 끊임없이 걱정의 말을 해댔다.

　"하하, 걱정 마시오. 내 알아서 하리다."

　위문은 현재 검은 복면으로 얼굴을 가리고 죽립까지 쓰고 있는 상태였다. 그것은 사군악과 예청, 예설과 합의 끝에 결정한 방법으로 행여 그를 알아보는 사람이 있을 것에 대비해 준비를 한 것이었다. 이윽고 위문의 차례가 되었다.

　"다음은 유향문(流香門)의 곽무진(藿茂辰) 소협과 금붕문의 내당당주의 대결이오."

　무유숭의 말이 떨어지자 곽무진과 위문이 비무대 위로 올라왔다. 유향문은 부드러움의 묘를 살린 유향경천검(流香驚天劍)이란 검법으로 꽤 이름이 있는 문파였다. 곽무진은 그 유향문의 적전제자로서 유향문 백오십 문도의 기대를 한 몸에 짊어지고 있는 사내였다. 그는 지관의 관문을 통과하고 여기에 오른 것이기에 단 한 번도 실력을 드러낸 적이 없었다. 그것은 위문도 마찬가지였기에 그들의 대결은 세인들의 큰 관심의 대상이 되고 있었다. 특히 위문은 금붕문이 내놓은 3명의 고수들 중 가장 장막에 싸여져 있는 인물이었기에 정파 측의 수뇌들은 그를 예의 주시하고 있었다.

"드디어 숨은 21명 중 하나가 모습을 드러내었군요."

위문의 모습을 보며 아미파의 장문인인 절진 사태가 입을 열었다. 구대문파와 오대세가는 숨어 있는 칠패천의 21명 중 반수 이상의 신상에 관한 것을 모두 파악하고 있었다. 그들이 최대의 변수란 것은 모두 잘 알고 있었으니 말이다. 하지만 끝끝내 밝히지 못한 자들도 있었는데 그중 하나가 바로 금붕문의 내당당주였다. 그러니 그들이 관심을 보이는 것은 당연한 일일 것이다.

"흥, 무엇이 그리 부끄러워 죽립을 쓰고 있는 것이지? 혹 얼굴이 추악하기라도 한가?"

곽무진은 검을 뽑아 들며 냉소를 터뜨렸다. 우선 말로써 기선을 제압하고 승부를 낼 생각이었던 것이다. 하지만 위문은 아무런 말 없이 한쪽 발을 앞으로 내밀었다.

"흥, 건방진 놈. 곧 네놈의 추악한 얼굴을 벗겨주마."

말이 떨어짐과 동시에 곽무진이 위문에게 몸을 날렸다. 그의 검세가 덮쳐 오고 있건만 위문은 여전히 움직이지 않았다.

"하하하, 네놈은 끝이다!"

곽무진은 고함을 지르며 검을 쑤욱 내밀었다. 막 그의 검이 위문의 목을 꿰뚫으려 할 때 위문의 몸이 움직였다. 곽무진의 검은 허공을 찔렀고 어느새 위문은 그의 뒤편에 서 있었다.

"이얍!"

다시 곽무진은 기합성을 내며 공격해 갔지만 위문은 다시 몸을 돌려 피해 버렸다. 위문은 자신의 처음 비무이고 보니 우선 신중하게 상대의 공격을 피하며 허점을 파악할 속셈이었다. 그래서 그는 계속 피해

다니기만 했고, 곽무진은 약이 오를 대로 올라 미친 듯이 비전의 검법인 유향경천검법을 전개해 나갔다. 한 사람은 쫓고 다른 한 사람은 피하고 그렇게 한 식경이 흘렀다.

"헉헉, 이 비겁한 놈. 도대체 언제까지 피하기만 할 셈이냐?"

한 식경 동안 쉬지 않고 공격을 했기에 곽무진은 지쳐 있는 상태였다. 그 모습을 가만히 지켜보던 위문은 천천히 그에게 걸어갔다. 조금 전부터 끝내리라 마음먹고 있었다. 상대의 검은 꽤 날카롭긴 했지만 그가 보기엔 너무도 허점이 많았다. 하지만 처음 비무이다 보니 상대를 공격하기가 약간은 주저됐던 게 사실이었다. 왠지 공격하면 반격당할 것 같고, 한 대 치면 죽어버릴 것 같다는 등등의 이유로 인해서 여태껏 시간을 끌고 있었던 것이다. 하지만 상대의 상태를 보니 끝을 낼 때가 다가왔다고 생각했다. 곽무진에게 걸어가는 그의 걸음은 조금도 흐트러지지 않았다. 한 식경 동안이나 쉬지 않고 몸을 움직였건만 조금도 지치지 않은 듯했다.

한편 위문이 자신에게 다가오는 것을 본 곽무진은 야무진 생각을 품었다.

'네놈은 이제 끝이다.'

곽무진은 위문이 방심한 것이라고 생각했다. 그가 자신의 검의 사정거리까지 왔을 때 그는 일격에 모든 힘을 실어 공격을 할 셈이었다. 그리고 위문이 그의 사정거리에 들어왔다.

"이얍!"

곽무진은 있는 힘껏 검을 휘둘렀다. 하지만 그의 검은 허공을 갈랐을 뿐이었다.

퍽!

"으윽."

둔탁한 소리와 함께 누군가의 신음이 터졌다. 그와 동시에 곽무진은 그대로 쓰러져 버렸다. 위문은 곽무진의 의외의 일검에 약간 놀라긴 했지만 충분히 피할 수가 있었다. 그는 곽무진의 검을 피해 그의 뒤로 돌아가 그의 목 뒷부분을 가볍게 쳐서 그를 기절시킨 것이었다.

"승자는 금붕문의 내당당주이오."

무유숭이 승패의 결과를 알리자 비무대 아래에서 마도인들이 함성을 내질렀다. 위문은 그들의 환호를 받으며 천천히 비무대를 내려왔다. 그가 내려오자 예청과 예설이 재빨리 그에게로 다가가 축하의 말을 건넸다.

"어휴, 가슴이 조마조마해 죽는 줄만 알았어요. 몸은 괜찮아요?"

예설이 위문의 곁에 다가서며 말을 건넸다.

"괜찮소. 다행히 상대가 그리 강하지 않았소."

그와 예청 자매는 오순도순 이야기를 나누며 비무대회장을 떠났다. 위문의 경기도 치렀고 하니 더 이상 남아 있을 이유가 없었으니까.

한편 그들이 떠나는 것을 예의 주시하고 있던 화중문은 옆에 앉아 있는 절진 사태에게 말을 건넸다.

"사태는 어떻게 생각하십니까?"

위문이 어느 정도의 고수로 보이느냐는 말이었다. 그의 물음에 절진 사태는 신중히 생각하더니 입을 열었다.

"으음, 알 수가 없군요. 저자가 경공의 대가란 것밖엔"

"저도 그렇게 생각합니다. 저자가 곽무진의 검을 피할 때 쓴 것은 비응신법인 것 같았습니다. 한데 저자는 그 외에 다른 무공은 선보이지 않았습니다. 경공만을 집중적으로 익힌 자인지, 아니면 무공을 익혔으면서도 쓰지 않고 있는 것인지……."

그때 옆에 있던 해남파의 장문인인 양지강이 화중문의 말을 받았다.

"몸놀림이 놀라운 것으로 보아 경공술의 대가인 것만은 확실한 것 같군요. 검을 피할 만큼만 몸을 움직여 정확히 피한 것과 한 식경 동안이나 쉬지 않고 움직였음에도 불구하고 조금도 힘들어하지 않는 것은 약간의 군더더기조차 없는 지극히 실용적인 몸놀림을 구사했다는 것. 게다가 체격도 그리 크지 않고 근육도 발달되지 않은 것으로 보아 아마 금붕문에선 저자에게 경공만을 집중적으로 가르친 것 같습니다. 유향문의 검법은 지극히 부드러운 것, 결코 빠르다고는 할 수가 없는 검법이니 저자가 이기는 것도 무리는 아니었겠지요."

"하면 양 장문인께선 저자가 경공만이 장기일 뿐 다른 것은 별 볼일 없다고 생각하시는 겁니까?"

"하하, 아마 그럴 것입니다. 저자가 마지막에 곽무진을 쓰러뜨린 일초는 지극히 어설픈 것이었으니까 말이오."

"나도 그렇게 생각이 되는군요. 저자가 마지막에 보여준 초식은 사실 초식이랄 것도 없는 것이었어요. 그저 손을 들어 내려친 것뿐 그것으로 보아 그리 강한 무공을 익힌 것 같지는 않아요."

절진 사태가 양지강의 말에 동조하고 나섰다. 저 내당당주라는 자는 경공만이 장기일 뿐 다른 것은 별 볼일 없는 것 같았다. 어깨도 벌어지지 않았고 근육도 별로 있어 보이지 않았으니 그녀가 그렇게 생각하는 것도 무리는 아니었다.

"하하, 그럼 다행입니다. 저자는 경공만을 제압하면 될 것이니 큰 위협은 되지 않겠군요."

　화중문의 말에 모두들 동조했다. 그들이 경공만이 장기라 믿고 있는
인물의 무서움을 아직 실감하지 못하며 말이다.

제10장

금붕문의 비밀 무기

금붕문의 비밀 무기

"언니, 내가 뭘 가져왔는지 알아?"

예설은 호들갑을 떨며 예청이 있는 방으로 들어왔다. 예청은 예설이 들어오자 하고 있던 일을 멈추고 그녀를 반갑게 맞았다.

"무슨 일인데 이렇게 호들갑이니?"

"내가 방금 입수한 게 있는데… 어? 언니, 지금 뭐 하고 있었어?"

"어, 으응. 그게……."

"어디, 어디 좀 봐. 우와~ 이거 정말 언니가 만든 거야?"

예설은 예청이 하다가 만 것을 바라보고는 놀라움을 금치 못했다. 며칠 전에 시녀를 시켜 옷감을 가져오게 하더니 이렇게 멋진 의복을 만들고 있으리라고는 생각지도 못했던 일이었다.

"호오, 이걸 위 대가에게 주려구?"

예설이 반 정도 만들어진 백의를 만지며 음흉한 미소를 지었다.

"아, 아니, 그냥 심심해서……."

예청이 얼굴을 붉게 물들이며 극구 부인했지만 이미 예설은 그녀의 속마음을 알아챈 뒤였다.

"이야~ 위 대가가 이걸 입으면 정말 잘 어울리겠는데? 언니, 옷 만드는 법 나도 좀 가르쳐 줘."

"그, 그래, 가르쳐 줄게. 그보다 뭘 가지고 왔니?"

"참, 내 정신 좀 봐. 내가 방금 비무대회의 대진표를 입수했어. 그래서 이렇게 달려온 거야."

"그래? 어디 좀 보자."

예설은 품에서 둘둘 말려져 있는 두루마리를 꺼내 펼쳤다. 그 두루마리엔 비무대회에 출전한 사람들의 이름이 빽빽하게 적혀져 있었다.

"여기, 여기에 위 대가의 이름이 있어."

"어디?"

한동안 이름들을 뒤적거린 끝에 예설은 내당당주라고 적힌 이름을 찾아냈다.

"어디, 다음 상대를 볼……."

예설은 위문의 다음 상대를 찾아 그 이름을 보다 말고 급히 예청의 얼굴을 바라보았다. 예청 역시 예설을 보고 있었는데 그녀의 얼굴은 당혹감으로 물들어 있었다. 위문의 다음 상대는 다름 아닌 아미파 장문인 절진 사태의 셋째 제자이자 예청의 사저였던 의화(意花)였던 것이다.

"언니, 이 일을 어쩌죠?"

"하필이면… 왜… 의화 사저랑……."

예청은 침울한 표정을 지으며 고개를 절레절레 흔들었다. 다른 사람은 몰라도 의화는 그녀에게 매우 소중한 존재였다. 그녀가 어릴 때부터 의화는 그녀를 친동생처럼 대하며 각별한 신경을 써주었던 것이다. 그녀가 파문당할 때에도 가장 슬퍼했던 사람이 바로 의화였다. 한데…
그 의화와 위문이 싸우게 된다니 그녀의 마음은 심란해질 수밖에 없었다.

"언니, 우리 위 대가에게 가봐요. 위 대가와 상의해 보자구요."

예청의 마음을 어느 정도 짐작한 예설은 그녀의 손을 잡아끌고 위문이 있는 곳으로 찾아갔다. 위문은 자신의 거처 뒤뜰에서 사색에 잠겨 있는 중이었다. 그는 막 곽무진의 검법을 생각하다 두 자매의 침입을 받았는데 두 자매는 그를 보자마자 걱정스런 목소리로 입을 열었다.

"위 대가, 이 일을 어쩌면 좋아요?"

"무슨 일인데 그러오?"

"위 대가의 다음 상대가 누군지 아세요?"

"아직 모르고 있소. 왜 그러오? 혹 소림사 사람이오?"

"아니요. 그건 아니지만… 언니, 언니가 말해요."

예설이 자신에게 떠넘기자 예청은 주저하며 입을 열었다.

"저… 위 대가의 다음 상대는 아미파의 분이에요. 의화라고…….."

예청의 말에 흠칫 놀랐지만 위문은 애써 평정을 유지하며 반문했다.

"아미파라면… 아청이 스님으로 있던 그곳이오?"

"…예."

"그거 큰일이구려. 다음 상대가 아청 당신과 관계가 있는 사람이라니……."

"무슨 좋은 방법이 없을까요?"

예청의 말에 한동안 곰곰이 생각해 본 예설이 그녀의 말을 받았다.

"이러면 어떨까?"

"뭐 좋은 방법이라도 생각났어?"

"어, 그러니까 위 대가가 일회전 상대에게 했던 것처럼 의화를 아무런 상처 없이 제압하면… 괜찮지 않을까?"

"하지만… 의화 사저의 무공은 고강한데……."

"그래도 위 대가의 무공 역시 엄청나잖아. 위 대가라면 의화를 아무런 상처 없이 제압할 수도 있지 않을까?"

"위 대가……."

예청이 뭔가 호소하는 눈빛으로 위문을 응시했다. 그녀의 눈빛에서 그녀의 마음을 읽은 위문은 고개를 끄덕였다.

"알겠소. 내 무슨 일이 있어도 의화란 분을 다치지 않게 하리다. 그러니 걱정하지 말구려."

그의 시원스런 대답에 예청은 안도의 한숨을 내쉬었다. 그녀가 걱정한 것은 둘이 싸우게 되면 어느 한쪽이 다칠 것이기에 그랬던 것인데, 위문이 만약 의화를 아무런 상처 없이 제압해 버리면 의화도 안 다치고 위문 또한 안 다치게 되니 다행이라는 생각이 든 것이다. 물론 그대로만 된다면 말이다.

"정말 그래 주실래요?"

"하하, 걱정하지 마시오. 내 최선을 다해보겠으니. 그건 그렇고 수련은 잘하고 있소? 필요하다면 내가 지금……."

"안 돼요. 행여 아버지가 아시는 날엔 우리 둘 다 끝장난다구요."

비무대회가 끝날 때까지 사군악은 두 딸들에게 위문에게서 내공을 건네받는 일을 하지 못하게 했다. 위문은 내공이 허비되더라도 금세 회복된다고 했지만 그래도 행여 대회에 지장이 있을까 해서 말이다.

"우리에게 내공을 넣어주는 일은 대회가 끝나고 난 뒤에 천천히 해도 되니까요."

예청까지 이렇게 말하자 위문은 할 수 없다는 듯 더 이상 그 말을 꺼내지 않았다.

그로부터 한 달 후, 지관의 1차전이 모두 끝났다.

1차전에 통과한 256명 중 정파의 무인들은 모두 180명, 마도의 무인들은 67명, 중립의 무인들은 모두 9명이었다. 정과 마의 싸움은 모두 137회였는데 그중 정이 70회를 이겼고 마는 67회를 이겼다. 숫자상으로 보자면 정이 근소한 차이로 우세한 것 같지만 사실은 그렇지가 못했다. 정파는 1차전에서 적어도 마도에 90회는 이길 것이라고 보았었는데 무려 20회나 오차가 생겨 버렸던 것이다.

칠패천의 숨은 고수들인 21명은 그렇다 치더라도 다른 이름없는 중소 방파의 마도인들이 너무도 분발하고 있었다. 확실히 이길 것이라 보았던 구대문파의 문하가 패한 것만도 수십 회에 이르렀고, 그것은 오대세가조차도 마찬가지였다. 그래서 2차전에 출전할 180명 중 구대문파의 문하는 겨우 41명, 오대세가의 문하는 더 더욱 적은 22명밖에 되지 않는 실정이었다. 해서 오늘 구대문파와 오대세가의 수뇌부들이 한자리에 모여 내일부터 벌어질 2차전에 대한 대비를 하고 있었다.

"으음, 우선 이자부터 살펴봅시다. 더 이상의 실수가 있어서는 안 되니까 말이오."

원형의 탁자에 구대문파와 오대세가의 수뇌들이 앉아 있었다. 화중문은 그들을 한 번씩 돌아보며 수북이 쌓여 있는 서류 뭉치들 중 한 장을 꺼낸 뒤에 서 있는 총관 무유숭에게 건넸다. 무유숭은 화중문에게

서 서류를 건네받아 모두에게 들리도록 큰 소리로 또박또박하게 읽었다.

"성명 금봉문 내당당주, 이자는 1차전에서 금봉문의 비전신법인 비응신법으로 추정되는 신법을 사용해 유향문의 적전제자인 곽무진을 가볍게 제압했습니다. 그는 오직 비응신법만을 펼쳐 곽무진을 지치게 만든 후 마지막에 단순한 동작으로 그를 기절시켰습니다. 그의 체구나 근육의 발달 정도를 보아 상승 무공을 익힌 것 같지는 않으며 경공만을 집중적으로 훈련받은 것 같습니다. 곽무진의 검을 피한 동작 하나하나는 조금도 불필요한 동작이 들어가 있지 않은 최소한의 움직임이었으며, 빠른 몸놀림으로 보아 비응신법을 극성으로 익힌 것 같습니다. 이자는 최근까지 그 존재조차 밝혀지지 않은 상태였는데 갑자기 등장한 인물로서 얼굴을 검은 복면으로 가리고 거기에 죽립까지 쓴 것으로 보아 무슨 사연이 있는 것 같습니다. 거기에 대해서도 지금 조사 중에 있으니 곧 밝혀질 것입니다."

"그자의 다음 상대는 누구인가?"

화중문이 무유승에게 물었다. 그러자 무유승은 절진 사태를 바라보며 말했다.

"이자의 다음 상대는 아미파 절진 사태의 셋째 제자인 의화 스님입니다."

"흥, 그자에 대한 것은 그리 걱정할 필요가 없을 거예요. 이미 의화는 그자의 약점을 파악해 놓은 상태, 그자는 의화를 절대 이길 수 없어요."

절진 사태는 확신하듯 말했다. 그녀의 말에 화중문은 고개를 끄덕이며 입을 열었다.

"그렇다면 다행입니다. 그럼 이자의 문제는 됐고, 다음은 이자입니다."

하며 화중문은 다시 한 장의 서류를 무유승에게 주었다.

"성명 혈왕파 혈사일호(血邪一戶), 이자는 보란 듯이 1차전 상대인 곤륜파의 가중엽(柯重葉)을 상대로 혈왕도법(血王刀法)을 아낌없이 펼쳤습니다. 그가 쓴 초식은 매우 날카로웠고 뒷받쳐 주는 내공 또한 상당한 것이었습니다. 그것으로 보아 그는 혈왕파의 종주에게서 직접 무공을 사사받은 것으로 추정됩니다. 이자는 오래전부터 개방(丐幇)이 감시하고 있었는데 그 약점이 한 가지 발견되었습니다. 그는 쉽게 흥분하는 것으로 나타났는데 그것을 이용한다면 쉽게 승리할 수가 있을 것입니다."

"으음, 이자는 잔인하게도 곤륜 문하의 두 다리를 잘라 버렸소. 덕분에 곤륜은 아까운 인재 하나를 잃게 되었고."

화중문의 말에 곤륜의 운학 도장은 나지막하게 한숨을 내쉬었다. 그것을 아는지 모르는지 화중문은 무유승에게 물었다.

"이자의 다음 상대는 누구인가?"

"다음 상대는 당문의 당예입니다."

"총관은 수하를 시켜 당문에 이 사실을 알리게. 당문이라면 암기를 이용해 그를 흥분시켜 제압할 수 있을 것이야."

"예, 알겠습니다."

"그럼 이자의 문제도 해결됐고, 다음은……."

구대문파와 오대세가의 수뇌들의 모임은 67명의 마도인들의 무공과 약점을 파악하고 나서야 끝이 났다.

그리고 다음날, 지관의 2차전이 열렸다.

위문은 열세 번째로 출전하게 되어 있었는데 지금 막 열한 번째의 비무가 시작되고 있었다.

"언니, 떨지 말아요. 나까지 떨리잖아."

위문의 차례가 다가올수록 예청은 안절부절못했다. 그녀의 사저였던 의화와 그녀가 사랑하는 위문의 대결이 다가오고 있으니 그런 것이었다. 그녀는 위문을 믿고 있었지만 행여 의화가 다칠까 봐, 아니면 위문이 다칠까 봐 걱정스러웠다. 그런 그녀를 예설이 진정시키고 있긴 했지만 예청의 불안함은 가실 줄을 몰랐다. 위문은 방금 그녀들의 곁을 떠나 비무대 아래의 출전자 대기석으로 자리를 옮겼기에 예청은 위문의 앞이라 드러내지 못했던 초조와 불안을 한껏 표출하고 있었다.

"언니, 심호흡해요, 심호흡. 후욱, 후욱……."

예설은 궁여지책으로 예청을 진정시키기 위해 크게 심호흡을 하며 예청에게 자신을 따라하라고 했다. 곧 예청도 마음을 진정시키기 위해 크게 심호흡을 하기 시작했고, 덕분에 위문의 차례가 됐을 때는 어느 정도 마음이 진정되어 있었다.

"다음은 금봉문 내당당주와 아미파 의화 스님의 대결이오."

무유승의 말이 끝나자 비무대 위에 의화와 위문이 올라왔다.

"아미타불, 한 수 부탁드리겠습니다."

의화는 검을 뽑기에 앞서 위문에게 합장을 하며 인사를 건넸다. 그녀의 인사에 위문 역시 합장을 해 보였다. 의화는 마도의 사람이 자신에게 합장을 하자 약간 놀랐지만 곧 그것을 잊어버리고 검을 뽑아 들었다. 그녀가 검을 뽑아 들자 위문 역시 한 발을 앞으로 반보 내디디며 두 손을 비스듬히 들어 올렸다.

의화는 조금씩 앞으로 걸어가 위문과 3장의 거리가 되게 하였다. 그리고는 몸을 움직이지 않으며 위문을 뚫어지게 노려보았다.

사부님에게서 듣기로 저자의 경공은 가히 일절이라고 했다. 그러니 섣불리 움직일 생각일랑 하지 말고 저자가 움직이길 기다렸다가 약점을 파악해 공격하라고 하셨었다. 정(靜)으로 동(動)을 제압하는 것이 절진 사태가 가르쳐 준 방법이었던 것이다. 하지만 그것을 모르는 위문은 의화가 공격하지 않자 먼저 몸을 움직였다.

슈슈슉.

곧 그의 몸이 보이지 않을 정도로 빨리 의화의 주위를 맴돌았다. 하지만 의화는 몸을 움직이지 않으며 자신의 모든 감각을 동원해 위문의 위치를 잡으려고 노력했다. 위문은 끊임없이 의화의 주변을 맴돌며 그녀에게서 허점이 나타나기를 기다렸다. 하지만 의화의 자세는 꽤 완벽한 것이었고, 허점이 몇 군데 있긴 했지만 그의 실전 경험 부족으로 인해 공격할 기회를 번번이 놓치고 말았다.

그렇게 시간이 흘렀지만 위문은 여전히 의화의 주변을 빠른 속도로 맴돌며 어떻게 하면 그녀를 상처없이 제압할까 고심했다. 몇 군데 허점이 있었지만 그곳을 공격했다간 의화는 크게 다칠 것이었다. 해서 그는 아직까지 의화에게 손을 대지 못하고 있었다.

이에 지치는 것은 의화였다. 끊임없이 심력을 허비하며 위문을 경계했기에 그녀가 먼저 지쳐 가고 있었다. 그녀의 전신은 온통 땀으로 덮였고 몸 또한 미세하게 떨리고 있었다.

'어떻게 된 거지? 저렇게 움직였으면 지칠 때도 됐건만⋯ 더 기다려야 하는 것일까? 아니면 내가 먼저 공격해야 하나?'

의화는 상대가 전혀 지친 기색을 보이지 않자 혼란에 빠졌다. 자신의 체력은 계속 줄어들고 있건만 자신보다 몇십 배나 더 힘이 들 것이 분명한 상대는 전혀 지친 기색 없이 계속 보이지 않는 속도로 움직이고 있으니 그런 것이었다.

'저자는 지치질 않고 있다. 이대로 가다간 내가 먼저 지칠 것이다. 그렇다면 선제공격밖엔……'

다시 일각이 흐르자 이대로 가다간 먼저 지칠 것이란 생각이 든 의화는 먼저 공격하기로 맘을 먹었다.

슈슈슉! 프아앙~!

위문이 막 그녀의 옆으로 돌 때 그녀는 처음으로 검을 휘둘렀다. 그리고는 빠른 속도로 위문을 따라가며 무차별 검법을 퍼부었다. 그도 겉으론 내색하지 않지만 지쳤을 것이다. 사부님에게 듣기로 그는 경공을 제외하고는 다른 무공은 별 볼일 없다고 했었다. 그러니 무차별적으로 공격을 퍼부으면 어느 한 번은 맞을 거라는 게 그녀의 생각이었다. 하지만 그녀의 검은 계속해서 위문을 맞추지 못했다. 그리고 그녀가 위문에게 혼신의 힘을 다해 검을 휘두른 순간 그녀의 시야에서 위문의 몸이 사라져 버렸다.

퍽!

그와 동시에 뒤통수에 강한 충격이 느껴졌다. 의식을 잃은 그녀의 몸은 서서히 바닥으로 쓰러졌다.

"승자는 금붕문의 내당당주이오."

위문은 천천히 비무대 밑으로 내려가 그를 기다리고 있는 예청 자매 쪽으로 걸음을 옮겼다. 그런 위문의 모습을 보며 절진 사태는 신음을 흘렸다.

"저, 저럴 수가… 의화가 저렇게 맥없이……!"

그런 그녀를 화중문이 위로했다.

"저자의 체력을 염두에 두지 않은 게 실수였던 것 같습니다. 저렇게 오랫동안 쉬지 않고 경공을 전개할 수 있을 줄은 저도 미처 생각하지 못했으니까 말입니다."

"정말 놀라운 일이오. 어떤 방법으로 수련했기에 저토록 오랫동안 경공을 전개할 수 있는지……."

옆에 있던 해남파의 장문인인 양지강이 역시 놀람의 빛을 감추지 않으며 말했다.

"난 의화에게 정으로 동을 제압하라고 했소. 저자가 지치길 기다려 허점이 보일 때 공격하라고 말이오. 한데 저렇게 오랫동안 경공을 전개하고도 전혀 지치지 않다니……."

절진 사태는 아직 의화가 진 것에 대해 놀라움이 가시질 않고 있었다. 그런 그녀를 보며 화중문은 한 가지는 분명하다고 말했다.

"방금의 비무로 인해 한 가지는 확실해졌군요. 저자는 경공만을 극성으로 익혔다는 것과 지치게 만든 뒤 공격하는 건 그리 효과를 볼 수 없다는 것 말입니다."

그때 가만히 비무대를 주시하던 곤륜파의 장문인인 운학 도장이 만면에 미소를 머금은 채 말했다. 방금 다음 비무가 끝났는데 승자는 곤륜파의 적전제자이자 자신이 가장 아끼고 있는 무영신룡(無影神龍) 계천성(契穿星)이었다.

"하하, 우리 천성이가 이겼으니 3차전에서 금붕문의 내당당주와 대결하는 것은 우리 천성이가 될 것이오. 저 내당당주의 경공이 제아무리 뛰어나다 하나 우리 천성이 역시 운룡대팔식(雲龍大八式)을 구성 가까이 익혔소. 빠른 것은 그보다 더 빠른 것으로 제압하면 간단한 일,

금붕문의 내당당주는 3차전에서 탈락하게 될 것이오."

계천성이 운룡대팔식을 구성이나 익혔단 말에 모두의 고개가 끄덕여졌다. 정파 최고의 경공이 운룡대팔식이었다. 그러니 저 내당당주와 비무를 벌인다 해도 경공으로 뒤질 리는 없었다. 거기다 적전제자이니만큼 비전무공인 풍운조법도 익혔을 것, 저 내당당주는 경공을 제외하고는 다른 무공은 별 볼일 없을 것이니 계천성이 그를 경공으로 제압하고 풍운조법으로 공격한다면 이길 수가 있을 것이었다.

"하하, 그럼 금붕문의 내당당주는 3차전에서 탈락한다고 봐도 무방하겠군요."

곤륜의 운룡대팔식을 믿고 있기에 화중문은 믿음이 간다는 투로 말했다.

그의 말대로 될지는 모르는 일이지만.

한편 정파의 수뇌들이 자신에 대한 얘기를 하고 있단 것을 모르는 위문은 아직 비무대회장을 떠나지 못하고 있었다. 예청과 예설이 볼 것이 있다고 했기 때문이다.

"그 당예란 자가 누구이기에 그의 비무를 보고 싶다는 것이오?"

곧 있으면 당예의 비무가 벌어진다. 예청과 예설은 위문에게 당휘, 당예 형제가 예청에게 흑심을 품어 그녀를 납치하려 했다는 것을 말하지 않았었다. 구태여 그런 것을 말해 위문의 심기를 건드리고 싶지는 않았기 때문이다.

예청은 당예 형제가 자신을 파락호들의 손에서 구해주긴 했으나 때마침 금붕문의 무사가 나타나지 않았으면 그들에게 겁간당했을 거라 생각하니 치가 떨렸다. 그리고 예설 또한 예청에게서 그 이야기를 들어 분노를 느끼고 있었다. 당당한 정파의 무인이 여인을 겁간하려 하다니 말이다. 해서 그녀들은 당예가 싸워 패하는 모습을 똑똑히 지켜보고 싶었다.

"그냥 궁금해서요. 당문의 암기술은 알아주잖아요. 전 한 번도 당문의 무공을 본 적이 없거든요."

예설이 거짓말하는 거라고는 생각지 못한 위문은 그저 그런가 보다 하고 치부해 버렸다. 또한 자신도 암기술은 본 적이 없었기에 궁금해지기도 했다.

이윽고 당예의 차례가 되었다. 그의 상대는 혈왕파의 혈사일호란 이름의 괴인이었다.

이미 1차전에서 그 잔인한 손속을 보여주었던 그가 비무대 위에 올라오자 정파 측에선 야유가, 마도 측에선 환호성이 터져 나왔다.

"크크크, 암기 따위의 조잡한 무공으로 이 몸을 상대하려고 하다니, 가소롭기 짝이 없구나."

혈사일호는 허리춤에 차고 있던 핏빛 도를 뽑으며 음산하게 말했다. 하지만 당예는 혈사일호의 말에 코웃음을 치며 냉소를 터뜨렸다.

"흥! 그 따위 삼류 잡배의 무공을 믿고 설치는 꼴이라니, 푸줏간에서 백정 짓이나 할 것이지 여기엔 무슨 일로 왔느냐?"

"크크크, 뚫린 입이라고 함부로 지껄이다니, 명년 오늘이 네놈 제삿날이 될 것이다."

"자신있으면 덤벼보려무나, 아가야."

"으드드득! 명을 단축하는구나."

"호오, 과연 그럴까?"

"이익, 이놈! 받아랏!"

당예의 비꼬는 말에 화가 치솟은 혈사일호는 도를 휘두르며 당예를 덮쳐 갔다. 하지만 그는 당예를 덮쳐 가다 재빨리 몸을 비틀었다. 어느새 암기가 그를 향해 날아오고 있었던 것이다.

"왜? 공격한다더니?"

자신에게 달려오지 못하고 중간에 멈춰 버린 혈사일호를 보며 당예가 이죽거렸다. 그에 혈사일호는 더욱 화가 나 당예를 덮쳐 갔지만 그때마다 번번이 당예의 암기에 막혀 접근을 하지 못했다. 당예는 그런 그를 더욱 비웃었고, 그에 혈사일호는 화가 머리끝까지 치솟아 비전의 혈왕도법을 전개해 나갔다. 곧 그의 전신이 핏빛으로 물들어갔고 그는 괴성을 지르며 당예를 덮쳐 갔다.

"이야압! 혈왕도법의 제물로 만들어주마!"

그 괴기스런 모습에 당예는 감히 자만하지 못하고 신중히 몸을 움직였다. 자신에게 도를 휘두르며 달려오는 혈사일호에게 철질려(鐵蒺藜)를 대여섯 개 날리며 왼쪽으로 몸을 피했다. 혈사일호는 날아오는 철질려들을 무차별적으로 도를 휘둘러 떨어뜨리고는 당예가 피한 쪽으로 방향을 바꿔 달려가며 혼신의 힘을 다해 도를 휘둘렀다. 그런 혈사일호의 공격을 힘겹게 피하며 당예는 상대가 눈치 채지 못하게 바닥에 마비 성분의 독이 발라져 있는 암기를 뿌렸다.

"크아아악! 네 녀석의 가죽을 벗겨 버리겠다!"

그의 예상대로 혈사일호는 암기를 밟았고 괴성을 지르며 그에게 덤벼들었다. 혈사일호의 도가 그를 덮쳐 오는 순간 그는 몸을 왼쪽으로 이동시키며 한 움큼의 추혼전(追魂錢)을 뿌렸다.

추혼전은 근접전에서 가장 위력을 발휘하는 암기로 이 순간 가장 유용했다. 혈사일호는 성급히 공격을 감행한 것을 후회했지만 이미 늦은 일, 서둘러 호신강기를 펼쳐 추혼전을 막아보려 했지만 이미 독이 그의 하반신에 침투한 상태라 제대로 된 호신강기가 펼쳐질 리 만무했다. 자연 그의 몸은 추혼전에 벌집이 되고 말았다.

차근차근 거리를 좁히며 혈왕도를 시전했다면 충분히 이길 수 있었을 것인데 너무 흥분해 무턱대고 덤빈 대가였다.

"승자는 당문의 당예 소협이오."

우와와—!

당예가 혈사일호를 쓰러뜨리자 정파 측에서 함성이 터져 나왔다. 당예가 거만하게 웃으며 비무대를 내려가는 것을 보며 위문 일행도 자리에서 일어났다.

"저 무식한 인간, 차근히 거리를 좁히며 공격했으면 충분히 이길 수 있었을 텐데 말 몇 마디에 흥분해서 저렇게 당하다니!"

예설은 당예가 이긴 것이 몹시 화가 나는 듯 이를 뿌드득 갈며 분통을 터뜨렸다. 예청 역시 말은 안 했지만 당예가 이긴 것에 화가 났다. 그가 지는 모습을 지켜보기를 원했었는데 오히려 승리에 도취된 거만한 모습만을 보고 말았으니 화가 나는 건 당연한 일이었다.

물론 위문은 그녀들이 왜 저렇게 흥분하는지 고개를 갸웃거리며 이해하지 못해했다.

그날 밤, 위문은 갑작스런 사군악의 방문을 받았다.

사군악은 종종 그를 찾아오곤 했지만 이렇게 늦은 밤에 찾아온 적은 한 번도 없었다.

"이 시간에 어쩐 일이십니까?"

사군악을 탁자로 안내하며 위문은 물었다.

"자네에게 한 가지 궁금한 것이 있어서 왔네."

사군악은 말을 하며 의자에 앉았고, 위문 역시 그의 맞은편에 자리를 잡았다.

"궁금한 것이라 하면……."

"다른 게 아니라 왜 오늘 의화를 상대로 비응신법만을 펼쳤는지가 궁금하네."

금붕십이조법을 펼쳤다면 쉽게 이길 수 있었을 것인데 왜 굳이 비응신법만을 펼쳐 그렇게 힘들게 싸웠는지를 묻고 있는 것이었다.

"그건 다른 게 아니라……."

위문은 사군악에게 예청 자매와의 대화를 말해 주었다. 다 듣고 난 사군악은 수긍의 빛을 보이며 고개를 끄덕였다.

"으음, 그랬었군. 난 그것도 모르고 자네에게 무슨 일이 생긴 건 아닌지 걱정했었다네."

"염려해 주셔서 감사합니다."

"하하, 그럼 이만 일어나 봐야겠군, 밤이 깊었으니."

"저, 이왕 오신 김에 몇 가지 여쭈어볼 게 있습니다."

막 몸을 일으키려던 사군악은 위문의 말에 도로 자리에 앉았다. 그가 자리에 앉자 위문은 그에게 궁금했던 것을 물어보기 시작했다.

"저번에 빙장 어른이 주신 비급들 중에 수라혈룡검법(修羅血龍劍法)이 있지 않았습니까?"

"그렇지. 자네는 검법을 모르니 검법도 한 가지 정도는 알고 있는 게 좋겠다 싶어 그걸 같이 보냈었지. 한데 왜 그러는가?"

"예, 다른 게 아니라 그 비급을 읽다 보니 한 가지 궁금해지는 게 있더군요."

"그게 뭔가?"

"강기(罡氣)란 것 말입니다. 비급의 후반부를 보니 강기란 것에 대해서 언급을 해놓았더군요. 그 비급에 따르면 강기란 것은 못 부수는 것이 없는 순수한 파괴의 정점에 올라 있으며 현존하는 무공 중 가장 강한 무공이라고 하더군요. 정말 그렇습니까?"

"으음, 그렇네. 강기는 정말 엄청난 것이지. 말 그대로 모든 것을 파괴해 버리는 것이니까. 하지만 그것은 어디까지나 이론상으로만 가능한 무공이네. 그 비급의 후반부엔 뭐라고 적혀 있던가?"

"빙장 어른의 말씀대로 그 비급에도 강기는 이론상으로만 가능한 무학이라고 하더군요. 하지만 인위적인 강기는 펼칠 수 있다고 하던데요? 그 비급에 따르면 초식을 이용해 인위적으로 강기를 만들 수 있다고 되어 있었습니다. 그리고 마지막 초식인 파천월(破天月)에서 그것이 가능함을 보여주었구요."

"하하, 초식을 이용한 인위적인 강기는 진정한 강기라고는 할 수가 없다네. 그저 검기의 응축형일 뿐 그 이상은 아닌 것이지. 그리고 인위적으로 강기를 만들게 되면 극심한 내력이 소모돼. 아마 한두 번밖에는 펼치지 못할 거야. 금붕십이조법의 후삼식 중 최후의 초식인 금붕강파(金鵬剛破) 역시 인위적으로 손에 기를 응축시켜 강기를 만드는 초식이지. 하지만 내력의 소모가 너무 심해. 나도 그 초식을 두 번 연속으론 쓸 수 없을 정도니까 말이네. 이렇게 실리적이지 못한 무공을 누가 쓰려고 하겠나? 해서 요즘엔 강기보단 실리적인 무공을 더 많이 익히려고 한다네. 강기는 사라져 가고 있는 추세야."

"하지만 진정한 강기를 익히게 된다면 그 위력은 어마어마하지 않을까요?"

"그렇겠지. 아마 상상할 수 없는 위력을 보일 수 있겠지. 하지만 그게 가능할까? 인위적인 강기, 즉 검기의 응축 형태가 만들어진 것도 근래에 들어서라네. 아마 3백 년도 채 되지 않았을걸? 몇백 년 후에는 강기를 이해하여 진정한 강기를 쓰는 자가 나올지도 모르지. 하지만 현세에 강기를 쓸 수 있는 자는 없다네. 그리고 점점 강기에 대한 것들이 사라져 가고 있으니 몇백 년 뒤엔 강기란 그저 누군가의 헛소리라고 치부될지도 모를 걸세."

"하나……."

위문은 강기에 대해 너무도 큰 매력을 느끼고 있었다. 사군악에겐 말하지 않았지만 태극무경에도 강기에 대한 언급이 되어 있었다. 태극자 역시 강기를 완전히 이해하지 못하고 그저 검기의 응축 형태만을 만들 수 있었지만, 진정한 강기의 위력은 너무도 엄청나다고 말해 놓았다. 그는 진정한 강기를 만들 수만 있다면 능히 한 번 손짓에 산을 자르고 바다를 가른다고 적어놓았던 것이다. 해서 위문이 이렇게 강기에 관심을 보이는 것이다. 도대체 얼마나 엄청나기에 인간의 한 번 손짓에 산을 자르고 바다를 가를 수가 있는지 말이다.

"허허, 내 자네의 마음을 모르는 것은 아니네. 나 역시 그 강기란 것에 매료되어 한동안 심취되었던 적이 있었으니까."

"해서… 뭔가 진전이 있으셨습니까?"

"아니, 없었네. 결국 불가능하단 것만 알았을 뿐. 더구나 강기를 익히려면 검(劍)이나 도(刀) 같은 무기를 잡아야 하는데 난 조법을 익혔으니 더욱 불가능했지. 자네에게 뭔가 도움이 되는 말을 못해주어서 미안하네."

"아닙니다. 뭐, 할 수 없지요."

말은 그렇게 했지만 아쉬운 빛을 보이는 위문이었다. 그래서 사군악은 그에게 한 가지 제안을 했다.

　"자네, 정말 그 강기에 대해 자세히 알고 싶은가? 그러니까 그 무공이 불가능한 것이라 해도 알고 싶은가?"

　"솔직히 말하자면 그렇습니다. 불가능한 것이라 해도 좀 더 자세히 알고 싶습니다."

　"으음, 그렇다면 조만간 내가 자리를 마련해 보지."

　"무슨 말씀이십니까?"

　"나는 조법을 중점적으로 익혀 잘 알지 못하니 나보다는 많이 알고 있는 분을 소개해 주겠다는 말이네."

　"그런 분이 있습니까?"

　"그래, 바로 마교의 교주이시지. 그분이라면 나보다 많이 알고 계실 테니 자네에게 뭔가 도움이 되는 조언을 해주실 수 있을 것이네."

　"마교? 하지만 여기서 십만대산까지는 먼 거리인데……."

　"하하, 내가 말을 안 해주었었군. 미안하네. 마교와 천마신교는 하나라네. 마교가 천마신교고 천마신교가 마교인 셈이지. 마교의 사람들은 남들이 자신들을 마교인이라고 부르는 것을 싫어한다네. 해서 그들이 있는 자리에선 그들을 천마신교라고 부르지. 천마신교는 알고 있겠지? 우리 칠패천 중의 하나이니 말이네."

　"아아, 그렇군요. 천마신교와 마교가 같다면 마교의 교주는 마중천 자이겠군요."

　"그래, 그분이 이곳에 계시니 빠른 시일 내에 자네와의 만남을 주선해 보겠네."

　"한데… 왜 마교와 다른 육패천이 동격으로 불려지는 겁니까? 빙장 어른의 말씀으로는 마교는 모든 마도의 시조라고 하셨잖습니까?"

"그렇지. 마교는 우리 마도의 시조인 셈이지. 하지만 거기엔 정파 놈들의 농간이 있었다네. 사실 우리 육패천은 마교를 우리의 위에 올려놓고 있었지. 그들이 우리의 시조인데다 우리보다 월등히 강했으니까 말이야. 한데 이 정파 놈들이 우리 육패천의 세력이 커지자 마교와 동격으로 올려놓았어. 마교의 위명을 깎아보자는 속셈이었지. 우리 금붕문은 그것을 받아들이지 않았지만 다른 육패천 중 몇몇 문파가 마교와 동격으로 불리자 우쭐해져서 그것을 받아들이고 말았지. 해서 언제부터인가 마교는 우리와 동격으로 불려졌다네. 모두들 그것을 당연하게 생각하고 있고. 마교 사람들이 그것을 저지했다면 좋았으련만 그들은 그들 외의 다른 마도의 세력이 커지는 걸 자랑스럽게 지켜보기만 했어. 왜인지는 모르지만 말이야. 하나 우리도 그에 대한 복수로 소림사를 다른 여덟 개의 문파와 동격으로 만들어놓아 소림사의 위명을 깎게 했으니 서로 비겼다고 보는 게 좋겠지."

"…그런 일이 있었군요."

"그래. 내 이만 일어나 봐야겠네. 밤이 깊었구만. 빠른 시일 내에 마중천자님과의 자리를 마련해 볼 테니 자네는 그동안 혼자 마음 삭이지 말게나."

"알겠습니다. 살펴가시지요."

위문과 마중천자와의 만남은 사흘 뒤에 이루어졌다. 마중천자는 사군악이 찾아와 자신의 제자가 무공에 대해 몇 가지 물어볼 것이 있다고 하자 흔쾌히 만남을 수락했다.

"이 아이입니다."

사군악은 위문을 마중천자에게 소개시켜 주었다.

"허허, 행세를 보니 3차전에 진출한 내당당주가 아닌가? 어서 이리로 앉게나."

마중천자는 검은 복면에 죽립까지 쓴 위문을 반갑게 맞았다.

"그래, 나에게 물어볼 것이 있다고?"

"이만 얼굴을 드러내게나."

밖에 나올 때는 철저하게 얼굴을 가리고 있는 위문이었으나 마중천자의 앞에서까지 얼굴을 감출 필요는 없었다. 해서 사군악은 위문에게 죽립과 복면을 벗으라고 했다. 그에 위문은 순순히 죽립과 복면을 벗었다. 드러난 위문의 얼굴을 보며 마중천자는 약간 놀랐으나 겉으로 내색하지 않으며 입을 열었다.

"이제 살아남은 마도인은 별로 없으니 자네는 더욱 분발해 주어야 할 것이네."

"예, 교주님."

위문이 마중천자에게 인사를 하자 사군악은 마중천자에게 작별을 고했다.

"교주님, 그럼 저는 밖에서 기다리겠습니다."

"왜 그러시오? 같이 있지 않고?"

"아닙니다. 이 녀석에게 조금의 가르침을 주시면 감사하겠습니다. 그럼 이만."

사군악은 정중히 포권을 해 보이며 몸을 돌려 밖으로 나가 버렸다. 사군악이 사라지자 마중천자는 그가 사라진 쪽을 보며 혀를 끌끌 찼다.

"쯧쯧, 사 문주는 너무 강직한 게 탈이야. 자네는 어떻게 생각하나?"

"무슨 말씀이신지……."

"금붕문은 본 교와 동격의 문파인데 사 문주는 언제나 날 상전 대하듯 하거든."

"그야… 천마신교가 전 마도의 시조에다 금붕문 역시 그 천마신교의 한 갈래에서 파생되어 발전한 곳이니만큼 그것은 당연한 일이라고 생각합니다."

"허허, 자네도 그렇게 생각하고 있다니……."

내심 기분이 좋아지는 마중천자였다. 다른 오패천과는 달리 금붕문은 언제나 마교를 상전으로 대해왔다. 이제는 맞먹어도 될 터인데 꿋꿋이 군신의 예의를 지키는 사군악에게 마중천자는 너무도 깊은 관심을 가지고 있었다. 만약 다른 오패천의 무인이 그에게 무공에 대해 물어보고 싶다고 했다면 그는 그것을 단호히 거절했을 것이다. 하나 금붕문의, 사군악의 제자였기에 마중천자는 위문과의 만남을 흔쾌히 수락했던 것이다.

"그래, 묻고 싶은 게 뭔가?"

"예, 다른 게 아니라 강기에 관한 것입니다."

"강기라……."

위문의 말에 마중천자는 한동안 턱을 쓰다듬으며 뭔가를 생각하는 듯했다. 그러다 그는 약간 미심쩍은 어투로 물었다.

"강기의 어떤 점이 궁금하던가?"

"모든 것이 다 궁금합니다. 어떤 방식으로 하는지, 얼마만큼의 내공이 필요한지, 정말 그 무공이 이론으로만 가능한 불가능의 무학인지, 초식을 이용한 강기는 검기의 응축형일 뿐이라고 하던데 과연 그런 것인지 전 그 모든 것이 궁금한 상태입니다."

"으음……."

위문의 말에 절실함이 담겨 있음을 느낀 마중천자는 신음을 흘리며 한동안 고민에 빠졌다. 그는 이렇게까지 강기에 관심을 보이는 녀석은 만나보지 못했다. 그가 알고 있는 젊은 녀석들은 짧은 시일 내에 더 많은 내공을 쌓기를 원한다던가, 더 정교한 초식을 배우길 원하는 게 대부분이었던 것이다. 한데 이 녀석은 누구도 관심을 가지고 있지 않는데다 이제는 사라져 가고 있는 무공에 깊은 관심을 보이고 있는 것이니, 그의 고민은 당연한 것이었다.

'이 녀석에게 진정한 강기는 불가능하단 것을 인식시켜 줘야 하는가? 아니면 전대의 다른 이들처럼 강기란 꿈을 좇게 해야 하는가?'

진정한 강기를 완성하기 위해 어둠 속에서 한평생을 살다가 사라져 간 마교의 무인만도 적지 않았다. 그들은 모두 진정한 강기를 완성하려 했으나 누구 하나 성공하지 못했다. 만약 그들이 강기에 투자한 시간에 다른 무공을 익혔더라면 마교의 무학은 지금보다 한층 더 높아졌을 것이었다.

원칙대로라면 그는 이 강기란 환상에 빠져 있는 젊은 아이에게 현실을 인식시켜 줘야 한다. 더구나 이 아이는 지금 비무대회에 참가한 상태가 아닌가? 지금은 강기란 꿈에 빠져 있기보단 조금이라도 더 자신이 익히고 있는 무학을 완성하는 데 노력해야 할 시기였다. 하지만 이 아이의 눈을 보는 순간, 그는 왠지 이 녀석이라면 어쩌면 진정한 강기를 깨달을 수도 있겠다는 생각이 들었다. 또한 저 두 눈 깊숙이 자리잡고 있는 강기에의 열정을 보았기 때문에 차마 강기란 불가능한 무학이라고 말해 저 녀석의 맘을 상하게 하고 싶지는 않았다. 이런저런 이유로 해서 그는 자신이 알고 있는 걸 말해 주기로 했다.

"으음… 우리는 한식구나 마찬가지이니 말해 줘도 되겠지. 사실 본

교도 강기에 대한 연구가 꽤 진척된 적이 있었지. 물론 지금은 다 옛말이지만 말이야. 본 교에서 강기에 대한 연구가 가장 활발할 때 한 가지 가능성이 발견된 적이 있었다네. 그것은 인위적인 강기를 사용하는 비급들을 여러 권 읽고 그 차이점을 알아내는 것이지. 어떤 방법으로, 얼마만큼의 힘으로, 또 어느 정도의 시간으로 강기를 내뿜는가 말이네. 그렇게 무수히 많은 비급을 보고 그것들을 익히며 그 차이점을 생각하고 좀 더 실용적인 방법을 찾아 나가며 점점 강기란 것에 대해 익숙해지는 것이지. 그러면 강기에 대해 좀 더 이해하기가 수월해진다고 하더군. 하지만 이것은 어디까지나 이론적인 얘기야. 무수히 많은 본 교의 고수가 이 방법대로 강기를 이해하려고 노력했었지만 모두 실패하고 말았지."

"강기를… 이해하라구요?"

"그래. 그게 진정한 강기에 다가서는 최상의 방법이라고 알고 있네. 세세한 것 하나하나에 치우치기보단 전반적으로 강기를 이해해 보려고 하는 게 가장 좋은 방법이라고 하더군. 하지만 좀 전에도 말했듯이 본 교의 무수한 고수들이 그 방법으로 강기를 이해하려 노력했지만 누구 하나 성공하지 못했다네."

위문은 마중천자의 대답에 매우 만족했다. 너무 막연하다고 생각했었는데 이렇게 한 가지 가능성을 발견했으니 말이다. 그 외에도 위문은 강기에 대해 좀 더 자세히 말해 주길 원했고 마중천자는 자신이 아는 한도 내에서 비교적 상세히 대답해 주었다.

"감사합니다, 교주님. 정말 큰 도움이 되었습니다."

"하하, 아니야. 마도의 미래를 위해서라면 당연한 일이지. 내 자네라면 강기를 완성시킬 수도 있을 것 같다는 생각이 든다네. 조만간 사람을 시켜 강기에 관한 비급들을 몇 권 보내주겠네."

"지금 들은 것만으로도 너무 감사한데 그렇게까지……."

"하하, 마도의 미래를 생각한다면 그까짓 비급 몇 권이 문제인가? 내 작은 성의가 자네의 무공에 도움이 된다면 좋겠네. 그리고 열심히 노력하게나. 이번 비무대회에 거는 기대가 얼마나 큰지 알고 있겠지? 자네의 어깨엔 금붕문과 전 마도의 희망이 담겨 있다는 것을 명심하게."

"…알겠습니다, 그럼 이만 물러가겠습니다."

"그래, 성취가 있길 빌겠네."

위문은 자신의 처소로 돌아가 자신이 알고 있는 인위적인 강기를 발생시키는 무공들을 비교하며 열심히 수련해 나갔다. 그리고 그것들의 차이점을 생각하며 끊임없이 강기에 대해 이해해 보려고 노력했다.

그렇게 세 시진 정도 골머리를 싸매고 노력하고 있을 때, 불현듯 그의 머리 속에 어떤 영감이 번개같이 스치고 지나갔다. 강기가 검기의 응축형이란 말을 되뇔 때 벌어진 일이었다.

'검기? 그리고 인위적인 강기? 전반적인 이해? 전반적인 이해라… 그래, 처음부터 다시 생각해 보자. 처음부터……. 대부분의 비급들이 약간의 차이는 있지만 강기를 쓰는 방법은 거의 동일하다. 단전에 모여 있는 진기를 혈도를 통해 손으로 보내고, 다시 손에 모여 있는 진기를 검으로 분출시킨다. 그 뒤 검에 모여 있는 진기를 밖으로 뿜어내는 것, 그게 강기인데…… 이런 방법을 쓰면 내력이 엄청나게 고갈된다. 내공의 뿌리라고 할 수 있는 단전의 진기를 뽑아 쓰는 것이기에 말이다. 반면에 검기는 단전에 모여 있는 진기를 온몸으로 보낸 뒤, 그러니까 전투 태세일 때이지. 누구나 싸울 때 단전의 진기를 전신으로 돌려 몸을 최상의 상태로 만드니까. 검기는 전신에 고루 퍼져 있는 진기를 일정한 혈을 거쳐 손으로 보낸다. 그리고 나서 손에 모아진 진기를 검으로… 검에서… 외부로……. 일정한 혈을 거친다? 왜 검기나 인위적인 강기는 모두 일정한 혈을 거치는 것일까? 왜? …그래, 그것은 그 두 가지 무공이 모두 초식의 틀에 얽매여 있기 때문에 그런 것. 만약 일정한 혈을 거치지 않는다면… 초식의 틀을 벗어나 혈을 거치지 않고 곧장 손으로 진기를 보낸다면… 그건 전신 세맥(細脈)까지 모두 뚫려 있어야 가능하겠구나. 아! 나는 반박귀진의 경지에 오르며 전신의 세맥까지 다 뚫려 있는 상태다! 그렇다면? 가능할지도… 뽑아낸다? 뽑아낸… 모았던 진기를 한꺼번에… 뽑아낸다? 그래! 그거였어!'

마중천자가 보낸 비급들이 도착한 것은 그에게 뭔가 한 가지 가능성이 떠올랐을 때였다. 그는 황급히 자신이 생각하고 있던 것이 가능한 것인지 알기 위해 마중천자가 보내준 비급들을 열심히 탐독했고 그것들을 익혔다.

그가 깨달음을 얻은 것은 3차전이 있기 하루 전날이었다.

그날도 그는 열심히 머리를 싸매고 강기에 대해 생각하고 있었는데, 어느 순간 번개같이 머리 속에 떠오르는 것이 있었다.

'전반적인 이해. 그래, 세세한 것은 다 집어치우자. 혈도라든가 진기의 흐름의 순서라든가 몸 동작이라든가 하는 것은 다 집어치우고 전체적으로 보자. 인위적인 강기는 너무 진기의 흐름을 강조하고 혈도의 순서에 치우치고 있다. 반면 검기는 혈도의 순서는 인위적인 강기보단 자유로운 편이나 역시 진기의 흐름에 얽매여 있지. 또한 둘 다 초식에 얽매여 있고. 만약 그 모든 것을 무시한다면? 그 모든 것을 무시하고 생각해 본다면? 또한 뽑아내는 것이 아니라 지속시킨다면? 검기나 인위적인 강기는 내공을 모았다가 순간적으로 뿜어내는 방법을 취하고 있다. 물론 구결에 얽매여 있으니 당연한 것이겠지만. 만약 구결을 무시하고 단전의 진기를 끊이지 않고 지속적으로 손으로 보낸다면? 혈도도, 진기의 흐름도 무시한 채… 그 뒤 그것을 검으로 흘린다? 뿜어내는 게 아니라 흘린다? 흘려보낸다? 그렇게 되면… 그렇게 되면…… 어디 한번!

그는 자신의 생각들이 어느 정도 정리되자 검을 들고 뒤뜰로 나갔다. 그곳에서 그는 검을 들고 조금 전까지 생각한 것을 실천으로 옮겨 보았다. 그의 손에 들려 있던 검은 평범한 청강검(靑剛劍)이었다. 한데 지금 그 평범한 검에 이상한 변화가 일기 시작했다.

위이이잉─

싸아한 소리와 함께 검신에 묘한 마력이 깃든 푸른빛이 생성되어 감돌기 시작하더니, 그 빛은 점점 커지며 검신의 전신을 휘감았다. 그 상태로 푸른빛은 서서히 늘어나기 시작했다. 한 치, 두 치… 한 자, 두 자… 그렇게 푸른빛은 반 장 가까이나 늘어났다.

"이얍!"

퍼퍼펑!

그리고 위문이 기합을 내지르며 검을 앞으로 쭉 뻗자 순간적으로 푸른빛이 앞으로 쏘아져 나갔다. 그와 동시에 엄청난 폭음을 동반하고 한쪽 벽에 커다란 구멍이 뚫렸다. 이번엔 검을 위에서 밑으로 내려치자 역시 푸른빛이 늘어나며 벽을 때렸다.

콰쾅!

엄청난 폭음이 다시 들리고 좀 전의 공격으로 커다란 구멍이 뚫려 있던 벽이 완전히 허물어져 버렸다.

'역시 내 생각이 맞았어. 강기는 검기의 응축형이 아니라 무형의 내공이 검을 빌어 외부로 흘러나와 형상화된 것이야. 그건 그렇고… 정말 엄청나구나.'

위문은 문득 자신이 만들어놓은 걸작품을 감상하듯 바라보며 혀를 내둘렀다. 자신이 깨달은 무공이 이렇게 위력이 있을 줄은 미처 생각하지 못했다. 이제 막 강기에 입문한 상태에서도 이 정도의 위력을 발휘했는데, 정말 이것을 열심히 갈고닦는다면 산을 베고 바다를 갈라놓는 것도 꿈만은 아닐 것이란 생각이 들었다.

그가 강기의 위력에 놀라고 있을 때 허겁지겁 그가 있는 곳으로 달려오는 두 인영이 있었다. 그녀들은 모두 자고 있다가 큰 폭발음에 깜짝 놀라 옷을 채 입을 새도 없이 잠옷 바람으로 달려온 예청과 예설이었다. 그녀들은 재빨리 위문에게 달려가며 걱정스레 물었다.

"위 대가, 무슨 일이에요?"

"하하, 아무것도 아니오. 그저 무공 연습을 하다 보니……."

"세상에! 이러다간 벽이 남아나질 못하겠어요. 이번엔 아예 박살을 내놨네요."

완전히 허물어진 벽을 가리키며 예설은 혀를 내둘렀다. 무공 연습을 할 때마다 뭔가 꼭 하나씩 부서지고 있는 판이니 그녀가 그렇게 말하는 것도 무리가 아니었다.

"저것도 금붕십이조법의 작품인가요?"

"하하, 저것은 내가… 검강으로 만든 것이오."

"검강? 검강이라면 검기를 응축시킨 것 말인가요? 그 무공은 내력 소모가 극심하다고 들었는데… 몸은 괜찮으세요?"

예청이 걱정스레 물었다. 그녀가 알고 있기로 검강은 검기를 응축시킨 것으로 엄청난 파괴력을 가지고 있지만 내력 소모가 극심해 한두 번밖에 쓰지 못하는 무공이었다. 그 검강을 지금 위문이 시전했다 하니 그의 내공이 고갈됐을 것으로 생각한 것이었다.

"난 괜찮소. 그보다 미안하구려, 곤히 자고 있는 두 사람을 깨웠으니."

"아니요. 뭐 어차피 잠도 잘 안 왔으니까."

"우리 안으로 들어가 이야기나 나눠요."

그들은 방 안으로 들어가 밤이 깊어가도록 이야기를 나눴다. 예청 자매는 위문에게 강기에 대해 자세하게 물어보지 않았다. 그녀들은 자신들이 강기에 대해 알고 있는 지식들이 있었기에 위문이 검강을 쓸 수 있다는 것에 놀랐을 뿐, 그 방법은 알고 있다고 생각했으므로 자세한 것은 물어볼 생각을 하지 않았던 것이다. 그녀들이 강기에 대해 알고 있는 지식은 수박 겉 핥기에 지나지 않는다는 것도 모르고.

*   *   *

"위 대가, 내 말 듣고 있어요?"

위문의 오늘 상대에 대해 한참을 설명하던 예설은 위문이 잘 듣고 있는지 의심스러워졌다. 왠지 자신의 얘기를 듣지 않고 있다는 생각이 강하게 들었던 것이다. 그런 그녀의 옆구리를 옆에 있던 예청이 찔렀다.

예설이 예청을 돌아보자 예청은 위문이 보고 있는 방향을 턱짓하며 걱정스런 눈빛을 보내왔다. 예설은 예청이 가리킨 쪽으로 고개를 돌렸고 곧 그녀는 위문이 뭘 보고 있는지 알 수 있었다.

위문은 이층 누각 위에 모여 있는 정파의 수뇌들을 보며 감회에 사로잡혀 있었다. 이제까진 의식적으로 그쪽을 바라보지 않았으나 오늘은 왠지 그들의 얼굴을 한번 보고 싶어졌던 것이다. 그에게 호감을 보여주었던 화 장문인과 예청이 몸담고 있던 아미파의 장문인, 그리고 소림의 장문 방장스님……. 괜히 눈시울이 뜨거워졌다. 그가 몸담고 있었던 소림사, 그곳에서 생활했던 어린 시절, 소년 시절, 청년 시절이 주마등처럼 떠올랐다.

'그땐 내가 이렇게 될 줄 몰랐었는데…….'

쓴웃음이 나오는 것은 왜일까? 그땐 불법을 깨닫는 것만이 인생의 전부였는데, 지금은 속세에 환속하여 두 명의 여인을 거느리고 그가 몸담고 있었던 소림사와 대립하고 있으니… 지난 몇 달 간의 일들이 꿈만 같이 느껴졌다. 모든 것이 깨고 나면 사라지는 꿈인 듯했다. 그때 그의 상념을 깨는 목소리가 들려왔다.

"위 대가, 뭘 그리 보고 있으세요?"

"아, 아니오. 그저… 저기 저분이 너무 낯이 익은 듯하여……."

예청의 걱정 어린 물음에 위문은 대충 말을 얼버무렸다. 그리고는 대답이 부족하다 여겼는지 덧붙여 말했다.

"소림사 분들이라… 왠지 낯이 익은 느낌이 드는 것 같소."

"…그렇겠죠. 얼마 전까지도 그분들과 같이 생활하셨으니까."

예청이 주눅 든 것 같자 위문은 그녀의 어깨를 잡으며 말했다.

"하하, 뭘 그리 깊게 생각하시오. 내 전에도 말하지 않았소, 과거는 과거일 뿐이라고 말이오. 너무 마음 쓰지 말구려. 이런, 내 차례가 다 가오는군. 내 그럼 이만 가봐야겠소."

막 네 번째 비무가 시작되자 일곱 번째 순서인 위문은 차례를 기다리는 대기석으로 걸음을 옮겼다.

"속으론 괴롭겠죠?"

위문의 등을 바라보며 예설이 걱정했다.

"그렇겠지. 낯은 익은 것 같은데 기억이 나질 않으니 얼마나 힘들까?"

"우리가 좀 더 기쁘게 해드려야죠."

"그래, 앞으로 더욱 위 대가를 기쁘게 해드리자. 우리가 할 수 있는 건 그것뿐이니까."

곧 위문의 차례가 돌아왔다.

"다음은 곤륜파의 무영신룡 계천성 소협과 금붕문의 내당당주의 대결이오."

무유숭의 말에 계천성과 위문이 비무대 위로 올라갔다. 이 둘의 대결은 세인들의 초관심사였다. 하나는 정파 최고의 경공인 운룡대팔식을 익힌 자요, 다른 하나는 경공 하나로 여기까지 올라온 자였으니 관심의 대상이 된 것은 당연한 일이었다. 더구나 정파의 아홉 기둥의 하나인 곤륜파와 마도의 일곱 하늘의 하나인 금붕문의 대결이었기에 그 관심은 더욱 지대했다.

여전히 죽립을 쓴 채 올라오는 위문을 바라보며 계천성은 약간 흥분이 되는 것을 참을 수가 없었다. 최연소로 운룡대팔식을 구성까지 익힌 그였다. 강호를 유람할 때 그의 경공을 따라잡은 이는 단 한 명도 없었다. 오죽하면 그의 별호가 무영신룡일까. 해서 더 더욱 호승심이 생기는 것 같았다. 상대는 신법 한 가지만으로 여기까지 올라온 자, 그의 상대가 되기엔 충분했다.

'오랜만에 전력을 다할 수 있겠구나.'

이때까지 그는 전력을 다해 경공을 펼친 적이 없었다. 아직 그럴 만한 상대를 못 만났던 것이다. 물론 그것에는 대진표라는 것의 도움이 약간 있긴 했지만 말이다.

반면에 위문은 지금 고민 중이었다. 예설의 말을 대부분 듣지 못했으나 한두 마디 듣기로는 이번 상대는 운룡대팔식이란 절세의 경공을 익혔다고 했다. 그러니 경공으로 그를 제압하는 것은 매우 힘들 것이었다. 그는 지금까지 상대를 상처 입히지 않고 제압하기 위해 경공을 써서 혼란을 준 뒤 가벼운 손짓만으로 쓰러뜨려 왔었는데 이번엔 그렇게 못할 것 같았다. 강기를 쓴다면 쉽게 이길 수 있겠지만 그는 아직 강기를 잘 조절하지 못했기에 상대는 죽거나 크게 다칠 것이었다. 그리고 그는 지금 무기를 가지고 있지 않았다. 언제나처럼 맨손으로 올라왔던 것이다. 물론 무기가 없어도 맨손으로 강기를 내뿜을 수 있었지만 그는 강기를 쓰지 않기로 마음먹었다. 그저 비무일 뿐인데 강기까지 써서 뭐 하겠냐는 것이 그의 생각이었다.

'그래, 첫 번째 상대였던 곽무진의 검법을 쓰면 되겠구나.'

그는 어떻게 싸울까 고민하다 한 가지 결론을 내렸다. 첫 번째 상대였던 곽무진의 검법은 부드럽고 그다지 위협적이지 못했다. 그 무공을 사용한다면 상대에게 큰 상처를 입히지는 않을 것이다. 그리고 손으로 검법을 시전할 거니 그 위험은 더욱 떨어질 것이었다.

'비응신법을 쓰며 그 검법을 손으로 사용하자. 그럼 별로 다치지 않겠지.'

그는 비무의 승패보단 상대를 안 다치게 하는 데 더욱 노력하고 있었다. 잠시 후 비무가 시작되었다. 계천성은 처음부터 전력을 다하기로 마음먹었는지 재빨리 앞으로 달려가며 오른손을 움켜쥐듯 오므렸다. 곤륜의 비전인 풍운조법(風雲爪法)이었다. 그에 위문은 가볍게 그 공격을 오른쪽으로 몸을 돌려 피하며 왼손을 옆으로 휘저었다.

휘이잉—

그의 손짓은 느렸지만 강한 위력을 가지고 있는 듯 수풍(手風)을 일으켰다. 원래 유향경천검을 극성으로 익히게 되면 검에서 무시무시한 바람이 일어나게 되는데 지금 위문의 손에서 그 현상이 일어나고 있었다. 그 수풍은 위문의 공격을 뒤로 몸을 움직여 피했다가 그 반동으로 앞으로 달려드는 계천성의 몸을 휘감았다. 그 수풍의 영향으로 계천성이 주춤거릴 때 위문이 재차 공격을 해 나갔다.

한 동작 한 동작이 모두 부드럽고 느렸지만 매 동작마다 흘러나오는 수풍으로 인해 계천성은 갈피를 못 잡고 이리저리 도망치기에 바빴다. 원래라면 처음 수풍에 휩쓸렸을 때 계천성은 큰 충격을 받고 저 멀리 나가떨어졌어야 했지만 위문은 거의 공력을 일으키질 않은 채 공격을 하고 있었다. 해서 계천성은 수풍에 휩쓸려도 약간의 충격만을 입고 주춤할 뿐이었다.

계천성은 반격을 해보려 했지만 이미 승기를 잃은 상태라 이리저리 몸을 피하는 수밖엔 없었다. 그것도 그가 운룡대팔식이라는 절세의 경공을 펼치고 있었기에 그나마 진작에 나가떨어지지 않고 이렇게 위태롭게나마 위문의 공격을 피하며 버티고 있을 수 있는 것에 불과했다.

하지만 그것도 잠시, 열심히 피하며 반격의 기회를 노리던 계천성은 갑자기 눈앞에서 위문이 사라지는 것을 보았다. 그는 막 수풍을 피하던 참이었는데 위문이 어디로 갔는지 낌새를 채고 재빨리 몸을 움직이려 했지만 한 박자 늦고 말았다.

퍽!

어느새 계천성의 뒤에 가 있던 위문이 그의 뒤통수를 내려쳤던 것이다.

"스, 승자는 금붕문의 내당, 내당당주이오."

승자를 외치는 무유승의 목소리가 심하게 떨렸다. 도저히 있을 수 없는 일이 벌어진 까닭이었다. 정파 수뇌들의 모임에서 금붕문의 내당 당주는 떨어질 것이 확실하다고 보았었는데 이변이 일어나고 말았으니…….

위문은 천천히 비무대 밑으로 내려갔다.

구경하고 있던 마도인들은 그런 위문에게 우레와 같은 갈채를 보냈고 그와 반대로 정파의 구경꾼들의 얼굴은 한없이 찡그려졌다. 그리고 그것은 정파의 수뇌들도 마찬가지였다.

"이, 이게 있을 수나 있는 일인가?!"

해남파의 장문인인 양지강이 자리에서 벌떡 일어나며 신음을 흘렸다. 곤륜의 운학 도장은 도저히 믿어지지 않는다는 듯 허탈한 표정만을 지으며 맥없이 앉아 있을 뿐이었다. 그가 가장 아끼고 있던 제자가 저렇게 허무하게 패했으니 그것은 당연한 일이었다.

"저자가 저런 무공을 익히고 있을 줄은……."

화중문 역시 신음을 흘리며 말을 다 못 이었다.

"으음… 보기 좋게 당한 셈이군요."

절진 사태가 얼굴을 굳히며 침울하게 말했다. 그녀의 말을 청성파 장문인 조양수가 받았다.

"그렇소. 사태의 말대로 보기 좋게 당한 셈이오. 저자가 금붕문의 비밀 무기인 것을 모르고 경공만을 익힌 자라 경솔히 판단하고 말았다니……."

"저자의 무공은 어떤 것이라 보십니까?"

어느 정도 진정이 된 화중문은 옆의 절진 사태에게 물어보았다.

"모르겠군요. 금붕문의 비전무공은 금붕십이조일 텐데… 금붕십이조를 시전할 땐 손이 금빛으로 물든다는 건 모두가 아는 사실이니 저자가 금붕십이조를 썼다면 손이 금빛으로 물들었어야 옳은데 저자의 손은 아무런 변화가 없었어요. 그러니 금붕십이조는 아니란 것인데……."

"혹……."

그때 양지강이 뭔가 떠올랐는지 재빨리 입을 열었다.

"뭔가 생각나는 것이 있으십니까?"

화중문의 말에 양지강은 조심스럽게 입을 열었다.

"제가 보기엔 유향문의 유향경천검법과 비슷한 것 같았습니다."

"하지만 저자는 맨손이었는데……."

"손으로 유향경천검법을 펼쳤다면 말이 되지 않을까요? 저자가 썼던 초식은 유향경천검법의 초식과 너무 흡사했습니다."

"그러고 보니 유향경천검법과 비슷했던 것 같군요."

절진 사태도 양지강의 말에 동의했다. 그런 그녀에게 화중문이 의문을 제기했다.

"유향경천검법은 유향문의 비전무공인데 어떻게 저자가 익힐 수 있단 말입니까?"

"첩자를 파견해 비급을 훔쳐 내었다면 가능한 일 아닐까요?"

"하면 다른 한 가지 문제가 생기는군요. 왜 굳이 첩자를 보내면서까지 유향경천검법을 훔쳐 익혔을까요? 그보다 더 좋은 무공도 많을 터인데."

"그건 내가 알 것 같소이다."

이번엔 조양수가 화중문의 말을 받았다.

"유향문은 중소방파에 지나지 않으나 1백 50년쯤 전에 한 명의 절세기재를 키워낸 적이 있었소. 모두 잘 알 것이라 믿소. 유향선자(流香仙子)란 여인을 말이오. 그녀는 강호를 유람하며 모두 1백여 차례의 비무를 가졌는데 단 한 번도 패한 적이 없었소. 그때 그녀가 사용한 무공이 바로 유향경천검법. 극성에 이른 유향경천검법은 검을 휘두를 때마다 검에서 무시무시한 검풍이 흘러나와 상대를 공격하기에 누구도 그녀의 검을 받아내질 못했소. 금붕문에서 그걸 알고 훔쳐 낸 것이라면 말이 되질 않겠소?"

"그러고 보니 저자가 손을 휘두를 때마다 수풍이 흘러나왔던 것 같습니다. 그럼 저자가 쓴 무공은 유향경천검법이 확실하겠군요."

"그것도 극성까지 익힌 유향경천검법이겠죠. 게다가 저자는 금붕문의 사람이니 금붕십이조법도 익혔을 것이 뻔할 테고, 그 외에도 우리가 알지 못하는 무공도 익혔을 가능성이 크겠군요."

절진 사태의 말에 모두들 동조하며 고개를 끄덕였다. 불과 어제까지만 해도 별 볼일 없는 자라고 하더니 이제야 위문의 무서움을 차츰 깨닫고 있는 그들이었다.

한편 다른 곳에서도 위문의 이름이 거론되고 있었다. 그곳은 오대세가의 후기지수들이 모여 있는 자리였는데 그들은 위문이 계천성을 가볍게 이겨 버리자 크게 경악하고 있는 중이었다.

"어떻게 저럴 수가 있죠, 오빠?"

모용경은 옆의 모용도를 향해 경악한 목소리로 물었다.

"계 형이 지다니… 그것도 저렇게 맥없이……!"

놀라기는 모용도 역시 마찬가지였다. 계천성의 실력을 잘 알고 있는 그였다. 절묘한 경공에 상대의 허를 찌르는 조법, 그 두 가지를 완벽하게 익히고 있는 그였는데 저렇게 맥없이 지고 말았으니 그가 놀라는 것은 당연한 일이었다.

"화 언니는 저자의 무공이 어떤 것인지 아시겠어요?"

이 중에 가장 똑똑한 이를 꼽으라면 당연히 종리화였다. 그녀의 지식이 가장 해박한 것을 알고 있는 남궁소소는 그녀에게 물어보았다. 종리화는 습관처럼 왼쪽 눈썹을 찌푸리며 입을 열었다.

"저자가 쓴 무공은 유향경천검법이었어요. 한데 저자는 언제 저 검법을 익혔을까? 유향문의 비전무공을 익히는 것은 불가능한 일일 터인데……."

그녀가 알 수 없다는 듯이 고개를 흔들자 옆에서 비무대 위에서 벌어지고 있는 비무에 정신이 팔려 있던 종리연이 종리화의 말을 들었는지 그녀의 말에 대답했다.

"그 내당당주라는 분은 곽무진 소협과 싸운 적이 있잖아요. 그러니까 그때 배운 것이 아닐까, 언니?"

"너는 무공을 배우는 게 그렇게 쉬운 줄 아니? 한 번 본 걸로는 절대 남의 무공을 익힐 수 없어. 설령 저자가 절세의 기재라 초식을 다 외웠다고 할지라도 그 내공 구결을 모르는 이상 저런 위력을 발휘할 순 없어."

종리화가 딱 자르듯이 말하자 종리연은 주눅이 드는지 더 이상 입을 열지 않았다. 그녀의 말이 맞았음에도 불구하고 여기 있는 누구도 설마 그러리라고는 생각지도 못하고 있었다.

그때 위문 일행 쪽에선 환성이 터져 나오고 있었다.

"호호홋, 언니. 저것 봐, 저것 봐!"

예설은 기뻐 어쩔 줄 모르며 비무대 위를 응시했다. 그것은 예청 또한 마찬가지여서 그녀도 비무대 위를 구경하며 만면에 환한 미소를 지었다. 지금 당예의 몰골은 처참할 지경이었다. 마교의 마검대주(魔劍隊主)를 맞아 처음엔 우세를 보이는가 싶더니 마검대주의 일격에 손목이 부러진 뒤로는 계속 수세에 몰리고 있었다.

퍼펑!

그러다 결국 당예는 마검대주의 혈수공(血手功)에 가슴을 격타당하고는 입에서 피를 내뿜으며 비무대 밑으로 떨어져 버렸다. 돌아오는 길에 예청과 예설은 당예의 일을 이야기하며 연신 웃음꽃을 피웠다. 역시 위문은 그녀들이 왜 그렇게 당예가 진 것에 대해 좋아하는지 알지 못했고.

제11장
경악하는 사람들

경악하는 사람들

　그로부터 보름 뒤…….

　이제 비무대회의 윤곽은 점점 드러나고 있었다. 나흘 전에 4차전이 모두 끝났고 내일부터 5차전, 즉 32강전이 벌어지게 된다. 정파의 고수는 모두 26명이었고 마도의 고수는 6명이었다. 역시 대진표의 위력은 대단했다. 마도의 고수들은 자신이 익히고 있는 무공의 극성인 무공을 익히고 있는 상대를 만나 고전을 면치 못했던 것이다.

　개방에서 입수한 정보를 토대로 각 마도인의 무공 성질을 파악하여 그에 극성인 상대를 붙여주는 계책은 절묘하게 맞아떨어졌다. 칠패천의 마지막 패마저도 별 소용이 없었다. 어떻게 알아냈는지 귀신같이 그들의 장단점을 파악하여 그에 극성인 상대를 붙여주었던 것이다.

　이제 살아남아 있는 자는 6명, 그들은 순수한 자신들의 실력만으로 여기까지 올라온 자들이었다. 그런 그들이기에 지금 정파의 수뇌들은 그들의 약점을 파악하느라 정신이 없었다.

"내일부터 5차전이 시작되오. 이제 마도의 무인은 여섯이 남았을 뿐이오. 우리는 그들의 장단점을 확실히 파악하여 16강에 진출하지 못하도록 막아야만 하오."

화중문의 말이 끝나자 그의 뒤에 서 있던 무유숭이 서류를 펼치며 입을 열었다.

"정과 사의 첫 대결은 첫 번째 시합부터입니다. 금붕문 내당당주와 청성의 적전제자인 조자양 소협입니다."

듣고 있는 조양수의 얼굴이 굳어지고 무유숭은 한 번 뜸을 들인 후 계속 말을 이어갔다.

"내당당주는 4차전에서 해남파의 제자인 목우영(木雨影) 소협을 정체 불명의 신법과 유향경천검법을 사용해 쓰러뜨렸습니다. 저희는 개방과 모든 정보 세력을 풀어 내당당주에 대해 조사를 펼쳤으나 금붕문에선 그를 철저히 감추고 있습니다. 내당당주의 거처엔 금붕신군의 그림자들이 철통같이 호위를 서고 있는 데다 내당당주는 자신의 거처에서 한 발자국도 밖으로 나온 적이 없습니다. 그래도 몇 가지 알아낸 사실이 있습니다. 첫째는 그자의 여인들입니다. 그자는 두 명의 여인과 온종일 함께 있는 것으로 보고되었는데 그중 한 여인은 놀랍게도 금붕신군의 무남독녀인 향접 사예설이었습니다. 그것으로 보아 내당당주는 금붕신군의 사위인 것으로 판명됩니다. 그리고 나머지 여인은 면사를 쓰고 다니기에 그 정체를 알 수가 없었습니다. 첩자의 보고로는 사예설이 그녀에게 언니라고 부르는 데다 늘 함께 있는 것으로 보아 금붕신군의 숨겨진 딸일 가능성이 매우 높다고 알려왔습니다. 그리고 밤마다 그자의 거처에서 폭음 소리가 들린다고 하는데 어떤 무공을 연마

하고 있는 것으로 사료됩니다. 낮에 수리하는 사람들이 들락날락거리는데 그중에 첩자를 끼워 넣어보았습니다. 그 첩자의 보고로는 벽이나 탁자, 건물까지 내가공력에 의해 파괴된 듯하다고 했는데 아마도 조법으로 그렇게 한 것 같다고 합니다. 그 파괴의 정도나 위력으로 보아 강기를 사용한 것 같다고 알려왔습니다."

"강기?!"

무유숭이 잠시 숨을 돌릴 때 조양수가 놀란 듯이 외쳤다.

"강기라니? 그자가 강기를 쓸 수 있단 말인가?"

조양수가 다급히 물어보자 화중문이 그를 진정시켰다.

"금붕십이조법은 매우 파괴적인 무공이오. 게다가 그 최후 초식은 아직 밝혀지지 않았지만 아마 강기를 쓰는 모양이군요. 우리도 자파의 무공 중에 강기를 쓰는 초식이 하나쯤은 있지 않습니까? 그러니 금붕문도 그런 초식이 하나쯤은 있겠지요."

"하나 강기를 쓰기 위해선 엄청난 내공이 소모되오. 웬만한 내공 갖고는 어림도 없다는 말이오. 한데 그자가 그렇게 많은 내공을 쌓았다니……."

"사파의 내공은 아시다시피 속성이 아닙니까? 그러니 강기를 쓸 만큼의 내공을 쌓았을 수도 있겠지요. 하나 그들의 내공심법은 조잡하기에 강기를 한 번만 쓰고 나면 거의 탈진 상태가 될 것입니다. 두 번은 못 쓰는 무공이니 그렇게 걱정하실 필요는 없을 것입니다."

"아니, 강기를 쓸 수 있을 정도의 내공을 쌓았다는 것, 그 자체가 문제란 말이오. 그 엄청난 내공으로 다른 무공을 쓴다면……."

"꼭 그런 것만도 아닙니다. 조 소협 역시 내공 수위가 높다고 들었습니다. 사파의 조잡한 심법보다 우리 정파의 내공심법이 우월하다는 건 모두가 알고 있는 사실 아닙니까?"

"험험, 사실… 우리 자양이도 강기를 쓸 수야 있지, 한 번 정도는."

"그러니 내공에서 뒤지지는 않을 것이라 봅니다. 어디 무 총관의 말을 더 들어봅시다."

화중문은 조양수를 달래고는 무유숭에게 계속 말을 해보라고 눈짓했다.

"이제까지의 경기로 미루어보아 그자는 실전 경험이 전무한 것으로 보여집니다. 곽무진과 대결할 때도 몇 번이나 공격 기회가 있었으나 매번 망설였던 것으로 밝혀졌습니다. 그것은 의화 스님과 싸울 때나 계천성 소협과 싸울 때도 마찬가지였습니다."

"실전 경험이 부족하다 하면… 임기응변이 모자란다는 말과도 같군요."

절진 사태의 말에 화중문은 뭔가 생각이 떠올랐는지 급히 조양수에게 물어보았다.

"그렇다면… 조 소협은 실전 경험이 풍부합니까?"

조양수는 화중문에게 고개를 끄덕여 보이며 말했다.

"그렇소. 우리 자양이는 여러 번 강호를 주유하며 많은 경험을 쌓았소."

"하면 변칙 공격은 어떻습니까?"

"변칙 공격?"

"한 초식을 쓰다 갑자기 다른 초식으로 바꾼다던가, 아니면 상대가 전혀 예측하지 못한 공격을 한다던가 말입니다."

"그건… 나도 물어보질 않아서 잘 모르겠소."

"꼭 물어보십시오. 그자를 이기는 방법은 그것뿐입니다. 그자는 비응신법을 극성까지 익혔고 유향경천검법과 금붕십이조법도 극성으로 익힌 것으로 보입니다. 그리고 내공 또한 만만치 않은 것 같구요. 그러니 그자가 실전 경험이 미숙한 것을 공격하는 수밖엔 없습니다."

"으음… 그렇군. 내 자양이에게 단단히 일러두리다. 그 녀석도 어느 정도 생각하고 있을 것이니 내가 말하면 알아서 잘할 것이오."

"그자가 가장 알 수 없는 인물인만큼 이번에 기필코 떨어뜨려야 하니 조 소협에게 단단히 일러두시기 바랍니다."

"알겠소."

"그럼 이자는 됐고, 다음은."

화중문이 다음을 말하라고 하자 무유숭은 서류를 넘기며 말했다.

"예, 다음은 다섯 번째 대결인 마교의 마검대주와 소림의 용등제자인 옥불(玉佛)의 대결입니다. 마검대주는 마교에서 어릴 때 납치해 온 자로 마라혈강도법(魔喇血剛刀法)을 극성으로 익힌 자입니다."

이렇게 무유숭이 설명을 하면 수뇌들이 어떻게 싸워야 할지를 상의했다.

그렇게 여섯 명의 마도인들에 대한 조사가 끝나자 이제 더욱 민감한 문제가 남게 되었다.

"으음, 이제 정과 사의 대결은 조사가 끝났고 정과 정의 대결이 남았습니다."

화중문의 말에 모두의 얼굴이 긴장으로 물들어갔다. 그때 무유숭의 입이 열렸다.

"첫 번째 대결은 화산파 적전제자인 무영검(無影劍) 설관악(薛款握) 소협과 전진파 적전제자인 왕천인(汪天人) 도장의 대결입니다."

처음부터 민감한 문제가 흘러나왔다.

구대문파의 적전제자들 간의 대결.

원래 예상대로라면 이 대결은 이루어질 수 없었지만 변수로 인해 불가피하게 되었다. 화중문과 전진파 장문인인 유 진인(柳 眞人)이 얼굴을 굳히며 눈알을 굴리기 시작했다. 그때 화중문이 먼저 입을 열었다.

"유 진인께선 어떻게 했으면 좋겠습니까?"

"으음… 솔직히 지난번 대회엔 전진이 화산에 양보한 적이 있었소. 그러니……."

지난번에 양보한 적이 있으니 이번엔 양보할 수 없다는 말이었다.

화중문은 20년 전 비무대회가 생각났다. 그때 그의 천관 준결승 상대가 바로 지금 전진의 장로 중 한 명인 설 진인(雪眞人)이었다. 그때 그의 사부와 전진의 장문인이 합의를 하여 그를 이기게 해주었다. 그 대가로 화산은 전진에게 금화 3백 냥과 무공비급 두 권을 선물했었다. 이번엔 그 처지가 바뀌었으니 그는 20년 전에 준 것을 어느 정도 돌려받아야겠다고 결심했다.

"물론 우리가 양보하는 게 도리이겠지요. 지난번에 전진의 도움이 없었다면 제가 우승할 수는 없었을 테니까 말입니다. 그 대가로 저희는 전진에게 금화 3백 냥과 실전된 비급 두 권을 드렸었지요."

"으음, 화 장문인께선 어느 정도를 바라시오?"

"저희 화산은 이제 한 명밖에 남아 있질 않습니다. 제 적전제자인 관악이가 바로 그 한 명이지요. 저희는 관악이가 떨어지면 아무도 남아 있질 않게 됩니다."

"험험. 그래, 어느 정도를 바라시오?"

"관악이가 우리 적전제자인만큼 적어도 1백 5십 냥은 받아야 한다고 생각합니다."

"뭐요? 지금 그걸 말이라고 하시오? 우린 그때 천관 준결승전이었소. 한 번만 더 이기면 영웅제일좌에 오르게 됐을 거란 말이오. 하지만 지금은 겨우 지관 32강전에 불과하오. 그런데 금화 1백 5십 냥이나 원한단 말이오?"

"저희 관악이는 다음 대의 화산을 이끌어갈 인재입니다. 그런 그 녀석에게 이번에 져주라고 한다면 그 충격이 대단할 것입니다. 어쩌면 재기가 불가능할지도 모르는 일이지요."

"그래도 1백 5십 냥은 너무 심한 것 같소."

"잘 생각해 보시기 바랍니다. 강요하는 것은 아닙니다."

사실 설관악보단 왕천인의 무공이 더 강했다. 그걸 화중문은 알고 있었기에 포기하고 본전을 뽑을 생각을 했던 것이다. 유 진인은 재빨리 머리를 굴리기 시작했다. 실력으로 싸워도 그의 제자인 왕천인이 이길 것이지만 그도 무사하지는 못할 것이었다. 공력의 소모도 심할 것이었고 체력도 심하게 고갈될 것이었다. 그 상태로 16강전에 진출하면 패하는 것은 불 보듯 뻔했다. 그러니 어떻게든 합의를 봐야 하는데……

유 진인은 요모조모 따져 보고 결심을 내렸다.

"으음, 좋소. 단 내 제자의 공력이 조금이라도 낭비돼서는 안 된다는 조건이오."

"하하, 좋습니다. 내 관악이에게 단단히 일러두지요."

"으음, 대금은 대회가 끝나는 즉시 표국을 이용해 주도록 하겠소."

사실 영웅제일좌에 오르기만 하면 그까짓 돈은 아무런 문제가 되지 않는다. 돈은 저절로 굴러 들어오게 돼 있는 것이다. 상인들이 돈을 한 가마씩 들고 와 자신의 자식을 제자로 받아달라고 할 것이고, 주변의

갑부들도 잘 보이기 위해 돈을 싸 들고 찾아들 것이 뻔했으므로 유 진인은 흔쾌히 수락을 했던 것이다. 이 문제가 일단락되자 무유숭은 다음 문제를 말했다.

"다음은 해남파의 적전제자인 유성검 수망운 소협과 무당의 무당칠협(武當七俠) 중 넷째인 유대암(劉大岩) 소협입니다."

이렇게 서로 원만한 타협을 해가며 누가 이기게 할 것인지 정파의 수뇌들은 결정을 내리고 있었다.

한편 그 시간 종리화의 거처엔 한 명의 사내가 종리화의 앞에 머리를 숙이고 있었다.

"그래, 언제쯤 연락을 해온다고 하던가요?"

"이틀 뒤에 모든 정보를 가지고 오기로 하였습니다."

"시간을 보름이나 줬는데도 이틀이나 더 기다려야 한다는 건가요?"

"그게… 재촉을 하고 있긴 하나… 이틀만 더 기다리시면 될 겁니다."

"휴우… 알겠어요. 그만 나가보세요."

부하를 내보내고 종리화는 머리를 흔들었다. 보름 전 그녀는 중원 최대의 정보 단체인 하오문(下午門)에 금붕문 내당당주에 관한 모든 것을 조사해 달라고 의뢰했었다. 한데 이 하오문에서 보름이나 시간을 줬건만 이틀을 더 기다려 달라고 하니 그녀는 속이 다 탈 지경이었다.

금붕문의 내당당주는 이번에 출전한 사파의 고수들 중 가장 베일에 싸여진 자였다. 종리세가의 정보망으로는 아무것도 밝혀낼 수 없었기에 하오문에 의뢰를 했던 것인데 과연 그자의 정체를 밝혀낼 수 있을지 의문이었다.

'그자가 최대의 변수인만큼 그자에 대한 모든 것을 밝혀야 한다.'

내심 다짐하는 그녀였다. 그자의 정체를 파악하면 정파의 수뇌들 모임에서 좀 더 강한 발언권을 행사할 수 있으므로 종리세가의 입지는 더욱 굳어질 것이었다. 누구도 모르던 것을 종리세가에서 밝혀냈으니 말이다. 물론 정보는 하오문에서 준 것이지만 그녀는 하오문에 의뢰자의 이름을 밝히지 않았으므로 모든 것은 종리세가가 스스로 알아낸 것으로 알려질 터였다. 종리세가의 정보망도 알아주는 것이지만 하오문은 종리세가보다 한 수 위였기에 종리화는 그들에게 의뢰를 했었다. 그들이 이틀 후 좋은 소식을 가져오길 바라며 종리화는 차를 들이켰다.

야심한 밤, 사군악은 다시 위문의 거처에 찾아왔다.

"야밤에 어인 일이십니까?"

"으음, 다른 게 아니라 자네 금붕십이조법은 영영 안 쓸 셈인가?"

"무슨 말씀이신지요?"

"다른 육패천에서 수상하게 여기고 있네. 금붕문의 비전무공을 왜 여태껏 쓰지 않고 있냐고 말이야."

"전……."

"여러 말할 것 없이 내일 금붕십이조법을 써주게나. 그래서 육패천에게 자네는 본 문의 사람임을 확실하게 인식시켜 주고 싶네."

"…그렇게 하겠습니다."

＊　　　＊　　　＊

"다음은 금붕문 내당당주와 청성파의 적전제자인 낙운검 조자양 소협의 대결이오."

조자양은 단단히 마음을 먹으며 비무대 위로 올라갔다. 저자에겐 변칙 공격이 먹힐 것이라고 조양수는 그에게 단단히 일러주었었다.

'난 실전으로 다져진 몸이다. 그때그때의 임기응변이나 기습 공격엔 자신있다.'

그는 검을 뽑아 들고 신중히 상대의 움직임을 살폈다.

위문은 어느 때처럼 한 발을 앞으로 내밀며 두 손을 약간 비스듬하게 앞으로 들어 올렸다. 한 가지 다른 점이라면 점점 그의 손이 금빛으로 물들어갔다는 것이다.

'금붕십이조! 저자는 금붕십이조를 쓸 셈이구나.'

위문의 손이 점점 금빛으로 물들자 조자양은 더 이상 두고 볼 수 없어 먼저 치고 나갔다. 그의 검이 화려한 변화를 일으키며 위문을 덮쳐갔지만 위문은 그에 오른손을 휘저었을 뿐이었다.

까강!

손과 쇠붙이가 마주쳤건만 요란한 쇳소리가 났고 그 충격으로 조자양은 뒤로 물러나며 휘청거렸다. 상대의 힘이 그보다 월등히 셌던 것이다. 그가 물러나자 위문은 그에게 달려가며 금빛으로 물든 두 손을 휘둘렀다. 그가 손을 휘두르자 무시무시한 수풍이 일어나며 조자양을 위협했다. 조자양은 검을 필사적으로 휘두르며 방어를 해 나갔지만 점점 더 뒤로 밀릴 뿐이었다.

까강! 펑펑펑!

그때 사력을 다해 위문의 공격을 막아내던 조자양의 검이 강한 충격을 견디지 못하고 부러지고 말았다. 그리고 곧바로 위문이 일으킨 수풍에 휘말려 조자양은 맥없이 비무대 밑으로 나가떨어지고 말았다.

위문의 무차별 공격에 조자양이 손 한 번 제대로 써보지 못하고 비무대 밑으로 떨어지자 승자를 말해야 할 무유숭은 넋이 나가 버려 입을 쩍 벌리고 멍청히 서 있었다. 하지만 곧 구경하고 있던 마도인들의 함성 소리에 놀라 그는 급히 승자를 외쳤다.

"스, 승자는 금붕문의 내당, 내당당주이오."

위문은 비무대 밑으로 내려갔고 그를 보는 정파의 수뇌들은 놀라 벌어진 입을 다물 줄을 몰랐다.

"그, 금붕신군도 저 정도의 위력은 발휘할 수 없소. 한데 저자는……."

"금붕신군보다 더한 고수였다니……."

저마다 신음성을 토해냈고 모두의 얼굴은 흙빛으로 물들어갔다.

"하하하, 사 문주는 언제 그런 녀석을 키워낸 것이오?"

만수문의 문주인 만수마제(萬獸魔帝) 혁련기(赫連磯)는 호탕하게 웃으며 사군악에게 치하의 말을 건넸다. 혁련기의 말에 사군악은 웃음으로 때웠을 뿐 자세한 이야기는 하지 않았다.

오늘 16강이 가려졌는데 그중 가장 돋보이는 마도의 고수가 바로 금붕문의 내당당주인 위문이었다. 다른 이들은 상대와 치열한 접전 끝에 겨우 이기거나 지고 말았는데 위문은 월등한 실력으로 상대를 이겨 버렸기 때문이다.

이제 마도의 무인은 모두 세 명만이 남게 되었다.

위문과 마교의 마검대주, 그리고 수라회의 아수혈검(阿修血劍) 옥관효(玉關驍).

하나 마검대주는 상대였던 옥불의 대반야장력(大盤若掌力)에 가슴을 격타당해 이기긴 했으나 그 상세가 위중한 처지였다. 16강전은 일주일 후에 시작되는데 과연 그때까지 다 나을 수 있을지 의문이었다. 그리고 옥관효 역시 공동파의 적전제자인 일수풍운 구양운의 삼음장(三陰掌)에 격중되어 심한 내상을 입은 처지였다. 그렇고 하니 이제 성한 마도인은 내당당주 하나뿐인 셈이었다. 한데 매우 다행스럽게도 그의 무공이 종잡을 수 없을 만큼 강하니 이제 마도의 수뇌들은 그 내당당주에게 모든 것을 걸고 있는 처지였다.

"내 그 녀석을 처음 봤을 때 보통은 아니라 생각했거늘, 사 문주는 그 녀석에게 어떤 무공을 주로 가르친 것이오?"

딴 사람이 이렇게 물었다면 사군악은 건성으로 대답했을 것이나 마중천자였기에 사군악은 사실대로 다 말했다.

"하하, 본 문의 무공인 금붕십이조법과 비응신법, 그리고 응용력을 기르기 위해 몇 가지의 잡다한 무공을 가르쳤습니다."

"급붕십이조법과 비응신법은 십성까지 익혔소?"

"예, 그렇습니다. 그 녀석의 자질이 뛰어나 모두 극성으로 익힌 상태입니다."

사군악의 말에 모두는 더욱 믿음이 생겼다. 조자양과 싸울 때 설마하긴 했으나 실제로 극성으로 금붕십이조법을 익혔다니, 모두들 그 무공의 강함을 잘 알고 있었기에 위문이 어쩌면 영웅제일좌에 오를지도 모른다는 생각이 강하게 들기 시작했다.

"사실, 본 교의 마검대주는 마의와 그 외 다른 의원들이 동원되고 영약까지 먹고 있긴 하나 일주일 내로 완치가 되기는 불가능할 것 같소. 수라회의 옥관효란 아이는 어떻소?"

마중천자의 물음에 수라회의 회주인 아수혈마 유철휘는 얼굴을 찡

그리며 화가 치미는 듯 분통을 터뜨렸다.

"젠장! 그 구양운이란 죽일 놈이 동귀어진의 수법을 쓸 줄은 정말 몰랐소. 치졸한 정파 놈들, 실력으로 이길 수 없을 것 같으니까 그 딴 방법을 동원해서 우리 관효에게 상처를 입히다니… 우리도 영약을 먹이고 마의도 그를 돌보고 있긴 하나 모르겠소. 마의의 말로는 잘하면 완치까진 안 되더라도 6할 정도는 회복할 수 있을 것 같다고 했으니까."

"으음… 그렇군. 하면 이제 우리는 사 문주의 제자만 믿을 수밖에 없는 상황이오. 사 문주는 그 아이의 실력에 대해 좀 더 자세히 말해 주어야 하겠소."

마중천자가 위문의 실력에 대해 구체적으로 말해 달라고 하자 사군악은 잠시 망설여졌다. 하나 마중천자의 말이었기에 그는 곧 입을 열었다.

"…솔직히 말하자면 저도 그 아이의 이십초지적(二十招之敵)이 되지는 못할 것입니다."

"설마?!"

"아니, 도대체 그 아이의 무공이 얼마나 강하기에 사 문주가 이십초지적이 되지 못한단 말이오?"

사군악의 폭탄과도 같은 말에 장내는 술렁거렸다. 모두 사군악이 어느 정도의 고수인지 너무도 잘 알고 있었다. 여기서 일 대 일로 붙는다면 그를 이길 고수는 마중천자나 수라회주 정도밖엔 없었으니까 말이다.

"사 문주, 그게 정말이오? 정말 그대가 그 아이의 이십초를 다 못 받을 정도란 말이오?"

마중천자 역시 놀라 사군악에게 물었다. 그에 사군악은 고개를 끄덕이며 자세히 말해 주었다.

"사실입니다. 저는 아직 삼화취정의 단계에 머물러 있을 뿐 그 이상의 단계엔 오르지 못하고 있습니다. 여기 계신 다른 분들도 다 저와 비슷한 경지까지 오른 것으로 알고 있습니다. 마중천자님이나 수라회주는 오기조원의 경지까지 다다랐다고 알고 있습니다. 하나 그 아이는……."

여기까지 말한 사군악은 잠시 머뭇거렸다. 과연 이 말을 해도 되는지 몰랐다.

"어서 말해 보시구려."

마중천자가 재촉하자 사군악은 못 이기는 듯 입을 열었다.

"그 아이는… 삼화취정과 오기조원의 단계를 뛰어넘었습니다."

모두의 입이 함지박만하게 벌어진 것은 순식간이었다. 삼화취정과 오기조원의 경지를 뛰어넘었다니? 그렇다면……?

"그럼 그 아이는!"

마중천자의 다급히 내뱉은 말에 사군악은 그의 생각이 맞다는 듯 고개를 끄덕였다.

"만독불침에 겉으로 정기가 드러나지 않는 꿈의 경지인 반박귀진, 그 아이는 지금 반박귀진의 경지에 올라 있는 상태입니다."

"오오, 그 정도의 고수였다니… 반박귀진은 누구도 오르지 못하는 '절망의 벽'을 넘어서야만 가능한 것인데, 그 아이가 벌써 그 경지에 도달했다니 정말 대단하오!"

마중천자는 진심으로 감탄하고 있는 상태였다. 누구도 오르지 못할 거라 생각하고 있던 꿈의 경지에 마도의 무인이 올랐다니 정말 놀라운 일이었다.

"그, 그게 정말이오, 사 문주? 정말 그 아이가 반박귀진의 경지에 올랐소?"

수라회주 역시 믿기지 않는다는 듯 사군악에게 재차 대답을 촉구했다.

"예, 확실합니다. 그 아이는 반박귀진의 경지에 올라 있습니다."

"하하하, 한시름 놓이는군. 그 아이가 우리 만수문의 사람은 아니나 내 진심으로 감축하는 바이오. 그 아이가 반박귀진의 경지라 함은 우리 마도가 이번 비무대회에 처음으로 우승할 확률이 그만큼 높아졌다는 말이나 다름없으니까 말이오."

곧 장내는 사군악의 폭탄과도 같은 말 덕분에 화기애애해졌다. 일대 일로 위문을 이기는 것은 불가능한 일이니 이제 정파의 암수만 잘 막으면 된다는 생각이 들었기 때문이다.

한편, 마도의 수뇌들이 웃음꽃을 피우고 있을 때 정파의 수뇌들은 침묵에 빠져들고 있었다.

"이제 사파의 무인은 단 세 명밖에 남지 않았습니다. 그리고 조사에 따르면 그중 마검대주는 옥불의 대반야장력에 격중당해 중상을 입은 상태이며, 수라회의 아수혈검 옥관효 역시 구양운 소협의 삼음장에 격중되어 중상을 입은 상태입니다. 그러니 우리가 조심해야 할 자는 이제 단 한 명, 금붕문의 내당당주만 남았습니다."

단 한 명만이 남았건만 수뇌들의 얼굴은 그리 좋지가 못했다. 그것은 오늘 내당당주의 무서움을 두 눈으로 직접 보았기 때문이었다. 화중문이 무유승에게 눈짓하자 무유승은 재빨리 서류를 펼치며 입을 열었다.

"험험, 금붕문 내당당주가 32강전에서 조자양 소협을 상대로 쓴 무공은 금붕십이조법인 것으로 밝혀졌습니다. 내당당주는 금붕십이조법을 일초식부터 차례대로 사용했으며 조자양 소협은 그 사초인 금붕풍운(金鵬風雲)의 초식에 당한 것으로 보여집니다. 아직 금붕십이조법을 극성으로 익히면 어떤 현상이 일어나는지 밝혀지진 않았으나 그자가 손을 휘두를 때마다 강한 바람이 생성된 것으로 보아 금붕십이조법을 극성으로 익히면 매 초식마다 조풍을 일으킬 수 있는 것으로 사료됩니다. 금붕십이조법은 전구식과 후삼식으로 되어 있는데 아직 후삼식은 한 번도 강호에 모습을 보인 적이 없었습니다. 내당당주의 공력으로 보아 그자는 금붕십이조법을 극성으로 익혔으며 최후의 절초라는 후삼식도 익힌 것이 분명합니다. 그자의 다음 상대는 황보세가의 황보영 소협입니다."

"그자의 약점은 파악된 것이 없는가?"

황보세가의 가주인 황보악진이 무유숭에게 다급히 물어보았다.

"예, 그자의 유일한 약점은 그와 같이 다니는 두 여인인 것으로 드러났습니다. 그는 그 두 여인의 말이라면 무엇이든 들어주는 것으로 드러났고, 그 여인들을 무척 사랑하고 있는 것으로 보고되었습니다."

"하면?"

"납치를 계획 중입니다. 두 여인의 처소엔 호위가 별로 많지 않습니다. 그러니 잘만 하면 납치가 가능할 것으로 보입니다."

그러나 무유숭의 말에 혜불 성승이 대노해서 외쳤다.

"아미타불, 납치라니! 대 정파의 기둥들인 우리 구파가 지금 한 마인이 무서워 그자의 여인들을 납치하자고 하고 있는 것이오?"

"그래요. 그런 일은 있을 수 없습니다. 정파의 정대한 우리가 그런 하오문의 잡배들이나 하는 짓을 할 순 없어요."

절진 사태 역시 납치 계획에 부정적인 말을 했다.

"험험, 꼭 그렇게 부정적으로 볼 일만도 아닙니다. 그자는……."

화중문이 막 뭐라 반박하려 할 때 밀실 밖에서 호위하고 있던 무사가 안으로 들어왔다. 그는 들어오자마자 종리세가의 가주인 종리일도(鍾里一刀)에게 다가가 귀엣말로 속삭였다. 그 무사의 말을 다 들은 종리일도는 얼굴에 환한 미소를 지으며 좌중을 돌아보았다.

"하하, 내 딸아이가 그동안 그 내당당주란 자에 대해서 조사를 하더니 뭔가 밝혀낸 모양이오."

모두 종리세가의 정보 수집 능력을 잘 알고 있었다. 해서 화중문은 반기며 말했다.

"그게 정말입니까?"

"하하, 그런 모양이오. 딸아이가 직접 말하겠다고 하니 들어보는 게 어떻겠소이까?"

그 딸아이는 종리화일 게 분명했기에 수뇌들은 극구 찬성하며 그녀를 어서 들어오게 했다. 종리화가 나이는 어리나 그 지모만큼은 모두가 인정하고 있었던 것이다. 종리화는 밀실 안으로 들어와 수뇌들에게 각각 인사를 건넸다.

"하하, 그래, 네가 알아낸 것들을 말해 보거라."

종리일도가 그녀에게 말해 보라고 하자 그녀는 모두의 시선을 한 몸에 받으며 입을 열었다. 그녀의 얼굴은 심하게 경직되어 있는 상태였는데 그것은 그녀가 알아낸 사실이 너무도 충격적인 것이었기 때문이다.

"먼저 어르신들의 모임에 불쑥 찾아온 점을 사죄드리겠습니다. 방금 내당당주에 관한 모든 정보를 알아내었는데 그 사실이 너무나 충격적이어서 급히 알려드려야겠다는 생각에 이렇게 무례를 범하게 되었답니다."

"하하, 우리는 괜찮으니 편히 말해 보거라."

화중문이 그녀에게 어서 본론을 말하라는 눈치를 보냈다. 그 충격적인 사실이 무엇인지 어서 빨리 알고 싶었던 것이다.

"먼저 금붕문 내당당주의 무공에 관해서입니다. 그자가 지금까지 쓴 무공은 비응신법, 금붕십이조법, 그리고 유향경천검법과 그 외 확실치 않은 무공 몇 가지입니다. 물론 그 모든 무공은 극성까지 익힌 상태구요."

"그건 우리도 알고 있는 사실이니 아직 밝혀지지 않은 것을 말해 보아라."

"예. 우선 저는 그자가 유향경천검법을 어떻게 쓸 수 있는지가 의문스러웠어요. 그래서 조사를 시켰더니 경악스러운 점을 발견했습니다. 그자는 지관 1차전에서 유향문의 적전제자인 곽무진 소협을 상대로 이리저리 피하기만 하며 시간을 끌었어요. 저는 왜 그자가 그렇게 했는지 처음엔 알 수 없었으나 3차전을 보고 알 수 있었어요. 그자는 곽무진 소협의 검을 피하며 그 검법을 배웠던 거예요."

장내가 술렁거리기 시작했다. 비무를 하며 검법을 훔쳐 배웠다니?

그때 화중문이 그녀의 말에 반박하고 나섰다.

"하나 검법을 그렇게 쉽게 배울 수는 없는 일이다. 설령 초식을 다 외웠다고 할지라도 그 구결을 모르는 이상 그것을 극성으로 익힐 수는 없는 일이다."

"저도 그걸 잘 알고 있어요. 하지만 그 외에는 그자가 유향경천검법을 쓸 수 있는 방법이 없었어요."

"유향문에서 그 검법을 훔쳐 내었다면 말이 되지 않느냐?"

"저도 그렇게 생각해서 조사를 해보았으나 유향경천검법은 비급이 존재하지 않아요. 그 검법은 입에서 입으로 구결로만 전해 내려오고 있는 무학이니까요."

"그, 그렇다면……"

뭐라 반박할 말을 찾지 못한 화중문이 말을 더듬을 때 종리화는 이제 그녀가 알고 있는 사실을 말할 때라고 생각했다.

"지금부터 제가 왜 그것이 가능한지 말해 보겠어요. 그리고 그 내당 당주의 정체까지도 말이에요."

모두가 숨을 죽이며 그녀를 응시하자 그녀는 서서히 이야기를 시작했다.

"비무대회가 시작되기 8일 전, 갑자기 금붕신군은 수하들을 풀어 온갖 영약을 다 사들이기 시작했어요. 그 영약들 중엔 새살이 돋아나게 하는 약과 끊어진 근육을 맞추는 약들도 섞여 있었죠. 그리고 그와 동시에 금붕문의 무사들이 화산을 이 잡듯이 뒤지며 뭔가를 찾아다녔는데 그들이 찾은 건 두 명의 사람이었던 것으로 조사되었어요. 금붕신군은 그 두 사람을 자신이 머물고 있는 처소에 옮겼고 그들에게 의원들을 붙여놓았죠. 그중 한 명은 여인이었는데 그녀는 사예설이 머무는 방으로 옮겨져 사예설의 간호를 받았고, 다른 한 명은 사내로서 사군악은 그 사내에게 모든 의원들을 붙여주었어요. 그로부터 5일 뒤, 마의까지 불러들여 그자를 치료하게 했죠. 그 결과 그자는 일주일 만에 걸을 수 있게 되었습니다. 그자의 상처는 손발의 근맥이 다 잘리고, 어깨와 무릎의 연골까지 파괴된 상태며 온몸엔 채찍 자국이 나 있고, 또한 단

전마저……."

그때 그녀의 말을 끊으며 혜불 성승이 고함을 질렀다.

"그만, 지금 시주는 무슨 말을 하고 싶은 것이오?!'

점점 말을 할수록 논죄집형으로 인해 입은 상처와 같아지고 있었기에 그가 소리친 것이었다.

"저는 금붕신군이 데려간 두 사람이 소림과 아미에서 파문당한 법문과 의청이라고 말하고 있는 거예요."

"뭣이라!'

종리화의 충격적인 말에 장내는 술렁거렸다.

"그, 그럴 리가… 그럴 리는 없다! 그들과 금붕문이 무슨 관계가 있다고 그들을 데리고 가 치료를 한단 말이냐?'

절진 사태가 반박했지만 종리화는 그에 대한 해답도 알고 있었다.

"사예설이 법문을 좋아한다고 공공연하게 떠들고 다녔던 것을 모두 잘 아실 거예요. 그러니 사예설이 그 기회를 놓칠 리가 없었겠죠. 의청을 꼬드겨 법문을 금붕문의 숙소로 데리고 가는 것은 쉬웠을 거예요. 의청과 법문은 갈 데가 없었을 테니까요. 저희는 그들이 금붕신군의 보호 하에 있음을 확인한 상태입니다."

"그건 그렇다 치고, 하면 그자가 어떻게 일주일 만에 완치가 될 수 있단 말이냐?'

"저도 이 사실을 들었을 때 믿을 수가 없었어요. 어떻게 손발의 근맥이 다 잘리고 연골마저 파괴된 데다 단전까지 파괴된 폐인이 단 일주일 만에 정상인으로 돌아올 수 있었는지 말이에요."

"아무리 생각해도 그건 있을 수 없는 일이다. 그런 폐인이 어떻게……."

화중문이 도저히 믿을 수 없다는 투로 말하자 종리화는 설명을 해 나갔다.

"제 얘기를 끝까지 들어보세요. 그자는 온갖 영약들을 복용했어요. 게다가 사파 최고의 의원인 마의가 직접 그를 치료했구요. 또한 금붕문의 고수들이 그의 막힌 혈맥들을 뚫어주기 위해 내공을 소모했다고 들었습니다. 물론 그 모든 방법들을 동원했다고 해도 일주일 만에 치료가 되기는 불가능해요. 하지만 그자는 일주일 만에 일어났어요. 불가능한 일이 생긴 거죠. 그에 조사를 한 결과 두 가지 가능성을 발견했습니다. 첫째는 소림의 분들이 논죄집형을 할 때 그자의 근맥과 연골을 완전히 파괴하지 않고 단전 역시 파괴하지 않았을 가능성입니다."

"시주는 말을 삼가하게! 형을 집행한 승들은 모두 공과 사를 분명히 구분할 줄 아는 분들이오. 그런 그들이 형을 제대로 집행하지 않았을 리는 없소!"

"저도 그렇게 생각해요. 너무 노여워 마시길 바랍니다. 혜불 성승님의 말씀대로 첫 번째 가능성은 별 신빙성이 없어요. 그럼 두 번째 가능성을 말하겠습니다. 둘째는 그자의 몸이 정상인의 것이 아닐 가능성이에요. 모두 세간에 전해지고 있는 한 가지 전설을 기억하시리라 생각합니다. 상처를 입으면 스스로 몸을 치유하고, 한 번 보는 것만으로 모든 것을 익히며, 위험에 본능적으로 대처한다는 전설의 신체에 관한 것을 말이에요."

"그, 그 전설은 천무성맥의 전설이 아니냐?"

뭔가 두려운 생각이 들었는지 화중문의 목소리는 심하게 떨리고 있었다.

"예, 그래요. 전설의 신체인 천무성맥. 그 천무성맥이라면 손발의 근맥이 다 잘리고, 연골이 파괴된 데다, 단전마저 파괴된 상태라 해도 충분히 회복될 수 있을 것이라고 봐요."

"그, 그렇다면 네 말은 그 법문이 천무성맥의 소유자란 말이냐?"

"그것 외에는 그가 일주일 만에 회복된 것을 설명할 수가 없어요. 만약 그가 천무성맥이라면 모든 의문은 다 풀리게 되죠. 천무성맥을 타고난 자는 한 번 본 것이면 뭐든지 자기 것으로 만들 수 있는 능력이 있다고 전해지죠. 그리고 금붕문의 내당당주는 곽무진 소협의 무공을 한 번 본 것만으로 그것을 자기 것으로 완벽하게 만들어 버렸고요."

"으음……."

여기저기서 신음성이 터져 나왔다. 그녀의 말대로 그자가 천무성맥이라면 모든 것이 설명이 되기 때문이다. 하지만 혜불 성승이 종리화의 말에 반박하고 나섰다.

"소림은 그자를 21년 간 데리고 있었소. 하지만 그자는 별로 특출한 구석이 없었소."

"저도 그걸 아쉽게 생각하는 바예요. 만약 그자에게 무공을 익히게 하였더라면 그자가 천무성맥인 걸 알 수 있었을 텐데, 그러면 지금 이렇게 모여 의논할 필요도 없었을 것인데 말이죠."

"천무성맥은 전설의 신체, 정말 금붕문의 내당당주, 아니, 법문이 천무성맥임이 확실한 것이냐?"

"저희가 조사한 바로는 그자는 분명 천무성맥이에요. 또한 법문임에 틀림없고요."

"하지만 그자가 파문당한 것은 비무대회가 열리기 8일 전, 그리고 그자가 모습을 드러낸 것은 그로부터 60여 일이 지난 지관이 시작된 후. 네가 잘못 조사한 것 같구나. 그자가 법문이라면 그자는 50여 일

만에 그만한 무공을 쌓았다는 것인데 그게 어디 가능키나 한 일이냐?"

"전설의 신체라면 가능한 일입니다. 한 번 본 것은 완벽하게 자신의 것으로 만들고 영약의 덕분으로 막대한 내공을 얻은 데다 금붕신군의 가르침이 있었다면 충분히 가능합니다. 또한 지금 그자는 계속 발전하고 있어요. 모두 아시리라 믿어요. 그자가 1차전에서 어떻게 싸웠는지, 또한 32강전에서 어떻게 싸웠는지 말이에요."

"난 믿을 수 없다! 어떻게 천무성맥이 현세에 존재할 수 있다는 말이냐? 지난 5백 년 동안 단 한 번도 나오지 않았는데 말이다!"

황보세가의 가주인 황보악진(皇甫樂眞)이 자신은 믿고 싶지 않다는 듯 고개를 세차게 흔들었다. 그의 아들과 싸울 상대가 천무성맥이라 하니 그런 것이다.

"잘 생각해 보시기 바랍니다. 금붕신군이 왜 그토록 그자를 살리려고 애를 썼을까요? 근맥이 다 잘린 이상 평생 남의 수발이나 받으며 살 폐인에게 말이에요. 그런 자를 금붕신군은 왜 영약을 먹이고, 마의를 부르고, 고수를 시켜 그의 몸에 내공까지 불어넣어 주었을까요?"

"네 말은 금붕신군이 그자가 천무성맥인 걸 알고……."

두려운 듯 말하는 화중문에게 종리화는 고개를 끄덕였다.

"그래요. 금붕신군은 처음부터 그자가 천무성맥임을 알았던 거예요. 그래서 그를 살리려고 한 거죠. 전설의 신체라면 회복될 수 있겠다 싶어 말이에요."

종리화의 말엔 한 치의 빈틈도 없었다. 그야말로 완벽하게 들어맞고 있었다. 점점 내당당주의 무서움이 현실로 느껴지기 시작한 수뇌들은 급히 대책을 의논하기 시작했다.

"으음, 과연 그자가 천무성맥이라면 모든 것이 해결되는군."

화중문이 신음을 흘리며 내당당주가 천무성맥인 것같이 말하자 종리화는 덧붙여 자신이 조사한 것을 말했다.

"또한 그자는 법문이에요. 2차전에서 의화 스님이 비무 전에 합장을 해 보이자 그는 그에 역시 합장으로 응답을 했어요. 합장을 하는 것은 불가인이나 하는 것이죠. 또한 그자는 얼굴을 복면으로 가리고 죽립까지 쓰고 다녀요. 철저히 자신의 얼굴을 숨기고 있는 거죠."

"그 폐인이… 내당당주라니……."

절진 사태의 신음에 혜불 성승은 그래도 못 믿겠다는 듯 반박하고 나섰다.

"그가 설령 법문이라고 한다면 그자가 비무대회에 나올 리가 없소. 누구보다 법문의 성격을 잘 알고 있는 나요. 법문은 유약하고 용기가 없소. 또한 개미 한 마리도 다치게 하지 못하는 성품을 가지고 있소. 한데 그가 어떻게 비무대회에 출전할 수 있단 말인가? 우리 소림과 대적하게 되는 걸 뻔히 알면서. 그가 법문일 가능성은 없다고 생각하오."

"물론 법문이 정상이라면 비무대회에 나올 리가 없겠죠. 하나 지금 법문은 정상이 아니에요."

그녀의 말에 뭔가 낌새를 눈치 챈 화중문이 급히 그녀의 말을 받았다.

"하면… 뭔가 금제에 걸려 있다는 말이냐?"

화중문은 법문이 세뇌를 당한 것이 아닌가 하고 물은 것이었다. 하지만 종리화는 그보다 더 상황이 안 좋음을 밝혔다.

"의청이 법문을 업고 산을 내려갈 때 파락호들이 의청의 미모에 현혹돼 그녀의 뒤를 쫓았다고 해요. 그들을 피하는 도중 의청은 업고 있던 법문을 놓치게 되었고 법문은 땅에 떨어지며 기억 중추를 크게 다

쳤다고 합니다. 그래서 지금…….''

"기억 상실!"

화중문이 발작적으로 소리치자 종리화는 고개를 끄덕였다.

"그래요. 법문은 지금 과거를 기억하지 못하고 있어요. 그러니 금붕
신군의 말에 무조건적으로 따르고 있는 것이겠죠. 아마 금붕신군은 그
에게 새로운 과거를 만들어줬을 거예요. 그것도 우리 정파 측에 불리
한 과거를 말이죠. 그의 부모를 우리 정파에서 죽였다던가, 그를 다치
게 하고 기억을 잃게 만든 것이 우리 정파라고 하던가 말이죠. 자연 과
거를 기억 못하는 법문은 금붕신군이 하는 말을 무조건적으로 믿을 수
밖에 없었을 거예요. 그러면 그가 왜 비무대회에 나오게 됐는지 알게
됩니다. 또한 금붕신군은 그녀의 딸과 법문이 과거엔 연인 관계였다고
도 했던 것 같아요. 그렇게 하면 법문은 완전히 금붕문의 사람이 되니
까요."

"과연 사파의 놈들이라면 과거를 조작해서 말해 줬을 수도 있겠구
나. 그에 법문은 우리에게 원한을 가지고 이번 대회에 출전해 우승을
하려는 것이고."

"그는 지금 꼭두각시 역할을 하고 있는 셈이죠."

"그렇다 하더라도 의청은? 아무리 아미가 의청을 파문했다고 하나
의청이 그걸 지켜보고만 있을 리가 없소."

절진 사태가 반박하자 종리화는 그녀의 말에 대답해 주었다.

"여자의 마음은 알 수가 없는 것이죠. 또한 여자는 낯선 곳에 빨리
적응해요. 의청은 아미에서 파문당한 뒤 갈 데가 없었을 거예요. 그녀
에겐 아미파가 전부였을 테니까요. 그러던 그녀가 금붕문에 구조되었
다고 생각해 보세요. 금붕문은 파락호들의 손에서 그녀의 생명을 구해

주었고 그녀를 따뜻하게 돌보아줬죠. 또한 법문이 금붕문의 사람들에게 치료받고 있으니 그녀는 그곳에서 가만히 있을 수밖에 없었겠죠. 그녀는 이미 법문과 몸을 섞은 상태, 법문이 그녀의 삶에 가장 중요한 위치에 놓여 있음은 여자로서 당연하다고 봐요. 그러니 그녀는 법문을 금붕문에서 치료받게 하고 그녀 또한 법문의 곁에 있기로 결심한 거죠. 잘못된 기억을 넣어주는 것도 이미 금붕문으로 마음을 돌린 그녀는 아무런 방해를 하지 않았을 거예요."

"천만에! 의청은 그럴 애가 아니다. 누구보다 내가 그 애를 잘 알고 있소. 그 애는……."

"그녀가 세뇌되었을 가능성도 있어요."

절진 사태가 너무 화를 내자 종리화는 재빨리 다른 가능성도 있음을 내비쳤다.

"으음, 이제 어떻게 해야 한단 말인가? 그 녀석이 천무성맥이라면……."

화중문은 뒷말을 잇지 못했다. 그를 이길 수 있는 자는 거의 없다는 걸 차마 말할 수가 없었던 것이다. 모두 침울한 표정을 짓자 황보악진이 발작적으로 크게 소리쳤다.

"놈이 제아무리 천무성맥이라 해도 우리 영이 또한 만만치 않은 아이요! 난 그 애가 질 거란 생각은 하지 않소!"

황보영은 오대세가를 통틀어 최고의 기재로 불리우고 있는 고수였다. 그 역시 지금까지 대진표의 도움을 받긴 했으나 실력으로도 충분히 올라올 수 있는 능력을 가지고 있었던 것이다. 하지만 그의 믿음은 다음 종리화의 말에 산산이 부서지고 말았다.

"하지만 그것만이 문제가 아니에요. 아시겠지만 그자는 한 번 보는 것은 뭐든지 자기 것으로 만들어 버려요. 만약 황보영 소협이 그자와의 비무에서 황보세가의 비전무공을 펼친다면 어떻게 될까요?"

그렇게 되면 황보세가의 비전무공은 위문의 손에서 완전히 해부될 것이고 그것은 금붕문에 알려져 그 파훼법이 나올 것이었다. 그렇게 된다면… 더 이상 황보세가는 오대세가의 위치에 있을 수 없게 될 것이다.

"설마… 아무리 천무성맥이라 해도 우리 천조검법(天阻劍法)을 그렇게 쉽게 배우지는 못할 것이다."

"그자는 3차전에서 1차전 상대였던 곽무진의 검법을 극성으로 펼쳐 보였고, 4차전에서 3차전 상대였던 계천성 소협의 운룡대팔식을 펼쳐 보였어요. 운룡대팔식이 곤륜의 비전인 건 다들 알고 계시겠죠? 그것마저도 그는 단 한 번 보고 자기 것으로 만들어 버렸어요."

그녀의 말에 놀란 것은 곤륜의 운학 도장이었다. 4차전에서 위문이 썼던 정체 불명의 신법이 운룡대팔식이었다니… 그는 엄청난 충격을 받게 되었다. 그의 변화를 종리화도 알았는지 다행스런 말을 해주었다.

"다행히 계천성 소협이 운룡대팔식의 후사식을 펼치진 않아 그자는 전사식만을 펼칠 수 있어요."

운학 도장에겐 정말 다행스런 말이었다. 운룡대팔식의 묘미는 바로 후사식에 있었으니까 말이다.

"그렇다면 황보세가의 비전검법을 쓴다면 그자는 그것 역시 자기 것으로 만들어 버리겠군."

화중문의 말에 황보악진은 버럭 짜증을 냈다.

"젠장, 그럼 우리더러 어쩌란 말이오! 비전의 무공도 못 쓰는 상태에서 싸우란 말이오? 그 천무성맥을 상대로!"

그렇게 되면 질 것은 뻔한 일이었다. 황보영의 무공이 고강한 것은 십성에 다다른 그의 천조검법 때문이었으니까. 모두 별다른 방안이 없는지 얼굴을 찌푸린 채 고개만 설레설레 저을 뿐이었다. 그것을 본 종리화는 이제 자신이 계획한 것을 말할 때라고 생각했다.

"한 가지 방법이 있어요."

"오오, 그게 정말인가? 어서 말해 보거라."

화중문이 다그치자 종리화는 천천히 입을 열었다.

"회유와 설득이죠."

종리화의 말을 이해하지 못한 수뇌들이 의아해할 때 화중문이 좀 더 자세히 말해 보라고 했다. 그러자 종리화는 아주 자세히 설명하기 시작했다.

"첫 번째 방법은 의청을 이용하는 거예요. 물론 그녀가 세뇌당하지 않았을 경우죠. 의청도 마음이 심란할 거예요. 지금 법문이 정파와 적대 관계를 맺고 있으니까 말이죠. 절진 사태님, 의청과 가장 친했던 스님은 누구시죠?"

"의청은 의화와 가장 친했었소."

"그래요. 그럼 의화 스님께 부탁드려야겠군요. 저희가 내일까지 의청이 세뇌당했는지, 아니면 제정신인지 조사해 볼 테니 사태님은 의화 스님께 미리 일러두세요. 만약 의청이 제정신이라면 의화 스님더러 이틀 후 금붕문에 찾아가라고 해주세요. 의청을 만나러 왔다고 하면 쉽게 들어갈 수 있을 거예요. 의청도 의화 스님을 보고 싶었을 테니까 말이죠. 의청을 만나면 의화 스님은 의청을 설득해야 해요. 법문에게 사실을 알리도록 말이죠. 그녀에게 뭔가 미끼를 던지면 될 겁니다. 절진 사태님, 의청의 마음을 움직일 수 있는 건 뭐죠?"

"시주의 말이 무슨 뜻인지 알겠소. 만약 의청이 제정신이라면 내가 책임지고 그 애를 설득하도록 하겠소."

"알겠어요. 그럼 의청이 설득당했다고 한다면 이제부터가 중요해요. 우리는 그녀를 시켜 법문에게 새로운 과거를 들려주어야 해요. 그 과거는 물론 우리 정파에 유리한 것이죠. 그는 기억을 못하고 있으니 우리가 거짓을 말해 주어도 믿을 수밖에 없을 겁니다. 또한 그 말을 들려주는 것은 의청이 될 것이니 그는 더 믿을 수밖에 없겠죠. 의청이 비밀스럽게 자신은 이곳에 강제로 납치되어 있으며 이때까지 연극을 했고, 당신은 지금 원수의 밑에 있는 거라고 한다면 그는 그것을 믿을 거예요. 그럼 제가 생각해 두었던 법문의 과거를 말해 보겠어요."

종리화는 정말 치밀하게 위문의 과거를 만들어냈고 그것을 듣는 수뇌들은 절로 감탄사를 연발했다.

"오오! 정말 완벽하구나."

화중문은 종리화가 말을 끝내자 치하의 말을 건넸다. 종리화는 미소를 지으며 계속 말을 해 나갔다.

"하지만 의청이 세뇌당했다면 이 방법은 쓸 수가 없어요. 그에 두 번째 방법을 생각해 보았습니다. 법문에게 과거를 들려주는 건 똑같아요. 하지만 이번엔 그것을 말하는 사람이 다르죠. 혜불 성승님, 소림에서 법문과 가장 친하게 지냈던 스님은 누구시죠?"

"그 아이는 무진의 제자였소. 가깝다면 그와 가장 가까웠겠지."

"하면 무진 스님은 여기 같이 오셨나요?"

"아니, 무진은 산속에 틀어박혀서 나오질 않는다오."

"하면 그분 외에 가깝게 지내던 분은 안 계신가요?"

"허허, 내 얘기는 안 끝났소. 그 무진이 이삼 일 후면 이곳에 도착하게 될 것이오. 그에게 법문이 파문됐음을 알렸더니 그는 믿을 수 없다며 이곳에 오겠다고 알려왔소."

"잘됐군요. 그럼 그분에게 부탁드리면 되겠군요."

"시주의 말은 무진을 시켜 법문에게 과거를 들려주란 말씀이지요?"

"그래요. 법문이 기억을 잃었다고는 하나 어렴풋이 떠오르는 얼굴들이 있을 겁니다. 그중 그의 스승인 무진 스님이 가장 많이 떠오르겠죠. 그러니 그분이 비밀리에 찾아가 과거를 들려준다면 법문은 완전히 믿고 말 겁니다."

"그럼, 그 두 가지를 동시에 하는 건 어떻겠습니까? 아무래도 한 번 듣는 것보단 두 번 듣는 게 더 믿음이 갈 테니 말입니다."

화중문의 제안에 모두들 고개를 끄덕이며 좋은 계책임을 동조했다.

"그럼 종리 소저는 이번 계획을 책임지고 맡아주시오. 화산은 모든 지원을 아끼지 않겠소이다."

"우리 곤륜 역시 모든 지원을 이끼지 않겠소."

연이어 모든 수뇌들이 종리화에게 모든 지원을 아끼지 않겠다고 말했다. 종리화와 종리일도의 얼굴에 미소가 번져 갈 때 화중문은 주위를 둘러보며 다짐하듯 말했다.

"이제 우리는 금붕문 내당당주, 아니, 법문만 조심하면 됩니다. 16강전은 앞으로 일주일 남았습니다. 그 안에 그를 반드시 우리 정파로 회유시켜야 합니다. 소림과 아미, 그리고 종리세가는 이 일을 꼭 성사시켜 주시기 바랍니다."

그 시각 위문은 자신을 향한 무서운 음모가 진행되고 있다는 사실을 모른 채 사랑스런 두 여인과 달밤의 체조를 하고 있었다.

챙챙챙.

"헉헉, 잠깐! 잠깐 쉬어요!"

예설이 검을 힘없이 내려놓으며 외쳤다. 그에 아직 비무를 하고 있던 예청과 위문은 손을 멈췄다.

"허억, 헉. 위 대가의 무공은 정말 굉장해요."

예청 역시 숨을 헐떡이며 힘겹게 말했다.

"미안하오. 어디 다친 데는 없소? 이러지 말고 저리로 가서 좀 앉읍시다."

예청과 예설은 위문에게 실전 경험을 키워주기 위해 이렇게 비무를 자청했던 것인데 위문의 실력은 그녀들이 상대할 수준이 아니었다. 그녀들은 자리에 앉으며 마른 목을 축이기 위해 차를 들이켰다.

"어떻게 위 대가는 하루가 다르게 강해지죠?"

숨을 돌린 예설이 기가 막히다는 눈으로 위문을 바라보며 말했다. 그녀의 칭찬에 위문은 멋쩍게 머리를 긁적이며 웃음으로 때웠다.

"아참, 위 대가. 언니가 요즘 뭘 만들고 있는지 아세요?"

예설이 화제를 바꾸며 위문에게 묻자 예청이 얼굴을 붉히며 급히 예설의 입을 막았다.

"얘두, 왜 그런 얘길… 위 대가, 설아의 말에 신경 쓰지 마세요."

"하하, 뭔데 그러오?"

"언닌 요즘… 읍, 푸읍. 위 대가… 의 옷을 마, 만들고 있어요."

예설은 예청의 방해 공작에도 불구하고 할 말을 다 해버렸다. 그에 예청은 얼굴을 있는 대로 다 붉히며 고개를 숙였다.

"그게 정말이오? 아청이 내 옷을 만들고 있다는 게 말이오?"

"그럼요. 얼마나 멋지다구요. 언니, 뭐라고 말해 봐."

예설이 예청의 옆구리를 쿡쿡 찔렀다. 그에 예청은 살며시 고개를 들며 수줍게 말했다.

"옷을 만들고 있긴 한데… 너무 기대하진 마세요. 솜씨가 서툴러서……."

"하하, 어서 입어보고 싶은데? 아청이 만든 옷이라면 분명 멋진 작품일 테니 말이오."

"그럼요, 정말 끝내주게 멋진 옷이라구요. 호호호."

위문과 예설의 칭찬에 예청은 얼굴을 붉히며 고개를 숙였다. 부끄럽지만 한편으론 행복감을 느끼고 있는 그녀였다. 정파에서는 지금 그녀를 요리할 만반의 준비를 갖춰가고 있건만 그녀는 그것을 알 수가 없었다. 그저 웃고만 있을 뿐…….

제12장

흔들리는 마음

흔들리는 마음

"멈추시오! 이곳부터는 금붕문의 거처이오."

의화는 한 무사에 의해 더 이상 전진하지 못했다. 그녀는 그 무사에게 합장을 해 보이며 입을 열었다.

"아미타불, 말씀 좀 전해주시겠습니까?"

"누구에게 말이오?"

"의화가 사매인 의청을 보고 싶어 왔다고 사예설 시주의 언니 분께 전해주십시오. 그렇게 전하면 알 겁니다."

그 무사는 잠시 생각하는가 싶더니 옆의 동료에게 그곳을 맡기고는 안으로 사라졌다. 곧 의화의 말은 예청과 그녀와 같이 있던 예설에게 들려졌다.

"또, 똑똑히 말해 봐, 정말 의청을 보고 싶어 왔다고 했어? 그리고 내 언니에게 전하라고 했고?"

"예, 아씨. 그렇게 전하면 알 거라고 했습니다."

휘청.

너무 놀란 예청은 머리가 어지러운지 몸을 비틀거렸다. 예설은 급히 그녀를 부축해 의자에 앉혔다.

"넌 가서 잠시 기다리라고 해."

"예."

그 무사를 돌려보내고 예설은 걱정스럽게 예청을 바라보았다.

"어, 어떻게… 어떻게……."

예청은 고개를 흔들며 도저히 믿을 수 없다는 표정을 지었다. 어떻게 그녀가 여기 있는 줄 알고 찾아왔단 말인가? 또한 말을 들어보니 그녀가 여기서 어떤 신분으로 있는지도 알고 있는 것 같았다.

"언니, 어떡할 거예요? 만날 거예요?"

걱정스레 묻는 예설에게 예청은 모르겠다는 듯 고개를 저었다.

"사저가 내가 여기 있는 걸 어떻게 알았을까? 어떻게? 난, 난……."

"언니……."

예설은 두려워하는 예청의 손을 꽈악 잡았다. 그렇게 일각의 시간이 흘렀다. 예청은 그만 진정이 됐는지 예설에게 조심스럽게 자문을 구했다.

"설아, 사저를 만나도 될까?"

"…모르겠어. 의화가 언니에게 무슨 말을 할지… 난 안 만났으면 좋겠지만 그래도 언니랑 가장 친하게 지냈던 분이잖아. 만나고 싶다면……."

"난……."

"들어오십시오."

의화는 반 시진을 기다린 끝에 안으로 들어갈 수 있었다.

"저를 따라오시기 바랍니다."

그 무사는 의화를 예청의 거처로 데리고 갔다.

드르륵.

방문이 열리자 의화는 방 안으로 들어갔다. 방 안엔 이미 한 사람이 들어와 있었다. 방 안에 이미 들어와 있던 면사의 여인, 예청은 의화가 방 안으로 들어오자 감정이 복받치는 듯 의화에게 다가갔다.

"흐흐흑… 사저."

"청아, 정말 네가 청아가 맞니?"

두 여인은 만나자마자 부둥켜안고 눈물을 쏟아내었다. 그렇게 일각 가까이 울며 부둥켜안고 있다가 그녀들은 진정이 좀 됐는지 떨어지며 탁자로 가서 앉았다.

"제가 여기 있는 건 어떻게 아셨어요?"

"사부님께서 말씀해 주시더구나. 네가 여기에 있다고 말이다. 그동안 어떻게 지냈니?"

의화는 예청의 두 손을 꼭 잡았고 예청은 그녀에게 파문당한 후 파락호들에게 쫓기다 이곳까지 오게 된 경위를 사실대로 이야기했다.

"고생이 심했겠구나."

의화의 따스한 말에 예청의 눈시울은 다시 붉어졌다.

"사부님과 우리 모두는 네 걱정을 하고 있단다. 네가 어떻게 지내고 있는지, 어떻게 살고 있는지… 오늘 내가 여기 온 것도 사부님께서 네가 어떻게 지내고 있는지 궁금하다고 하셔서 온 것이란다. 비록 어쩔 수 없이 널 파문하긴 했으나 사부님의 진심은 그게 아니었어. 널 파문하긴 싫었지만 아미의 율법 때문에 어쩔 수 없었던 거야."

"저도… 알고 있어요. 절 내쫓은 건 사부님의 진심이 아니란 걸요……."

"네가 알고 있다니 다행이구나. 사부님은 네가 자신을 원망할까 노심초사하셨거든."

"돌아가시면 전 사부님을 원망하지 않는다고 해주세요. 그리고 죄송하다고 전해주세요. 흐흑……."

흐느끼는 예청의 어깨를 부드럽게 쓰다듬어 주며 의화는 점점 본론으로 말을 이끌어 나갔다.

"그래, 내 사부님께 그렇게 말씀드리마. 한데 사 문주는 네게 잘 대해주시니?"

"…예, 절 아껴주세요. 사부님이 절 아끼셨던 것처럼… 게다가 그분은 절 양녀로 맞아들여 주셨어요."

"뭐? 그게 정말이니?"

미리 말을 듣긴 했으나 반신반의하고 있던 그녀였다. 하지만 이렇게 본인의 입으로 직접 듣고 보니 그 사실을 믿을 수밖엔 없었다.

"예, 절 친딸처럼 아껴주시고 동생이 된 설아도 절 친언니처럼 대해줘요."

"잘… 되었구나. 그럼 그… 법문은……."

"그는 이곳에 저와 함께 있어요……."

쥐 죽은 듯 조그만 목소리로 예청은 법문이 그녀와 함께 있음을 밝혔다. 그 외 의화는 여러 가지를 물었고 예청은 그녀에게 사실대로 대답해 주었다. 그렇게 시간이 꽤 흐르자 의화는 이만 일어나야겠다고 생각했다.

"오늘은 이만 가봐야겠구나. 내일 다시 와도 되겠니?"

"예. 고마워요, 사저."

의화와 예청은 밖으로 나갔고 예청은 의화를 바깥까지 배웅해 주었다. 의화를 배웅하고 돌아오는 길에 예청은 예설을 만났다. 예설은 걱정스런 눈빛을 감추지 않으며 예청에게 물었다.

"언니, 의화 스님이 뭐래요?"

"내가 어떻게 지내는지 궁금해서 오신 거였어."

"그… 럼 다른 건……."

비무대회의 일이라든가 위문에 관한 일을 묻지는 않았냐는 것이었다.

"다른 건 묻지 않더구나. 사저는 내가 걱정돼서 온 것뿐이야."

"그럼 다행이구요……."

"그래, 너무 마음 쓰지 마. 사저에게 다른 뜻이야 있겠니? 우리 위대가에게 가보자."

예청은 예설을 이끌고 위문이 있는 곳으로 걸음을 옮겼다.

다음날도, 그 다음날도, 그 다음다음 날에도 의화는 예청을 찾아왔다. 의화는 예청을 찾아와 아미에서 같이 생활할 때의 이야기들만 나누었을 뿐 별다른 이야기는 하지 않았다. 예설도 처음엔 의화가 의심스러워 그녀들의 대화를 몰래 엿들었으나 의화는 예청을 설득하거나 음모 같은 말은 전혀 하지 않았기에 경계를 풀었다. 하지만 의화를 만나는 건 껄끄러워서 예청이 의화를 만날 때마다 그녀는 위문에게 가서 놀거나 다른 일을 하며 시간을 때웠다.

의화가 때가 되었다고 느낀 것은 그녀가 예청을 찾아온 지 사흘째

되던 날이었다. 그녀는 우선 스승님에 관한 말을 하고 스승님이 예청을 얼마나 그리워하는지 한동안 이야기하여 예청이 스승님을 그리워하게 만들었다. 그리고는 예청이 스승님을 그리워하여 눈가에 물방울을 보이자 본격적으로 말을 하기 시작했다.

그녀는 이 이야기를 하기 위해 지난 사흘 간 매일같이 예청을 찾아와 시간을 보내며 그녀의 의심을 풀어버리게 만들었었다.

"청아, 너는 비무대회가 끝나고 나면 어떻게 할 생각이니? 그들을 따라 금붕문으로 떠날 거니?"

"그래야… 겠죠."

"난 네가 그들을 따라가지 않았으면 좋겠다. 나와 같이 아미로 돌아갔으면 좋겠구나."

"저, 전… 그곳으로… 돌아갈 수 없어요. 전…….."

"청아, 나와 동문들, 그리고 스승님은 네가 돌아왔으면 하고 바란단다."

"하지만 전… 파문되었잖아요?"

"스승님께서 방법을 생각해 내셨단다. 널 속가제자(俗家弟子)로 맞아들였으면 하신단다. 그러면 되지 않겠니?"

"전…….."

예청이 동요하는 빛을 보이자 의화는 계속해서 그녀를 설득했다. 예청은 고개를 흔들며 불가능하다고 연방 말했지만, 의화는 끈질기게 그녀에게 그녀를 기다리고 있는 동문들과 스승님에 대해 얘기하고 그들과의 재미있었던 추억들을 말하며 그녀의 마음을 흔들었다. 하지만 그렇게 한 시진가량을 설득했건만 예청은 여전히 주저하며 의화의 말에 응하지 않았다.

예청은 지금의 생활에 대단히 만족하고 있었다. 그녀가 사랑하고, 또한 그녀를 사랑해 주는 위문과 예설, 사군악이 이곳에 있었으니까 말이다. 물론 그렇다고 그녀의 마음이 움직이지 않은 것은 아니었다. 솔직히 스승님 생각에 잠 못 이룬 날도 많았고 동문들이 그리워지기도 했었다. 만약 속가제자로서 다시 아미에 들어간다면 위문과 함께 있을 수 있을 것이고 동문들과도 함께 있을 수 있을 것이었다. 그리고 그리운 스승님도 볼 수 있을 것이었다. 하지만 그렇게 되면 예설과 사군악과는 헤어져야 할 것이기에 그녀는 섣불리 결정하지 못했던 것이다.

그런 그녀의 마음을 알아차리기라도 한 것일까? 이제 의화는 사군악과 예설에 대한 이야기로 말머리를 돌렸다.

"청아, 내 솔직히 말하마. 난 그들을 믿을 수가 없구나. 너를 진정으로 아끼고 있는 건지, 아니면 널 이용하고 있는 건지……."

"아니에요. 아버님이나 설아는 절 정말 아껴주고 있어요."

의화가 말끝을 흐리며 부정적인 말을 하자 예청은 그녀의 말을 극구 부인했다. 사군악과 예설이 그녀를 진정으로 딸과 언니로 대하고 있다고 느껴왔었기에. 하지만 그녀의 믿음은 의화의 다음 말에 조금씩 깨어지기 시작했다.

"나도 그들이 널 진정으로 아끼고 있다고 믿고 싶구나. 하나 스승님께서 말씀하시길, 너는 지금 그들에게 속고 있다고 하시더구나. 그들은 위문이란 자를 이용하기 위해 널 곁에 두고 있는 것이라고 하셨어."

"아니에요. 그럴 리가 없어요. 지금 위 대가는 이용……."

예청은 채 말을 다 잇지 못했다. 위문이 이용당하고 있지 않다고 말하려 했으나 생각해 보니 위문은 지금 비무대회에 출전한 상태가 아닌가? 게다가 그를 비무대회에 출전하게 한 사람은 다른 이도 아닌 바로 사군악이었다. 그녀가 머뭇거리자 그 틈에 의화가 재빨리 입을 열었다.

"스승님 말씀이 그들이 위문이 천무성맥인 것을 알아보고 그를 구했다고 하더구나. 또한 그 때문에 너까지 구한 것이고."

"그, 그럴 리가… 그럴 리가 없어요. 위 대가와 저를 구한 것은 설아가 위 대가를 좋아했기 때문이었어요."

"그럴까? 예설 시주가 그를 좋아한다는 이유만으로 사 문주가 온갖 영약을 다 준비하고 마의를 불러들이고 고수를 시켜 그의 몸에 내공까지 넣어주었을까? 난 믿을 수가 없구나."

"……."

예청은 잠시 말을 잇지 못했다. 지금 그녀의 머리 속은 뒤죽박죽이 되어가고 있었다. 그 틈에 의화는 계속 말을 해 나갔다.

"사 문주는 그가 천무성맥이란 것을 알고 그를 이용하기 위해 구한 거야. 물론 너는 그를 묶어두기 위해 같이 구한 것이고. 천무성맥이라면 충분히 살아날 수 있겠다 싶었겠지. 그리고 비무대회에 출전시켜 사파의 위세를 떨치고 싶었을 테고. 천무성맥이라면 비무대회에 우승할 수도 있을 테니까 말이야. 너는 아직 모르겠니? 넌 지금 이용당하고 있는 거야."

단정적인 의화의 말에 예청은 발작적으로 고개를 세차게 흔들었다. 의화의 말이 사실이 아니라고 부정하고 싶었던 것이다. 그녀를 따뜻하게 대해주었던 사군악과 친동생처럼 굴었던 예설… 그들이 위문을 이용하기 위해 자신을 거두었다는 얘기를 도저히 믿을 수가 없었다. 예청이 말이 없자 의화는 자리에서 일어났다.

"믿고 싶지 않겠지만 잘 생각해 보려무나. 그럼 난 이만 가봐야겠다.

내일 다시 오마."

그 말을 끝으로 의화는 밖으로 걸어나갔지만 예청은 그녀를 배웅할 생각도 하지 못한 채 멍하니 앉아 천장만을 응시하고 있었다.

예청의 변화를 처음으로 느낀 것은 그녀를 보러 온 예설이었다. 예설은 여느 때와 마찬가지로 예청과 같이 놀기 위해 그녀를 찾아갔던 것인데 문에 들어서는 순간 일이 뭔가 잘못됐음을 느낄 수 있었다. 그녀를 반겨야 할 예청이 그녀가 방 안에 들어섰음에도 불구하고 본체만 체했던 것이다. 예설은 조심스럽게 예청에게 다가갔다.

"…언니, 무슨 일 있어요?"

그녀의 물음에도 예청은 말없이 고개를 저을 뿐이었다. 그녀의 얼굴엔 귀찮은 빛이 역력했다. 예설도 그걸 보았지만 무슨 일인지 궁금해져 다시 물었다.

"언니, 무슨 일이에요? 말 좀 해봐요?"

"…날 좀, 혼자 있게 해주겠니?"

예청의 말투가 심상치 않음을 느낀 예설은 뭔가가 떠올랐는지 재빨리 소리쳤다.

"언니! 의화가 언니에게 무슨 말을 한 거죠! 그런 거죠?"

예청은 예설의 물음에 말없이 고개를 저었다. 하지만 예설은 자신의 추측이 맞았음을 느낄 수 있었다.

"의화가 무슨 말을 했기에 그래요? 말 좀 해봐요!"

"날 좀 내버려 둬! 제발!"

예설의 닦달에 짜증이 났는지 예청은 진저리를 치며 소리쳤다. 그녀의 기세에 예설은 어쩔 수 없이 자리에서 일어났다. 하지만 그냥 나갈 수는 없었던 듯, 그녀는 힘없이 방을 나가며 한마디를 던졌다. 진심이 배어 있는 목소리였다.

"의화가 무슨 말을 했는지 모르겠지만 이것만은 알아둬요. 우린, 그리고 난 언니를 진정으로 사랑하고 있단 것을요……."

예설이 나가고 난 뒤 예청은 흐느끼기 시작했다.

"흐흐흐흑……."

너무도 혼란스러웠다. 누구 말을 믿어야 할지 정말 알 수가 없었다. 그녀의 흐느낌은 한동안 계속되었다.

*   *   *

한편 중원에선 비무대회가 한창인 그 시각, 변황의 어딘가에서는…….

"정말 꼭 가실 겁니까?"

"몇 번을 말해야 알겠어요? 전 이미 결심을 굳혔어요."

"…다시 한 번 생각해 보심이 어떨는지요?"

"몇 번을 생각해 봐도 마찬가지예요. 누구도 절 막을 수는 없어요!"

"하지만……."

"아아, 그만 하세요. 전 더 이상 듣고 싶지 않아요."

고개를 돌려 버리는 여인을 보며 노인은 하늘이 무너져라 한숨을 내쉬었다.

"휴우우……."

노인의 한숨에 마음이 약해질 뻔했지만 여인은 자신의 결심을 바꿀 생각이 전혀 없었다. 평생을 꿈꿔왔던 일이었다. 그 꿈이 이제 막 실현

되려 하는 것이니 누구도 그녀를 막을 수는 없는 일이었다. 노인도 그걸 알고 있었다. 여인의 꿈이 무엇인지를, 그리고 여인이 한번 결심한 이상 그걸 뒤집기는 불가능하단 것도 잘 알고 있었다. 하지만 너무 위험 부담이 큰 일이었기에 어떻게든 설득해 보려 했는데 아마도 실패한 것 같았다. 노인은 다시 한숨을 내쉬며 체념한 듯 말했다.

"휴우우… 아씨의 뜻이 정 그러시다면 빈노는 더 이상 아씨를 막지 않겠습니다. 하나 궁주님과의 약속을 기억하고 계시지요?"

"알고 있어요. 3년, 3년이면 충분해요. 전 그 이상은 바라지 않아요. 3년이면 전 충분히 즐길 수 있을 거예요."

"또한 3년 뒤엔 반드시 돌아오셔서 궁주님의 뜻대로 하셔야 합니다."

노인은 확실한 다짐을 받아두기 위해 여인의 대답을 재촉했다.

"알고 있어요. 3년 뒤엔 반드시 돌아와서 아버님의 뜻대로 할 거예요. 그러니 너무 걱정 마세요."

"하지만 정말 괜찮으시겠습니까? 아무런 호위도 없이……."

"대숙(大叔)!"

여인의 고함에 노인은 찔끔하고 말았다. 여인의 무공이 얼마나 강한지 너무도 잘 알고 있는 그였다. 자신이 직접 가르친 데다 궁의 장로들 역시 번갈아가며 그녀에게 무공을 가르쳐 주었다. 또한 궁주마저 그녀에게 비전의 무공까지 가르쳐 주지 않았던가? 그녀의 무공 수위가 궁에서 열 손가락 안에 드는 것을 노인은 잘 알고 있었다. 그 때문에 궁주도 그녀 혼자 떠나는 것을 반대하지 않았던 것이니까. 노인은 무안한지 헛기침을 몇 번 하며 화제를 바꾸었다.

"허험험, 그럼 궁주님껜 안 가보셔도 되겠습니까?"

"아버지껜 어젯밤에 작별 인사를 드렸어요."

"그, 그럼 이만 나가시지요. 밖에 말을 대기시켜 놓았습니다."

노인과 여인은 천천히 밖으로 걸어나갔다. 여인은 걸어가며 힐끔 옆의 노인의 얼굴을 살폈다. 노인의 얼굴엔 근심이 가득했다. 그녀는 노인이 왜 그렇게 근심하고 있는지 잘 알고 있었다. 그래서 위로의 말을 꺼냈다.

"너무 걱정 마세요, 대숙. 설마 중원에 다정만큼 멋진 남자가 있으려구요."

"허! 흐허허험험……."

노인은 속마음을 들킨 것이 무안했던지 크게 헛기침을 해댔다. 그가 그토록 여인의 중원행을 반대한 것도 사실은 그의 아들인 다정 때문이었다. 그의 아들과 여인은 이미 약혼한 사이이다. 그리고 좀 있으면 둘은 결혼할 예정이었다. 한데 여인의 갑작스런 중원행 때문에 일이 틀어진 것이었으니, 만약 여인이 중원에 나가 그의 아들보다 더 멋진 남자를 만나 그를 이곳으로 데리고 온다면? 그리고 궁주께 그와 결혼하고 싶다고 한다면? 마음 여린 그의 아들은 크게 상심할 것이다. 그리고 평생 고통 속에서 살 것이다. 그의 아들은 그만큼 마음이 여렸으니까.

"사실 아씨가 떠나고 나면 그 아이는 아마 아씨가 돌아올 때까지 매일을 중원을 보며 기다릴 것입니다. 험험."

죄책감을 느끼라고 한 말이었지만 여인은 그렇지 않아도 떠날 결심을 했을 때부터 다정이 마음에 걸려왔었다. 그의 마음이 얼마나 여린지 그녀는 누구보다 잘 알고 있었다. 그리고 누구보다 순수한 마음을 가지고 있다는 것도 잘 알고 있었다. 오죽하면 그의 이름마저 '정이 많다'는 다정(多情)일까? 강인한 사내들만 득실대는 이곳에서 그녀가 그에게 반한 이유는 아마도 그의 순수함 때문이었을 것이다. 노인의 말대로 다정은 그녀가 떠나고 나면 매일 그녀가 돌아오기를 기다릴 것이었다. 그게 가장 마음에 걸렸던 그녀였다. 하지만 약해지려는 마음을 그녀는 다시 한 번 굳게 다잡았다. 다정이 마음에 걸리긴 하나 그녀는 포기할 수 없었다. 평생을 이 차디찬 북해(北海)에서 살아왔던 그녀였다. 그리고 앞으로도 늙어 죽을 때까지 그렇게 살아야 할 것이었다. 그것이 화가 나서 아버님을 몇 달 동안 설득했었다. 3년 간, 단 3년 간만 자유를 느껴보고 싶다고. 더도 말고 단 3년 간 따스한 중원으로 나가 자유를 마음껏 즐기고 싶다고. 그리고 돌아와서는 모든 것을 아버님의 뜻대로 하겠다고 그녀는 아버님을 설득했었다. 그리고 드디어 이렇게 중원행을 떠나게 되었다.

이제 그 누구도 그녀를 막을 수는 없었다. 설사 다정이라 할지라도.

"다정에겐 대숙이 잘 말해 주세요. 3년 뒤엔 반드시 돌아온다고요."

"휴우우우… 그렇게 하지요."

밖에는 그녀의 애마가 기다리고 있었다. 어릴 때부터 그녀가 길러왔던 친구였다. 여인은 사뿐히 말 위에 올라탔다.

"그럼 다녀올게요, 대숙."

"몸 조심히 다녀오십시오."

여인은 천천히 말을 몰아 앞으로 걸어나갔다.

다각다각.

일마일녀(一馬一女)는 천천히 그들이 살고 있었던 곳에서 멀어져 갔다. 그렇게 어느 정도 멀어지자 여인은 뒤를 돌아보았다. 그녀의 눈에 햇살에 반사되어 형형색색의 물감으로 빛나고 있는 거대한 궁이 보였다.

빙궁(氷宮).

북해의 자존심이자 북해 무림의 지존.

이렇게 멀리서 궁을 보기는 처음인 여인은 자신이 살고 있었던 곳이 너무도 아름답다고 느꼈다. 하지만 그 생각은 잠시뿐, 이내 고개를 돌려 말을 재촉하기 시작했다.

다각다각.

여인, 단리설지(段里雪池)가 사라져 가는 뒤를 한줄기 햇살이 비추고 있었다.

"뭐라구요! 벌써 갔다구요?!"

"그렇다. 이미 떠나셨다."

"아니! 아버지는 그걸 보기만 했어요? 적어도 제가 올 때까진 시간을 끌으셨어야죠!"

아들이 길길이 날뛰는 것을 보며 노인은 한숨을 터뜨렸다.

"휴우, 네가 가더라도 아씨를 막을 수는 없었을 것이다. 그러니……."

"누가 막는다고 했어요! 이걸 보세요. 전 이미 다 준비해 놨다구요!"

말을 하며 청년은 한쪽 구석에 있던 짐 보따리를 들어 보였다. 그걸 보며 노인은 의아해져서 물었다.

"그게 뭐냐?"

"보면 모르세요? 이건 짐이라구요. 전 그녀를 따라 같이 갈 생각이었다구요! 어떻게 혼자 보낸단 말이에요! 도중에 다치기라고 하면 난…난… 으흑……."

눈물을 흘릴 준비를 하는 아들을 보며 노인은 그만 한숨을 터뜨렸다. 어떻게 된 사내놈이 툭하면 울려고 하니… 그때, 노인의 귓가에 아들이 한 말이 메아리쳤다. 노인은 그 말이 의미하는 바를 깨닫곤 기절할 듯이 놀라며 황급히 되물어보았다.

"너, 방금 뭐라고 했느냐?"

"…그녀를 따라갈 생각이었다구요. 전 그녀 없이는 안 된단 말이에요… 으흑……."

이렇게 기특한 생각이! 정말 수동적인 자신의 아들의 입에서 이렇게 기특한 생각이 나올 줄은 꿈에도 몰랐던 노인이었다. 그래서 노인은 급히 소리쳤다.

"그럼 뭘 망설이느냐! 아씨는 반 시진 전에 떠났다. 그러니 지금 출발하면 어쩌면 따라잡을 수 있을지도 모른다!"

"어? 그, 그리고 보니… 하하. 그, 그렇군요. 반 시진이면… 하하하, 정말 그렇네요."

청년은 언제 눈물을 보였냐는 듯이 급히 눈물을 닦으며 짐을 어깨에 메었다. 그리고 급히 밖으로 달려나가려고 했다. 그러다 무슨 생각이 들었는지 뒤를 돌아보며 아버지에게 외쳤다.

"아버지가 궁주님께 잘 말해 주세요! 백팔빙룡단(百八氷龍團) 제4대주 한다정(韓多情)은 설지, 아니, 소궁주님의 호위를 위해 급히 떠났다고요! 그럼 안녕히 계세요."

말을 마치기 무섭게 다정은 빠른 속도로 마구간으로 달려갔다. 그로부터 반 각 후, 빙궁을 떠나는 한 마리의 흑마와 그 위에 앉아 있는 사내가 보인다. 흑마는 중원을 향해 달려가고 있었다.

*　　　*　　　*

또 한편, 변황의 다른 어딘가에서는…….

"비켜라! 어서! 어서!"

후다다닥!

사내는 거치적거리는 부하들을 튕겨내며 재빨리 궁 안으로 달려갔다.

"멈춰랏!"

그 사내는 일각 후 궁주의 처소를 지키는 수문장(守門將)들을 만날 수 있었다. 수문장들은 부리나케 달려와 숨을 헐떡이는 사내를 가로막고는 고함을 질렀다. 그러자 사내는 숨을 헐떡이면서도 더 큰 고함을 질렀다.

"허허헉! 비, 비켜! 지금 당장 궁주님을 뵈어야 해!"

"아, 아닛! 이 녀석이! 여기가 어디라고 감히 고함을 지르는 게냐!"

수문장이 검을 뽑으며 으르렁거리자 사내는 짜증 난다는 투로 수문장에게 삿대질을 했다.

"허헉, 네놈은 눈깔이 썩었냐?! 네놈 눈엔 내가 네 부하로 보이냐?!"

그제야 사내의 얼굴을 보게 된 수문장은 신음을 삼키며 재빨리 머리를 조아리며 말했다.

"헉! 처, 천응단주(天鷹團主)님 아니십니까? 소인이 몰라뵙고……!"

"닥쳐! 지금 네놈이랑 말장난할 시간 없으니까 어서 문이나 열엇!"

"아, 알겠습니다!"

끼이이잉!

문이 열리자 사내는 뒤도 안 돌아보고 급히 안으로 뛰어 들어갔다.

그로부터 일각 후.

"허허, 자넨 왜 그렇게 급히 뛰어온 겐가?"

나이 지긋한 노인이 태사의에 앉아 땀방울이 송골송골 맺혀 있는 사내를 바라보며 물었다. 노인의 물음에 사내는 얼굴에 환한 미소를 지으며 재빨리 말했다.

"기뻐하십시오, 천존(天尊)이시여. 드디어 찾았습니다!"

"뭐, 뭐라고! 저, 정말인가?"

"그렇습니다, 천존이시여. 드디어, 드디어 찾았습니다!"

탁!

노인은 태사의를 손으로 치며 황급히 일어나 사내에게 다가갔다.

"어, 어디에서 찾았는가? 그 애는 어디에 있는가?"

"중원입니다. 중원에 아미파란 문파가 있사온데 아씨는 그곳에 있는 것으로 알고 있습니다."

"그 애가 중원에… 잘했네, 정말 잘했어. 허허허, 드디어 그 아이를 찾다니… 한데 그 아이가 왜 아미파에 있다던가? 그리고 왜 그동안 소식이 끊겼는가?"

노인의 물음에 사내는 잠시 말을 머뭇거렸다. 기쁜 소식을 가져오긴 했으나 노인의 물음에 답하긴 좀 곤란했던 것이다.

"그게……."

"어서 말해 보게, 어서!"

"그게… 아씨는 아미파의 감옥에 잡혀 있는 것 같습니다."

"뭐, 뭣이라! 그, 그 아이가 감옥에 잡혀 있어? 마견(魔犬)! 게 있느냐!"

노인이 소리치자 노인의 바로 앞에 흑의로 전신을 감싼 인영이 갑자기 나타났다. 마치 원래부터 있었다는 듯이.

"부르셨습니까."

낮고 듣기 거북한 음성.

하지만 노인은 익숙한 듯 개의치 않고 소리쳤다.

"지금 즉시 모든 수뇌들을 여기로 집합시켜라! 어서!"

"예, 천존!"

마견이라 불린 사내는 갑자기 나타났던 것처럼 다시 갑자기 사라졌다.

"천응단주! 정말 그 아이가 아미파에 잡혀 있는 게 확실한가?"

노인은 점점 짙은 살기를 뿜어내고 있었다. 그건 노인이 화가 났다는 뜻. 천응단주는 급히 머리를 조아렸다.

"예, 천존이시여! 속하의 목을 걸고 아씨는 아미파에 잡혀 있음을 확신합니다."

"좋다. 그대는 지금 즉시 아미파에 대해 모든 것을 조사해 오라. 티끌만한 것도 놓치지 말고! 좀 있으면 수뇌 회의가 열릴 것이다. 그때까지 완수하도록."

"존명!"

"천응단주!"

"옛!"

"그대가 조사한 것을 말하라."

"예, 천존이시여."

천응단주는 자리에서 일어나 주위를 한번 둘러보았다. 갑작스럽게 불려 온 21인의 수뇌들, 모두들 하나의 무력 단체를 맡고 있거나 천존에게 승복해 천궁의 지단이 되어 있는 각 지방의 패주들이었다. 그들 하나하나의 힘은 엄청났고, 그들이 거느린 수하들 또한 일류고수들이 대부분이었다. 그에 약간 주눅이 들긴 했으나 천웅단주는 입술을 한 번 지그시 깨물고 말을 해 나갔다.

"지난 3년 동안 저희 천웅단에서는 3년 전 가출하신 천존의 손녀이며 천왕의 따님이신 미하 아씨의 행방을 추적해 왔습니다. 미하 아씨는 갑작스럽게 가출을 하신 터라 저희는 아씨의 행방을 찾을 수 없었지요. 한데 드디어 아씨가 있는 곳을 찾을 수 있었습니다. 아씨는 이곳을 떠나 바로 중원으로 가셨더군요. 또한⋯ 무슨 이유인진 모르나 아미파에 도전을 하러 가셨던 것으로 조사되었습니다. 아씨는 아미파에 가셔서 도전을 했으나 실수를 하셨던 탓인지 그만 그들에게 잡혀 지하 감옥에 갇혔다고 합니다."

"아니! 그럼 그 비구니들이 미하(美河) 소저를 감금하고 있단 말인가?!"

성격이 불 같기로 유명한 철혈탑주(鐵血塔主) 야율극리(耶律極理)의 고함에 모두들 얼굴을 굳히기 시작했다.

대막천궁(大漠天宮).

대막의 사신이자 대막 무림의 지존.

그런 대막천궁의 주인인 대막천존(大漠天尊)의 막내 손녀이자 다음 대의 대막천궁을 이끌 후계자인 대막천왕(大漠天王)의 막내딸인 선우미하(鮮于美河)가 중원의 아미파에 감금되어 있다니! 이건 도저히 묵과할 수가 없는 문제였다.

웅성웅성.

여기저기서 말들이 터져 나왔다. 당장 중원을 쓸어버려야 한다는 둥 신중을 기하자는 둥 말이다. 그때 대막천존의 입이 열렸다.

"누가 가겠나?"

"……."

그의 말은 짧았고 나직했다. 하지만 그에 숨은 뜻만은 그리 적지 않았다. 그 말속엔 누군가가 나서서 선우미하를 구해내야 한다는 것과 안 되면 무력을 써도 된다는 뜻이 들어 있었다. 또한 중원과의 대결을 하게 되더라도 피하지 않겠다는 뜻이었고, 이 기회에 대막의 힘을 보여주자는 뜻과도 같았다.

"제가 가겠습니다!"

"아니, 내가 가겠소!"

"모두 조용, 내가 가겠다!"

웅성웅성.

서로 자신이 가겠다고 고함을 치기 시작했다. 이번 일을 성공만 하면 더욱 자신의 입지가 굳어질 것이기에 서로 일을 맡으려고 하는 것이다.

쾅! 우르르…….

그때 한 사내가 탁자를 치며 자리에서 일어났다. 그가 얼마나 세게 탁자를 쳤던지 그 여파에 기둥이 다 흔들릴 지경이었다. 그러자 모든 소란이 그쳐졌다. 주위가 조용해진 것을 본 사내는 천천히 수뇌들을 훑어보며 말했다.

"여러분은 한 가지 잊고 있는 게 있는 것 같군요."

말을 하고 약간 뜸을 들였는데 그사이 아무도 입을 열지 않았다. 좀 전에 그의 무위를 봤기 때문이기도 하고 그의 신분 때문이기도 했다.

"미하는 제 정혼녀(定婚女)란 사실을 말입니다."

사내는 이 말을 하며 의지가 가득 담긴 눈으로 대막천존을 바라보았다. 대막천존 역시 사내를 마주 쳐다보며 물었다.

"할 수 있겠나?"

"보내만 주신다면!"

굳은 의지가 담긴 말.

한참을 생각하던 대막천존은 결국 고개를 끄덕였다.

"좋다. 기한은 1년. 그 안에 미하를 데려와라."

이 말을 끝으로 그는 자리에서 일어났다. 그가 일어나자 수뇌들도 모두 일어났고 그들이 앉은 건 대막천존이 사라지고 난 뒤였다.

"정말 자신있느냐?"

흑풍루(黑風樓)의 주인인 흑혈사신(黑血死神) 혁련대천(赫連大天)이 사내를 보며 묻자 사내는 코웃음을 쳤다.

"흥, 그건 두고 보면 아는 것 아니겠소?"

"아니! 저 싸가지없는 자식이! 어디다 대고 반말 짓거리를!"

철혈탑주가 호통을 치자 사내는 그에게로 다가가며 빈정거렸다.

"호오, 대막의 율법을 벌써 잊으셨나? 강자지존(强者之尊)이란 율법을 말이오. 하하하핫!"

"이익!"

철혈탑주가 막 손을 쓰려 하자 옆에 있던 사밀루주(沙蜜樓主)가 그를 제지하고 나섰다. 그사이 사내는 철혈탑주를 지나쳐 밖으로 걸어나가 버렸다.

"왜 말린 거요?!"

철혈탑주가 사밀루주를 보며 고함치자 그는 얼굴을 굳히며 대답했다.

"그가 누구인지 나보다 더 잘 알 텐데? 그를 건드린다는 건 지옥문을 두드리는 것과 같다는 것도 알고 있을 텐데?"

"하지만……."

"아아, 진정하게."

그의 불만을 말리고 나선 것은 사내에게 모욕을 당했던 흑풍루주였다.

"우선은 두고 보는 수밖에 없지 않나? 지금은 그의 세력이 가장 강하니까 말이네."

"……."

이렇게 회의가 끝나자 수뇌들은 하나둘씩 자리를 뜨기 시작했다. 마지막으로 대청을 나가며 흑풍루주는 천장, 아니, 그 천장 너머에 있는 하늘, 더 정확히 말하자면 중원 쪽의 하늘을 올려다보며 혼잣말을 중얼거렸다.

"태양마저 베어버린다는 악마의 검이 중원에 들어선다, 1백 마리 들개와 함께. 으음… 중원에 피 바람이 불겠군."

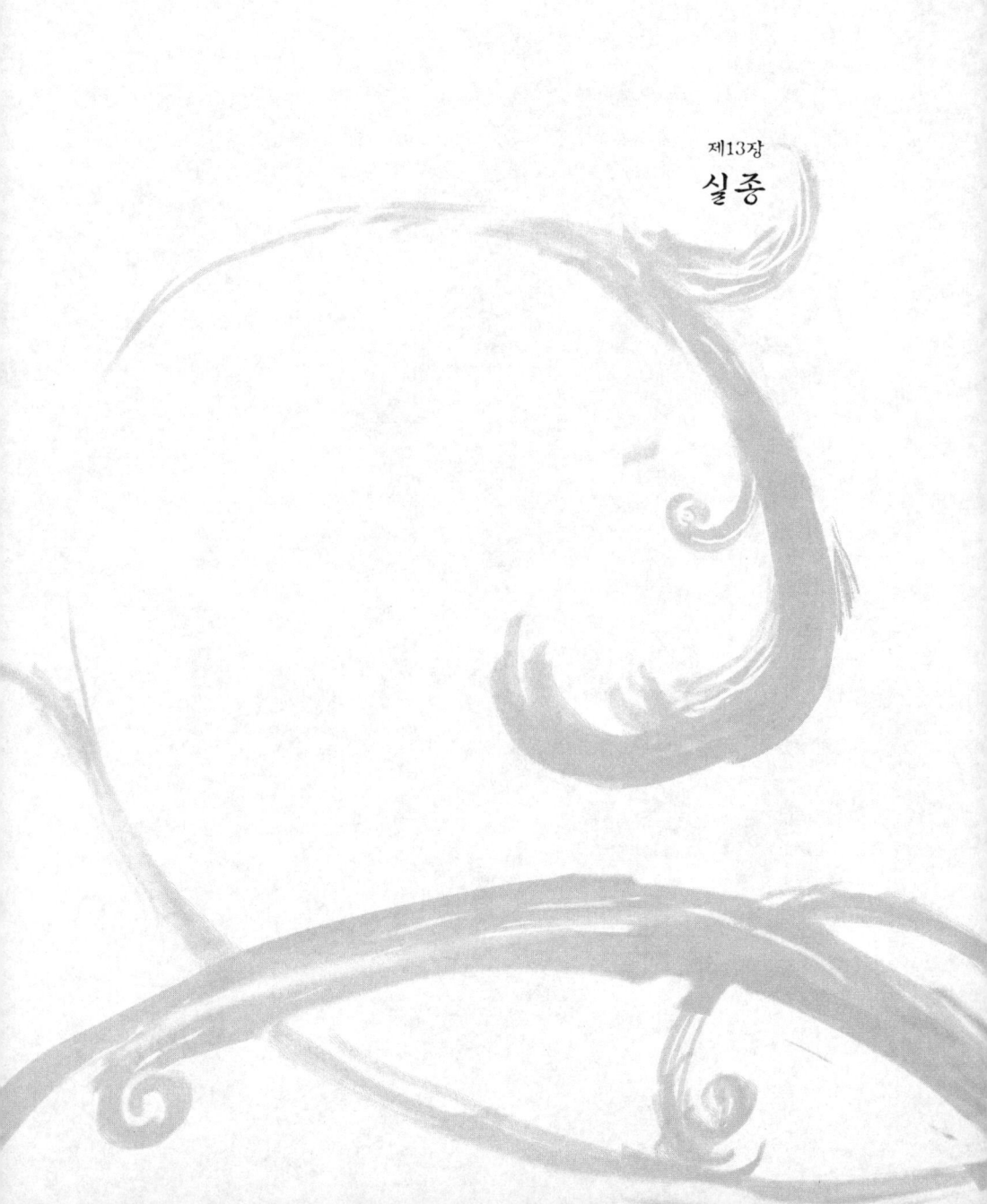

제13장
실종

실종

"오늘부터 지관 16강전이 시작되오. 첫 번째 출전자들은 비무대 위로 올라오기 바라오."

위문은 비무대 위에 오르며 걱정이 태산이었다. 어제부터 예청이 자신의 방에 틀어박혀 나오지 않고 있었기 때문이다. 예설의 말로는 몸이 좋지 않아서라고 했지만 뭔가 그에게 숨기는 게 있는 것 같았다. 몇 번이나 예청이 얼마나 아픈지 보러 방 안에 들어가려 했지만 그때마다 예설이 그를 막아 못 들어가게 했기 때문이었다. 예설의 말론 의원이 지금은 혼자 내버려 두는 게 좋을 것이라고 해서라지만 느낌이 좋지 않았다. 오늘 비무를 빨리 끝내고 다시 한 번 찾아가 봐야겠다고 생각하며 그는 반대쪽에서 올라오고 있는 자신의 상대를 응시했다.

"첫 번째 대결은 황보세가의 소가주인 황룡(黃龍) 황보영 소협과 금붕문의 내당당주의 대결이오."

무유숭의 소개가 끝나자 황보영은 다시 한 번 자기 자신에게 다짐했다. 그의 아버지는 그에게 비무에서 절대로 천조검법을 쓰지 말라고 당부를 하셨다. 하지만 그는 오늘 천조검법을 쓸 작정이었다. 상대가 천무성맥이라 한 번 보는 것이면 뭐든지 배운다고 들었지만 그는 그 말을 믿을 수가 없었다. 네 살 때 처음 검을 쥔 뒤로 그는 오직 천조검법만을 익혔다. 그래서 그 검법의 난해함을 누구보다 뼈저리게 알고 있는 그였다. 한 초식에 4년을 꼬박 투자해서 겨우 자신의 것으로 만든 적도 있었고, 갈수록 난해해지는 검법에 절망에 빠진 적도 수없이 많았다. 그렇게 21년 간을 천조검법에 바친 끝에 그는 겨우 24초식 336변식으로 구성된 천조검법을 극성으로 펼칠 수 있게 되었다. 그런 검법을 한 번 보는 것만으로 배운다는 것은 도저히 믿을 수가 없었다. 아니, 인정할 수가 없는 일이었다. 그 사실을 인정한다 함은 그의 지난 21년 간의 노력은 헛것이었다는 걸 인정하는 것이나 마찬가지였으므로.

'어디 배울 수 있으면 배워보거라!'

그는 천조검법의 개문식(開門式)을 취하며 마음을 굳게 먹었다. 그리고 상대가 자세를 잡는 걸 본 즉시 그에게 달려들었다.

"이얍!"

그의 검이 날카로운 예기를 발하며 위문의 가슴을 베어갔다. 위문은 피하지 않고 금빛으로 물들어 있는 손을 들어 황보영의 검을 막았다.

까강!

손목이 빠개질 것 같은 충격을 느끼며 황보영은 뒤로 물러났다. 그리곤 재차 검을 휘두르며 이번엔 열네 가지의 변초로 위문의 눈을 현혹하며 그의 옆구리에 검을 찔렀다. 위문은 재빨리 비응신법을 펼쳐 뒤로 한 발짝 물러난 뒤 그 반동으로 황보영에게 쏜살같이 뛰어가며 손을 휘둘렀다.

평펑펑! 까강— 깡!

정신없이 뒤로 밀리던 황보영은 갑자기 검을 무질서하게 휘두르며 몸을 엄청난 속도로 회전시키기 시작했다. 최강의 방어를 자랑하는 17초식 용권풍(龍拳風)이었다.

휘이이잉.

까강! 깡!

엄청난 속도로 몸을 회전시키며 검을 내밀어 방어하는 동시에 공격하는 황보영에 의해 위문은 좀 전과 반대로 자신이 뒤로 밀려났다. 그는 황보영의 공격권에서 벗어난 뒤 잠시 고민에 빠졌다. 그냥 강기로 한 대 치면 끝나겠지만 그렇게 되면 상대는 크게 다칠 것이기에 다른 방법을 찾아야 했다. 그가 고민할 때 황보영은 회전을 멈추고 재빨리 위문에게 덤벼들며 이번엔 땅과 몸을 평행으로 만들어 회전하기 시작했다. 두 번째로 강한 공격 초식인 20초 비룡풍(飛龍風)이었다. 회전하는 탄력에 검의 예기(銳氣)까지 포함되어 황보영의 공격은 그야말로 위력적이었다. 그 때문에 위문은 두 손으로 황보영의 공격을 막으며 정신없이 뒤로 물러나기에 바빴다.

프아앙~! 서격! 휘이익!

자신의 죽립이 황보영의 공격에 날아가 버리자 위문은 다급해졌다. 여기서 얼굴을 드러내게 되면 자신의 정체가 탄로나게 된다. 그것만은 무슨 수를 써서라도 막아야 하는 일이었다. 위문은 아직 복면이 얼굴을 가리고 있을 때 빨리 끝을 내야겠다고 생각했다. 그는 두 손을 무질서하게 휘두르며 몸을 무섭도록 빠른 속도로 회전시켰다. 그때 황보영은 회전을 풀고 끝장을 내기 위해 마지막 초식을 쓰려던 참이었다. 그런 그에게 갑자기 위문의 공격이 날아들자 그는 급히 몸을 뒤로 피했다. 하지만 회전하는 위문의 몸은 빠른 속도로 황보영을 공격했다.

휘이이잉— 깡! 깡!

좀 전 자신의 용권풍보다 몇 배나 더 강하고 위력적인 공격이었다. 게다가 그 회오리의 영향권이 너무도 넓었다. 황보영은 회오리의 영향권에서 벗어나고자 노력했지만 역부족이었다. 해서 반대로 위문을 향해 돌진하며 천조검법 후사식 최후 초식이자 최강의 위력을 자랑하는 24사초 천조멸겁(天阻滅劫)을 시전했다.

콰쾅! 쾅!

금빛 회오리와 검은색 검강이 부딪치며 엄청난 폭음을 내었다. 그리고 두 힘이 부딪쳤다 싶은 순간 한 인영이 저 멀리 튕겨져 날아갔다. 그리고 비무대 위엔 위문이 손을 거두고 천천히 비무대 아래로 내려가는 모습이 보였다.

"스, 승자는 금붕문의 내당당주이오."

"우와! 와와!"

짝짝짝.

무유승의 승자 소개의 말이 떨어지자 비무대 아래에서 마도인들이 함성을 내질렀다. 그와 반대로 정파의 수뇌들은 얼굴을 흑빛으로 물들이며 신음을 터뜨렸다. 황보악진은 이미 황보영이 튕겨져 날아가는 즉시 몸을 일으켜 자신의 아들을 구하기 위해 밑으로 사라지고 없었다.

황보악진의 빈자리를 보며 화중문은 신음을 터뜨렸다.

"으음, 아무리 천무성맥이라 해도 천조검법을 한 번 보고 배울 수는 없을 것이라 생각했거늘……."

"그러게 말이오. 저자가 쓴 마지막 초식은 분명 좀 전 황보 소협이 쓴 초식이었소."

전진의 장문인인 유 진인 역시 신음을 터뜨리며 고개를 절레절레 저었다. 그때 화중문이 침울한 목소리로 절진 사태에게 물었다.

"사태, 의청의 공작은 아직 멀었습니까?"

"다 되었어요. 아마 오늘내일 안에 의청은 맘을 바꾸게 될 거예요."

"저자의 회유는 반드시 성사되어야 합니다. 지금 보셨듯이 저자를 이기는 것은 거의 가망이 없습니다. 또한 자파의 비전까지 뺏기는 실정이니 한시라도 빨리 저자를 회유해야 합니다."

"알았어요. 그보다 소림 쪽은 어떤가요?"

그녀의 물음에 혜불 성승은 인상을 쓰며 탄식하듯 말했다.

"후우… 겨우 무진을 설득했소이다. 아마 내일이나 모레쯤 저자를 찾아갈 것이오."

무진을 설득하기는 정말 어려웠다. 내당의 스님에게 거짓말을 하라고 했으니 쉬웠다면 그게 거짓말일 것이다. 온갖 협박과 술수 끝에 무진을 설득하긴 했으나 과연 그가 제대로 말을 해줄지 혜불 성승은 알 수가 없었다.

"8강전은 10일 후에 시작됩니다. 원래는 4일 뒤에 시작해야 하지만 억지로 시간을 늘려놓았습니다. 그 안에 우린 반드시 그를 설득해야 할 겁니다."

화중문의 말에 모두들 저마다 자신만의 생각에 빠져들었다.

그들이 이렇게 골머리를 싸매고 있을 때 위문은 예설과 자신의 거처로 돌아가고 있었다.

"오늘은 정말 큰일 나는 줄 알았어요."

예설의 걱정스런 말에 위문은 싱긋 웃어 보이며 그녀를 안심시켰다.

"너무 걱정하지 말구려. 다행히 아무런 상처도 입지 않았잖소."

"그래도 앞으론 더 조심하세요. 행여 위험하다 싶으면 이길 생각 하지 말고 그냥 포기하시구요. 전 비무보단 위 대가의 몸이 더 걱정돼요."

"알겠소. 그대의 말대로 하리다. 그보다 아청은 좀 어떻소?"

위문의 물음에 예설은 얼굴에 짙은 그림자를 만들며 나지막한 목소리로 대답했다.

"언닌… 곧 괜찮아지겠죠……."

위문에게 사실대로 말할까도 생각해 봤지만 구태여 그런 말을 해 그의 심기를 불편하게 할 필요는 없을 것 같았다. 해서 예설은 대충 얼버무렸을 뿐 의화의 일은 이야기하지 않았다.

"우리 같이 아청에게 가봅시다. 난 그녀가 걱정되어 견딜 수가 없다오."

위문은 걱정을 멈출 수가 없는 듯 그렇게 말하며 예설을 데리고 예청의 처소로 가려고 했다. 하지만 예설은 그런 위문의 손을 굳게 잡으며 그를 만류했다.

"언닌 지금 혼자 있는 게 좋을 거예요. 우리가 간다면 언닌 더 힘들 테니까요."

"그게 무슨 말이오? 아플 땐 혼자 있는 것보단 옆에 누군가가 있어주는 게 좋은 건 당연한 게 아니오? 한데 혼자 있는 게 좋을 거라니…
혹, 나에게 뭔가 숨기는 거라도 있소?"

자신의 말에 안절부절못하는 예설을 보며 위문은 자신의 생각이 맞
았음을 느낄 수 있었다. 해서 그는 예설을 재촉했다.

"정말 내게 숨기는 게 있는가 보군. 대체 무슨 일이오? 혹, 그녀가
잘못되기라도 했소?"

"언닌……."

예설은 주저하며 말하길 꺼렸다. 그게 더 위문은 애타게 했다.

"어서 말해 보구려. 아니, 내가 직접 그녀에게 가보겠소."

예설이 말할 기미를 안 보이자 위문은 예청을 직접 만나기 위해 그
녀의 처소로 달려가려고 했다. 하지만 예설이 그를 막으며 말했다.

"말할게요. 말할 테니 멈추세요."

위문이 멈추자 예설은 주저하며 입을 열었다.

"언닌 지금 마음의 병을 앓고 있어요. 며칠 전에 언니와 가장 친하
게 지냈다던 의화 스님이 언니를 찾아왔어요. 전 의화 스님과 언니가
무슨 대화를 나눴는지 몰라 잘은 모르지만 의화 스님이 언니에게 뭔가
안 좋은 얘기를 한 것 같아요. 그래서 언닌 지금 고민하고 있는 것 같
아요……."

"뭐? 의화라면 나와 싸웠던 그 의화 스님을 말하는 것이오?"

"예."

"그렇다면 더욱 그녀에게 가봐야 하는 것 아니오? 그녀 혼자 고민하
는 것보단 곁에 누군가가 있어주는 게 더 힘이 될 테니까."

위문은 예설이 말릴 새도 없이 예청의 처소로 달려갔다. 그의 뒤를
예설이 복잡한 심정을 감추지 않으며 따라갔다.

"아청, 내가 왔소. 들어가도 되겠소?"

위문은 문 앞에 서서 예청에게 자신이 왔음을 알렸다. 하지만 방 안에선 아무런 응답이 없었다. 그에 위문은 다시 한 번 큰 소리로 외쳤다.

"아청, 내가 왔소! 아청!"

그래도 아무런 대답이 없자 위문은 다급해져 그대로 방문을 열어젖히고 안으로 들어갔다. 방 안은 전과 다른 것이 없었다. 다만 방의 주인인 예청이 없다는 것 외엔.

"아청, 아청!"

위문은 큰 소리로 '아청'을 외치며 방 안을 구석구석 찾아보았지만 예청은 방 안에 없었다. 뒤늦게 따라온 예설도 위문과 같이 예청을 찾아보았지만 찾을 수가 없었다. 예설은 뭔가 불길한 예감에 급히 장롱을 뒤져 보았다.

없었다. 옷가지가 아무것도 남아 있질 않았다. 다만 옷가지가 있어야 할 자리엔 한 통의 서찰만이 남겨져 있을 뿐이었다. 예설은 급히 서찰을 집어 펼쳐 들었다.

'제발, 내 예감이 틀렸기를… 제발…….'

하지만 그녀의 기도에도 불구하고 서찰 안엔 절망적인 내용만이 그녀를 기다리고 있었다.

설아, 난 머리가 어지러워 견딜 수가 없어. 난 어떻게 해야 하지? 난… 막상 이렇게 짐을 챙기고 여길 떠나려고 하니 너와 위 대가, 그리고 아버님이 눈에 아른거리는구나. 하지만 난… 여길 떠나야 돼. 여긴 내가 있을 곳이 아니야. 안녕. 그동안 고마웠어. 그리고 위 대가를 잘 부탁해…….

아니, 마지막으로 한 번만 더 널 보고 싶어. 내일 밤 자정에 유운곡(流雲谷)으로 나와주렴.

아마도 여길 떠나려고 했지만 가슴에 걸리는 게 있었던 것 같았다. 그래서 조용히 떠나려고 했지만 맘을 바꿔 마지막으로 자신을 한 번이라도 더 만나고 싶어하는 것 같았다. 그때 그녀의 등 뒤에서 위문의 초조한 음성이 들려왔다.

"아설, 뭔가 찾은 게 있소?"

다급해진 예설은 급히 서찰을 품속에 감추며 몸을 돌렸다. 그리곤 억지 미소를 지으며 위문을 바라보았다.

"아니요, 아무것도 없어요."

"도대체 그녀는 어디로 갔단 말인가? 대체 어디로…….."

절망적인 표정을 지으며 위문은 밖으로 나갔다. 밖에서 예청을 찾아보기 위함이었다. 그가 나가는 것을 보며 예설은 이 사실을 위문에게 알리는 것은 좋지 않다고 판단했다. 내일 그녀가 예청을 만나 그녀를 설득해 다시 이곳으로 데려온다면 이 일은 해결될 것이라 생각했던 것이다. 그리고 구태여 위문을 더 마음 아프게 하고 싶지도 않았다.

'내일 언니를 만나 내가 설득하면 될 거야. 그래, 언니를 설득해서 다시 여기로 데려오면 돼.'

그녀가 조금이라도 깊게 생각할 수 있었다면 예청은 세상에 나온 지 얼마 되지 않아 화산의 지리를 전혀 모르고 있다는 사실을 알 수 있었을 것인데, 그녀는 너무 마음이 급해 미처 그것까진 생각하지 못하고 있었다.

*　　　　*　　　　*

다음날 위문은 뜰에 혼자 앉아 있었다. 그는 인생을 다 산 노인처럼 허탈한 표정을 지은 채 먼 산만 바라보고 있었다. 어제 밤을 새워 예청을 찾아다녔지만 누구 하나 그녀를 봤다는 사람도 없었고, 그녀의 흔적조차 발견할 수 없었다. 그녀 없는 그의 삶은 이제 생각할 수조차 없었다. 처음 봤을 때부터 알 수 없는 묘한 기분을 느꼈던 그였다. 그 땐 불제자라 겉으로 표현할 순 없었지만 속으론 큰 심마에 시달렸었다. 그리고 그와 그녀가 파문당하고 금붕문에 들어오게 되면서 그녀와 함께 있을 수 있게 되자 얼마나 기뻤던가? 매일 그녀의 얼굴을 보며, 그녀의 웃음소리를 들으며, 그녀와 이야기를 하며… 그렇게 평생을 살 거란 생각만 하면 가슴이 부풀어 올라 밤잠을 설친 적이 한두 번이 아니었거늘……. 그런데… 그런데… 그녀가 갑자기 사라지다니…….

한편, 그가 예청과의 추억을 회상하고 있을 때 그의 등 뒤편에서는 한 명의 스님이 천천히 그에게로 다가오고 있었다.

"아미타불."

흠칫.

위문은 너무도 낯익은 목소리에 회상에서 깨어나 급히 일어나며 몸을 돌렸다.

"스, 스승님?"

그의 목소리가 심하게 떨려왔다. 몸을 돌리자 그곳엔 그를 21년 간이나 키워준 스승 무진 스님이 서 있었던 것이다.

"문아, 아직 날 기억하고 있느냐?"

인자한 미소와 함께 들려오는 포근한 음성. 그에 위문은 급히 무진에게 다가가 그의 앞에 무릎을 꿇었다.

"스, 스승님, 흐흐흑……."

흐느끼는 위문의 등을 부드럽게 쓰다듬으며 무진은 그를 일으켰다.

"허허허, 녀석. 어린애처럼 울기는……."

말을 하는 그의 눈가에도 눈물이 글썽였다. 그의 처음이자 마지막 제자였던 아이. 그 아이를 이렇게 다시 보게 되자 평정이 무너졌던 것이다. 무진은 위문을 일으킨 뒤 그를 데리고 탁자로 다가가 마주 보고 앉았다.

"문아, 도대체 어떻게 된 일이냐? 네가 파문을 당하게 되다니 말이다."

위문은 무진의 손을 꼬옥 잡으며 한동안 말없이 흐느끼기만 했다. 예청이 알 수 없이 사라진 후 그의 마음은 크게 불안정한 상태였다. 그럴 때 그의 부모나 다름없는 무진이 찾아온 것이었으니 무진에게 더욱 기대고 싶어하는 건 당연한 일이었다. 무진은 위문이 흐느낌을 멈출 때까지 그의 손을 쓰다듬으며 기다렸다. 그렇게 어느 정도의 시간이 흐르자 위문은 흐느낌을 멈추고 얘기를 시작했다. 예청을 처음 만났을 때의 감정부터 춘약을 먹게 된 일, 그리고 여기까지 오게 된 일 등 모든 것을 사실대로 말했다. 위문의 긴 얘기가 끝나자 무진은 위문의 손을 꼬옥 잡으며 위로했다.

"녀석, 마음 고생이 심했겠구나."

"전, 전 어떻게 해야 하죠? 그녀가, 그녀가 없는데… 전……."

"너무 걱정하지 말거라. 네 얘기를 듣고 보니 그 아이도 널 사랑하고 있음이 틀림없다. 지금은 약간 그 마음이 흔들렸을지 모르나 곧 네게로 돌아올 것이다."

"정말 그럴까요? 그녀가 제게로 돌아올까요?"

"허허허, 녀석두. 그녀를 믿지 못하니?"

"믿어요. 하지만… 전 두려워요……."

"걱정하지 말거라. 모든 일은 다 잘될 테니까."

무진은 일어나 위문의 등을 두들겨 주며 그를 위로했다. 그러면서 그는 입을 열었다.

"문아, 내 네게 하고 싶은 말이 있다. 들어주렴. 세상 모든 일이 다 자신의 뜻대로만 되지는 않는단다. 이런 일이 생길 수도 있고, 저런 일이 생길 수도 있고, 예측하지 못한 일이 얼마든지 생길 수 있는 곳이 바로 속세란다. 그리고 지금 넌 그 속세에 몸담고 있는 것이야. 넌 지금 네가 사랑하는 여자가 사라진 것에 슬퍼하고 있지만 앞으로 그보다 더한 시련이 닥쳐올지도 모른단다. 그때마다 내 말을 생각해 보렴. 네 마음속엔 언제나 부처님이 함께하신다는 걸 말이야. 네가 슬퍼할 때도 절망에 빠졌을 때도 부처님은 언제나 네 곁에서 널 보살펴 주고 계시다는 걸 말이다. 그리고 혼란한 마음을 부처님께 의지하렴. 그러면 부처님은 널 버리지 않으실 것이란다."

무진의 따스한 말에 위문은 천천히 고개를 들어 무진을 바라보았다.

"전 파문되었는데… 그래도 부처님이 절 보살펴 주실까요?"

위문의 미심쩍은 질문에 무진은 인자한 미소를 지으며 위문의 얼굴을 쓰다듬었다.

"허허허, 네 몸이 어디에 있든지 그게 속세이든 절이든 네 마음이 부처님을 믿는다면, 그리고 그분께 의지한다면 그분은 널 도우실 것이란다. 그러니 내 말을 믿거라. 내가 언제 틀린 말을 한 적이 있더냐?"

"스승님……."

"그리고 마지막으로 당부하고 싶은 것은 네 감정에 충실하라는 것이다. 언제 어디서든 네 감정이 시키는 대로 하거라. 행여 과거의 추억 때문에 망설이는 일이 없기를 바란다."

무진은 마지막 당부까지 위문에게 말하고는 몸을 일으켰다. 애초부터 자신의 제자였던 아이를 소림사로 돌아오라고 설득할 생각은 없었다. 몸이 어디에 있든 마음만 부처님께 가 있으면 된다고 믿고 있었으니까. 그는 이 말을 해주기 위해 오늘 이렇게 찾아왔던 것이다. 그리고 자신의 일이 끝났으니 이제 돌아갈 생각이었다. 이 길로 바로 소림사로 돌아가기로 말이다.

"스승님… 더 오래 계시지 않고요……."

위문의 울먹거리는 말에 무진은 너털웃음을 터뜨렸다.

"허허허, 녀석아. 언제까지 내게 기댈 생각이냐? 이제 네겐 지켜야할 사람들이 있지 않느냐? 그리고 그들은 널 필요로 하고 있단다. 마음을 단단히 먹도록 하여라."

하며 무진은 사라져 갔다. 그는 사라지며 저 멀리 떨어져 있는 나무위를 한 번 쳐다보며 고개를 끄덕였다. 앞으로 이 아이를 잘 부탁한다는 의미있는 눈빛을 보내면서. 위문은 무진이 사라지는 뒷모습을 안타깝게 쳐다보며 그 자리에 못이 박힌 듯 꼼짝하지 않았다. 그것은 무진이 사라지고 나서도 한동안 계속되었다.

한편 무진이 마지막에 자신이 숨어 있는 곳을 쳐다보며 의미있는 눈빛을 보내자 사군악은 만면에 미소를 머금으며 무진을 칭찬했다.

"허참, 역시 고승은 다르군. 혜불 같은 땡중에 비하면 저분은 정말 대단한 분이야. 난 저 아이에게 무슨 해코지를 하지는 않는가 해서 와 봤더니만 충고만 하고 가는군. 또한 마지막 내게 보내는 눈빛은 저 아이를 앞으로 잘 부탁한다는 것이었어. 무진이라고 했던가? 앞으로 저 아이는 본인이 책임지겠소. 그러니 맘 편히 가시구려."

하지만 사군악은 뒤늦게 무진이 법문을 찾아갔다는 소식을 접하고 급히 따라온 것이었기에 무진이 위문에게 충고하는 것부터 들을 수 있었다. 해서 그는 위문이 기억을 잃지 않고 있다는 사실을 알지는 못했다.

밤이 되자 예설은 자신의 처소를 빠져나왔다. 그리고는 빠른 속도로 유운곡을 향해 달려갔다. 유운곡은 화산의 동쪽에 위치한 작은 계곡이었다. 게다가 주위가 모두 울창한 나무들로 덮여 있어 이곳을 처음부터 알고 있지 않다면 찾기가 매우 힘든 곳이었다. 예설은 다행히 미리 지도를 봐두어 어렵지 않게 유운곡 안으로 들어갈 수 있었다.

"언니, 제가 왔어요. 언니!"

예설은 주위를 돌아보며 크게 외쳤다. 하지만 예청은 아직 오지 않은 듯했다. 그녀는 이곳에서 기다리기로 하고는 주위에 있는 바위 위에 걸터앉았다. 유운곡은 쥐 죽은 듯 조용했고 물 흐르는 소리만이 잔잔하게 들려오고 있었다. 그렇게 반 시진쯤 기다리자 인기척이 느껴졌다. 예설은 급히 바위에서 일어나 기척이 느껴진 곳으로 고개를 돌렸다.

"언니, 언니예요?"

"흐흐흐흐, 이거 미안해서 어쩌나? 네가 기다리던 사람이 아니라서 말이야."

어둠 저편에서 음산한 목소리가 들려왔다. 그리고는 몇 명의 인영이 예설의 곁으로 천천히 걸어왔다. 복면으로 얼굴을 가리고 있는 네 명의 괴인들이었다.

"네, 네놈들은 누구냐!"

오기로 되어 있는 예청은 오지 않고 이들이 오자 예설은 놀라 떨리는 가슴을 억누르며 외쳤다. 그녀의 고함에 한 괴인이 대답했다.

"우리들로 말할 것 같으면 널 납치하려고 온 어르신들이지. 흐흐흐, 순순히 우리를 따라가겠느냐? 아니면 벌주를 마시겠느냐?"

그때 예설의 머리 속에 뭔가가 휙 스치고 지나갔다.

"혹시! 너희들이 언니를!"

이들이 나타나자 이제야 뭔가를 깨달은 그녀였다. 예청은 세상에 나온 지 얼마 되지 않아 화산의 지리를 전혀 모르고 있다는 것을 말이다. 또한 예청이 남긴 것이라 믿었던 서찰이 그녀를 이곳에 혼자 오게 하려는 도구였다는 것도.

"흐흐흐흐, 그래. 고년은 이미 우리들이 데리고 있지. 그리고 곧 너도 그년 곁으로 데려다 주마."

자신의 생각이 들어맞자 예설은 엄청난 분노를 느꼈다.

"여, 역시 네놈들이 언니를! 용서할 수 없다!"

하며 예설은 네 명의 괴인들에게 달려갔다. 그녀의 손이 금빛으로 물들고 그 손이 말을 한 괴인의 목줄기를 잡아갔다. 하지만 나머지 세 괴인이 그녀의 좌우에서 그녀의 옆구리를 공격해 오자 그녀는 급히 달려가던 기세 그대로 허공으로 뛰어올랐다. 그녀가 뛰어오르자 공격을 당할 뻔했던 괴인이 그녀의 뒤를 따라 뛰어오르며 손을 갈퀴처럼 오므려 그녀의 가슴을 찍어갔다. 예설은 괴인의 공격을 피하지 않고 자신의 손으로 맞받아쳤다.

퍼펑!

요란한 소리가 들리고 공격했던 괴인은 입에서 피를 내뿜으며 저 멀리 나가떨어졌다. 이에 놀란 것은 나머지 세 괴인들이었다. 그들은 자신들의 동료가 쓰러지자 세 명이 서로 눈을 맞추고 동시에 예설을 공격해 갔다. 곧 예설이 수세에 몰렸다. 그녀의 무공은 이미 삼화취정에 올라 있는 상태, 하지만 상대방들은 오랫동안 합벽술을 연마한 자들인 듯 한 치의 틈도 없이 그녀를 공격해 갔다.

'이렇게 된 이상 도박을 해볼 수밖에 없어.'

마음을 독하게 먹고 예설은 허공으로 뛰어오르며 예전까진 내공이 달려 한 번도 써보지 못했던 금봉십이조법의 마지막 초식 금봉강파를 펼쳤다.

"이얍! 금봉강파!"

그녀의 손이 점점 커지더니 그것은 세 명의 괴인들을 덮쳐 갔다.

"수강(手罡)이닷! 모두 조심해!"

콰쾅! 쾅!

세 명의 괴인은 있는 힘을 다해 예설의 수강을 막아갔다.

"으악!"

하지만 두 명의 괴인은 팔이 부러지는 것으로 끝났으나 나머지 한 괴인은 미처 피하지 못해 심장에 커다란 구멍이 뚫리고 말았다. 예설은 회심의 미소를 지으며 끝장을 내기 위해 나머지 두 괴인에게로 달려갔다. 그때 그녀의 등 뒤에서 누군가가 그녀를 공격했다. 그녀는 방심하고 있었던 상태라 꼼짝없이 그 공격에 격중당하고 말았다.

퍼펑!

"꺄악!"

예설의 몸이 10장이나 날아가 나무에 부딪쳤다. 하지만 예설은 재빨리 몸을 일으키며 방어 자세를 취했다. 그녀가 일어나 방어 자세를 취하자 그녀를 공격했던 또 다른 괴인이 놀랍다는 듯 그녀를 쳐다보았다.

"정확하게 맞았는데도 일어나다니, 도대체 어떻게 이런 일이……."

"네, 네놈들은 누구냐?"

등에 극심한 상처를 입은 예설은 암암리에 공력을 끌어 모으며 갑자기 나타난 또 다른 괴인에게 물었다. 하지만 그 괴인은 대답할 생각이 없는 듯 곧바로 검을 뽑아 들고 예설에게 덤벼들었다. 괴인의 검이 자신의 목을 노리고 날아오자 예설은 급히 몸을 옆으로 움직여 피하고는 손으로 괴인의 옆구리를 공격했다. 괴인은 그것을 간발의 차이로 피하고는 몸을 돌려 검을 휘둘렀다. 예설은 뒤로 물러나 괴인의 검이 지나가기를 기다린 후 뒤로 물러났던 반동을 이용해 재빨리 괴인에게 덮쳐가며 두 손을 휘둘렀다. 괴인은 수세에 몰려 계속 뒤로 물러났다. 그러다 그는 뒤로 도약을 하며 크게 외쳤다.

"네년에게 이것까지 쓰게 되다니! 받아랏!"

말이 끝나기 무섭게 검은색 검강 한 줄기가 매섭게 예설을 덮쳐 갔다. 그에 예설은 급히 금붕강파를 펼쳤다.

와르릉! 쾅쾅쾅!

검강과 수강이 부딪치며 대지를 울리는 폭음을 토해냈다. 그리고 괴인은 피를 토하며 뒤로 튕겨졌다. 하지만 예설도 무사하진 못해 계속 뒷걸음질치며 휘청거렸다. 그녀는 억지로 신형을 바로잡고 장내를 주시했다. 강기의 여파에 서 있던 두 명의 괴인도 날아갔는지 그들도 저 멀리에 엎어져 있었다. 장내에 서 있는 사람이 그녀 한 사람뿐이자 그녀는 안도의 한숨을 내쉬며 입가에 묻은 피를 닦았다. 하마터면 정말 큰일 날 뻔했다. 만약 그녀가 위문에게 막대한 내공을 받아 삼화취정의 경지에 오르지 못했다면 진작에 쓰러지고 말았을 것이었기에.

그녀는 옆에 있는, 좀 전에 그녀가 앉아 있었던 바위로 걸어가 그 위에 걸터앉았다. 강기를 두 번이나 쓴 까닭에 몹시 피곤한 게 사실이었다. 해서 한바탕 싸움이 벌어진 덕택에 주위의 모든 것들이 파괴되었건만 이 바위만은 건재하다는 것을 그녀는 눈치 채지 못했다.

털썩.

그녀가 거친 숨을 내쉬며 바위 위에 앉자 바위가 미세한 움직임을 보였다. 뭔가 이상한 낌새를 느낀 예설은 급히 몸을 일으키려 했으나 한 발 늦고 말았다.

슈슉. 푹.

"으음……."

수혈을 짚인 그녀는 곧장 깊은 잠에 빠져들고 말았다. 그녀가 잠이 들자 바위는 천천히 한 명의 사람의 모양으로 변해갔다. 그는 주위를 둘러보더니 혀를 내둘렀다.

"도대체 정보가 어떻게 된 거야? 이 계집의 무공은 별 볼일 없으니 혈사대원(血邪隊員) 넷이면 충분할 거라고 그러더니 넷 다 죽었고, 또 저기 쓰러져 있는 놈은 혈사대(血邪隊) 부대주(副隊主)잖아? 나도 놈이랑 정면 대결을 한다면 승패를 점치기가 어려울 정도인데 이년은 저놈을 쓰러뜨리다니……. 도대체 정보 수집을 어떻게 한 건지. 쯧쯧쯧, 다행히 태상께서 은밀히 가보라 하시어 내가 숨어 있었기에 망정

이지 아니면 큰일 날 뻔했잖아? 그건 그렇고 살아 있는 놈이 있나 볼까?'

그는 주위를 돌아다니며 살아 있는 자가 있는지 살폈다. 하지만 모두 죽어 있었다. 부대주조차 나무에 부딪쳐 목이 부러진 까닭에 절명해 있는 상태였다. 괴인은 예설을 들쳐 업고는 어둠 속을 달리며 중얼거렸다.

"이로써 임무를 완수하긴 했으나 손실이 너무 컸군. 부대주와 최강의 무력 단체인 혈사대원이 넷이나 죽고 말았으니……."

*　　　*　　　*

마도의 수뇌들은 지금 한자리에 모여 있었다. 8강전은 아직 7일이나 남아 있었지만 긴급 상황이 발생해 버린 까닭이었다.

"사 문주, 방금 한 말이 사실이오?"

신음을 삼키며 마중천자가 묻자 사군악은 힘없이 고개를 끄덕였다. 그러자 수라회주가 탁자를 거세게 쾅! 치며 고함을 질렀다.

"제기랄! 빌어먹을 정파 놈들! 또 이런 개수작을 벌이다니!"

사흘 전엔 예청이, 이틀 전엔 예설이 실종되자 사군악은 급히 사람을 풀어 그녀들의 행방을 조사하게 했다. 하지만 알아낸 것은 하나도 없었다. 도대체 어떻게 사라진 것인지 단서 하나 발견되지 않았던 것이다. 해서 그는 혼자 찾는 것보단 여럿이 찾는 게 좋을 거라는 생각에 이렇게 수뇌들을 소집한 것이었다.

"지금 그 아이는 절망에 빠져 있는 상탭니다. 그 아이가 사랑하고 있던 내 딸들이 하루를 두고 둘 다 실종되는 바람에… 정말 큰일입니다. 만약 7일 내에 내 딸들의 소식이 전해지지 않는다면 그 아이는 비무대 위에 오르지 못할 겁니다."

지관 8강에 올라 있는 마도인은 단 한 명 위문뿐이었다. 천관에 마중천자의 적전제자이자 마교의 다음 대를 이어갈 재목인 흑수무정(黑手無情) 제천악(帝天惡)이 있긴 했으나, 제천악보다 위문이 월등히 강함을 모두들 잘 알고 있었다. 해서 이번 비무대회에 마도는 위문에게 모든 것을 걸고 있다고 해도 과언이 아니었다. 한데 그런 그가 사랑하는 두 여인이 실종되다니, 그래서 위문이 절망에 빠져 있다니… 만약 이대로 두 여인을 찾지 못한다면, 또 누군가가 두 여인을 담보로 비무에서 패하라고 협박이라도 한다면… 마도는 다시 20년을 기다려야만 한다. 3백 년을 기다린 것만으로도 진저리가 처지는 마도인들이었다. 그러니 이번만은 무슨 수를 써서라도 영웅제일좌를 차지해야만 했다.

"모두 내 말을 잘 들어주기 바라오. 우문 궁주, 화산 밑에 하오문의 지단이 있소?"

마중천자의 물음에 요희궁의 궁주인 요마 우문혜미는 고개를 끄덕이며 말했다.

"예, 화산 밑에 제법 큰 규모의 지단이 있어요. 교주님은 하오문에 그녀들의 행방을 수소문해 보실 건가요?"

"그렇소. 우문 궁주가 책임지고 그 일을 맡아주시오. 또한 요희궁의 사람들을 풀어 그녀들의 행방을 찾아보라고 하시오."

요희궁의 주 수입원은 기루였다. 요희궁이 소유하고 있는 기루만 해도 수백 개가 넘었고, 그 기루들은 중원 각지에 퍼져 있었다. 기루는 수입뿐만 아니라 정보의 수집 능력도 뛰어났기에 요희궁의 정보력은 중원에서 세 손가락 안에 들 정도로 뛰어났다. 그런 요희궁에 중원 최고의 정보 단체인 하오문까지 합세한다면 빠른 시일 내에 그녀들의 행방을 찾을 수 있게 될 것이 분명했다. 우문혜미에게 명령을 내린 후 마중천자는 다른 사람들에게 말했다.

"그리고 다른 분들은 자파의 최정예 고수들을 한곳에 모아두시오. 우문 궁주가 그녀들의 행방을 찾는 즉시 그녀들을 구출할 수 있게 말이오."

그의 말에 다른 사람들이 모두 고개를 끄덕이며 그렇게 하겠다고 했다.

"그리고 사 문주, 사 문주는 그 아이를 잘 다독거려 주시오. 그리고 꼭 그녀들을 찾을 테니 걱정하지 말고 기다리라고 하시오. 알겠소?"

"예, 교주님. 그렇게 하겠습니다."

"시간이 촉박하오. 7일, 앞으로 7일밖에 없소. 그 안에 우리는 그녀들을 찾아야만 하오. 그리고 정파에서 그녀들을 납치했을 가능성이 크니 우문 궁주는 그쪽을 중점적으로 조사하기 바라오. 나도 나름대로 노력해 보리다."

이렇게 마도의 수뇌들이 머리를 맞대고 있을 때 정파의 수뇌들 역시 골머리를 싸매고 앉아 있었다. 이유인즉 위문의 회유가 흐지부지되고 있었기 때문이다.

"아니, 절진 사태! 도대체 그게 말이나 되는 소리요? 실패했다니! 그렇게 호언장담을 해놓고는 실패했다니!"

온화하기로 소문난 무당파의 장문인 소요자는 탁자를 쾅! 치며 불같이 화를 냈다. 그의 얼굴은 더 이상 붉어질 수 없을 만큼 붉어져 있었고 머리에선 김이 뿜어져 나오고 있었다. 8강전에서 위문과 붙기로 되어 있는 자가 바로 무당 최고의 고수인 사숙조의 단 하나뿐인 제자이자 그의 사숙뻘 되는 무당 최고의 후기지수인 태극일검(太極一劍) 임유성(任流星)이었기에 그가 이런 반응을 보이고 있는 것이었다. 아무리 임유성의 무공이 뛰어나다 하나 천무성맥을 상대로 이긴다는 보장은 없었다. 또한 임유성이 무당의 비전인 태극혜검을 펼친다면… 뒷일은 생각할 수조차 없었다. 또한 이때까지 그가 임유성에게 쏟아 부은 돈은 가히 천문학적인 액수까지 올라 있었다. 처음엔 임유성의 힘을 조금이라도 남겨주기 위해서 돈으로 승리를 샀지만, 나중엔 임유성이 사파 놈들 아니면 제대로 싸울 수 없다고 정파 사람과 붙을 때엔 돈으로 승리를 사라고 사숙의 권한으로 협박하는 바람에 어쩔 수 없이 엄청난 돈을 주고 승리를 살 수밖에 없었다. 해남파에 금화 250냥을 주었고 아미엔 금화 300냥을 주었다. 또한 그 외에도 여기저기에 돈을 쏟아 부은 까닭에 이번 대회에 무당이 영웅제일좌를 차지하지 못한다면 무당은 적자난에 허덕이게 될 것이었다.

"그럼 나보고 어쩌란 말이오! 의청이 갑자기 행방 불명이 되었는데!"

소요자의 호통에 절진 사태는 지지 않고 맞받아쳤다. 그녀도 다 됐다고 생각하고 있다가 날벼락을 맞은 것이기에 짜증이 나 있었던 것이다.

"그럼 의청이 행방 불명될 때까지 아미에선 도대체 뭘 했소? 그녀가 사라지는 걸 그냥 지켜만 보고 있었소?"

"아니, 지금 말 다 했소! 난 최선의 노력을 다했소! 그리고 의청은 나에게 돌아오려던 참이었단 말이오! 의청이 사라지지만 않았다면 의청은 이미 우리 아미파에 돌아와 있었을 거란 말이오!"

절진 사태가 언성을 높이며 악을 지르자 소요자는 그보다 더 큰 소리로 악을 질렀다.

　"하지만 의청은 돌아오지 않았잖소! 도대체 일을 어떤 식으로 했기에 이런 일이 생긴 것이오!"

　"뭣이라! 소요자! 당신 말 다했소!"

　소요자의 고함에 악이 받친 절진 사태는 자리에서 벌떡 일어나며 소요자에게 삿대질을 했다. 그러자 소요자도 덩달아 일어나 마주 삿대질을 하며 외쳤다.

　"난 당신을 믿고 있었소! 한데 실패하다니! 도대체 그게 말이나 되는 소리냔 말이오!"

　이대로 둔다면 서로 한바탕 싸움이 터질 분위기였기에 혜불 성승은 두 사람 사이에 끼어들며 둘을 말렸다.

　"모두 진정하시오. 진정해요. 우리 말로써 해결책을 찾아봅시다."

　하지만 혜불 성승이 말을 끝내기 무섭게 소요자가 기다렸다는 듯이 혜불 성승에게 쏘아붙였다.

　"아미는 그렇다고 칩시다. 하지만 소림은 어떻게 된 겁니까? 내 듣자 하니 그 무진이란 승려는 내당당주를 만나 몇 마디 대화만 나누고 바로 소림으로 떠났다고 하던데, 어떻게 된 일이오?"

　"으음… 그것은……."

　켕기는 게 있는 혜불 성승은 더듬으며 말을 채 잇지 못했다. 그러자 소요자는 더욱 쏘아붙였다.

　"소림과 아미를 철썩같이 믿고 있었거늘, 도대체 제대로 되고 있는 일이 없잖소!"

　하며 그는 문을 박차고 밖으로 나가 버렸다. 밖으로 나가며 그는 큰 소리로 외쳤다.

"무당은 오늘의 일을 결코 잊지 못할 것이오! 허험!"

이 말이 소림과 아미를 두고 하는 말임을 모두 알 수 있었다. 그리고 앞으로 무당과 소림, 무당과 아미의 관계는 더욱 악화될 것이란 것도 말이다. 소요자가 나가자 화중문은 혀를 끌끌 차며 절진 사태와 혜불 성승을 자리에 앉혔다. 그리고는 말을 해 나갔다.

"그와 8강에서 싸울 상대가 무당의 문하라서 소요자께서 신경이 날카로워지신 것 같으니 성승과 사태께선 너무 마음에 두시지 않기를 바랍니다. 그보다 의청과 함께 금붕신군의 딸인 사예설도 실종되었다고 하던데 종리세가에선 뭔가 밝혀낸 것이 있습니까?"

얼굴은 종리일도를 보고 있었지만 화중문은 종리화에게 물은 것이었다. 종리화도 그걸 알았는지 자리에서 일어나며 입을 열었다.

"자세한 것은 며칠이 지나봐야 알겠지만 사파에서 저희들의 공작을 눈치 채고 그녀들을 빼돌렸을 가능성이 큽니다. 해서 저희는 지금 그녀들의 행방을 찾는 데 주력하고 있습니다."

이미 어젯밤 하오문에 의뢰를 해두었던 그녀였다. 중원 최고의 정보 단체인만큼 하오문이라면 그녀들의 행방을 빠른 시일 내에 찾을 수가 있을 것이었다.

"7일, 앞으로 7일 남았습니다. 그 안에 우리는 그녀들을 찾아서 처음에 계획했던 대로 우리 쪽으로 그녀들을 끌어들여야 합니다. 그리고……."

뒷말을 하기엔 약간 정파인으로서 수치심을 느꼈는지 화중문은 뒷말을 잇지 않았다. 하지만 모두들 그 뒷말이 무엇인지 잘 알고 있었다. '그녀들을 우리 쪽의 보호 하에 둔 뒤 그 내당당주에게 비무대회에서 패하라고 협박합시다' 란 말이란 것을 말이다.

　이렇듯 정파와 마도 모두는 예청과 예설 자매를 찾는 데 혈안이 되어 있었다.

　도대체 그녀들은 어디에 있는 것인지······.

제14장

대립의 서막

대립의 서막

사흘 뒤 아침, 정파의 수뇌들은 긴급히 한자리에 모였다. 이유인즉, 종리화가 예청 자매의 행방을 알아냈기 때문이었다. 가장 늦게 도착한 청성파 장문인 조양수가 모습을 나타냈을 때는 이미 세부적인 사항으로 넘어가 있던 시점이었다.

"어떻게 됐소?"

허겁지겁 달려온 조양수가 자리에 앉으며 옆의 화중문에게 묻자, 그는 늦게 도착한 조양수를 질책할 시간도 없다는 듯 서둘러 말했다.

"그녀들은 지금 화산 북쪽 끝 자락에 위치한 유가촌(留家村)이란 곳에 숨어 있다고 하오. 그러니 급히 그곳으로 사람을 보내야 하오. 청성에선 몇이나 보낼 수 있소? 이미 다른 문파들은 정예 고수 10명씩을 이곳으로 오게 해두었소."

그러자 조양수는 급히 자신을 따라온 사제 마서기(馬書己)에게 외쳤다.

"자네는 지금 당장 문하들이 있는 곳으로 달려가 가장 무공이 강한 순으로 10명을 데리고 오게! 어서!"

조양수의 재촉에 마서기는 급히 달려갔다.

그로부터 이각이 흐르자 구대문파와 오대세가의 고수 1백 40명이 한자리에 모였다.

그들의 인솔은 공동파 장문인 장천일(張天逸) 진인이 직접 맡기로 했기에 장 진인은 그들 앞에 서며 외쳤다.

"지금부터 우리는 북쪽의 유가촌이란 곳으로 간다! 거기서 우리는 두 명의 여자를 구해야 한다! 그녀들은 사파의 마두들에게 세뇌당했을 가능성이 크니 그녀들이 반항하더라도 반드시 그녀들을 데리고 와야 한다! 사파에선 그녀들을 담보로 우리 정파를 협박할 셈이다. 그러니 우리는 반드시 그녀들을 구해와야 한다. 모두 알겠나?"

장 진인이 거짓말을 하리라고는 누구도 상상하지 못했다. 해서 모인 1백 40명은 사파에 대한 분노를 느끼며, 반드시 구대문파나 오대세가의 자제일 게 분명한 두 여인을 구하겠다고 단단히 다짐하고 있었다. 그리고 만약 그녀들을 구한다면 영웅의 칭호를 얻을 수도 있을 것이기에 그들은 더욱 기합이 들어 있었다.

"예! 알겠습니다!"

우렁찬 고함 소리에 장 진인은 매우 만족해하며 선두에 서고는 크게 외쳤다.

"그럼 어서 출발하자! 시간이 촉박하다!"

장 진인은 1백 40명의 무사들을 이끌고 북쪽으로 출발했다.

그로부터 반 시진 후, 마도의 수뇌들도 한자리에 모였고, 그들이 모여 있는 곳의 밖엔 급히 불려 온 1백여 명의 칠패천의 무사들이 기립해 있었다. 이미 세부 사항까지 토론을 끝낸 수뇌들은 마지막 한 가지만을 남겨놓고 있었다.

"지휘를 누구에게 맡기는 게 좋겠소?"

마중천자의 말이 끝나기 무섭게 사군악이 일어났다.

"제가 직접 가보겠습니다."

그의 말에 중인들은 모두 고개를 끄덕였다. 그의 딸을 찾는 일이니만큼 그 이상의 인물은 없다고 생각한 것이었다.

"하긴, 그대의 딸이니 그대가 직접 나서고 싶다면 그렇게 하구려."

"감사합니다."

잠시 후 토론을 끝내고 사군악과 나머지 여섯 명의 수뇌들은 1백여 명의 정예들이 모여 있는 곳으로 다가갔다. 사군악은 1백여 명을 차례대로 훑어보며 소리쳤다.

"우리는 지금부터 인질들을 구하러 간다! 우리가 구할 인질들은 두 명의 여자이며 그중 한 명은 향접 사예설, 내 딸이다. 명심할 것은 그녀들을 상처 하나 없이 구해야 한다는 것이고, 그 외 그녀들을 납치한 놈들을 하나도 남김없이 모조리 죽여 버려야 한다는 것이다! 또한 너희들의 지휘는 지금부터 내가 맡는다. 모두 알겠나?"

"예! 알겠습니다!"

그들이 막 출발하려 할 때 저 멀리서 흰 점 하나가 이쪽으로 빠른 속도로 다가왔다. 그것의 속도는 엄청나게 빨라 점이다 싶을 때 이미 일행의 앞에 모습을 드러내고 있었다.

"아, 아니, 자네가 여긴 어떻게……!"

이글거리는 두 눈으로 자신에게 달려온 위문을 보며 사군악은 황당함을 느꼈다. 아무도 이 사실을 위문에게 알리지 말라고 신신당부해 두었었는데 이렇게 위문이 찾아온 것이었으니 말이다.

"어딥니까? 그녀들은 어디에 있는 겁니까? 그녀들이 있는 곳을 알아냈다고 들었습니다. 어딥니까?"

안절부절못하며 자신을 닦달하자 사군악은 뒤에 서 있는 육패천의 수뇌들에게 도움을 청했다. 얼마나 급히 달려왔음인지 밖에 나올 때 늘 쓰던 죽립과 복면은 하지 않고 맨얼굴로 위문은 나타난 상태였다. 수뇌들은 그들이 생각했던 모습과는 너무도 다른 위문의 얼굴에 경악하고 있다가 사군악의 눈짓을 받고는 위문에게 빠른 걸음으로 다가갔다.

"자네는 돌아가게. 여기 있는 정예들이 그녀들을 구할 테니 자네는 돌아가서 그녀들을 기다리게나."

마중천자가 못을 박듯 말했지만 위문은 오히려 그에게 다가가 무릎을 꿇었다.

"제발, 제발 가르쳐 주십시오! 전, 전 미칠 것 같습니다. 정말, 정말 뭐라도 하지 않는다면… 미쳐 버릴 것만 같습니다."

지난 시간 동안 절망 속에 빠져 있던 그였다. 그러다 시비들이 하는 대화를 엿듣고 그들을 닦달해 그녀들의 행방을 찾았다는 소식을 들었을 때 얼마나 기뻤던가. 한데 이대로 돌아가 그녀들이 오는 것을 기다리라니… 말도 되지 않는 소리였다. 그는 그의 손으로 그녀들을 구하고 싶었다. 아니, 그렇게 해야만 했다. 그녀들은 그의 여인들이었으니까.

절박한 위문의 얼굴을 보며 수뇌들은 머리를 모았다.

"8강전이 나흘밖에 남지 않았는데 지금 기력을 낭비하면 되겠소? 그리고 혹, 상처라도 입으면 어쩌오?"

만수마제 혁련기의 말에 모두들 우려의 눈빛을 보였다. 하지만 사군악의 생각은 달랐다.

"그 아이의 여인들이니만큼 자신의 손으로 구하고 싶어하는 건 당연한 일입니다. 또한 제가 따라갈 테니 그 아이를 보호하면 되지 않겠습니까?"

"아무리 그래도 8강전에 차질이……."

혈왕파(血王派) 종주(宗主) 혈귀사신(血鬼死神) 독고패(獨孤敗)도 우려의 말을 하자 요희궁주 우문혜미가 그 말에 쐐기를 박았다.

"자신의 여자를 구하는 건 남자라면 당연히 해야 하는 일이죠. 또한 사 문주가 저자를 보호한다면 별 탈은 없을 거라 생각합니다. 마중천 자님 생각은 어떠세요?"

최고 결정권은 역시 마중천자에게 있다고 할 수 있었다. 모두의 시선을 받은 마중천자는 결심이 섰는지 입을 열었다.

"우문 궁주의 말이 맞는 것 같군. 그의 여인들이니 그의 손으로 구하고 싶은 건 당연한 일일 테니까. 난 저 아이를 같이 보냈으면 하오."

위문의 눈은 불에 타오르듯 이글거리고 있었다. 또한 그의 마음 한 구석에선 이제까지 단 한 번도 깨어난 적이 없던 분노가 솟구쳐 오르고 있었다. 어서 빨리 예청과 예설의 얼굴을 보지 못한다면, 그리고 그녀들을 구하지 못한다면 그의 분노는 폭발하고 말 것이었다.

"자, 사방에서 동시에 공격해 들어간다. 너희들은 북쪽으로, 너희들은 남쪽으로, 너희들은 서쪽으로 지금 즉시 출발하라."

유가촌에 1리 정도 떨어진 곳에 도착한 정파의 일행들은 네 패로 나뉘어졌다. 그중 한 패는 이곳에 남고 나머지 세 패는 장 진인의 명에 따라 북, 남, 서쪽으로 달려갔다. 잠시 후 모두 자리를 잡았다는 신호가 들리자 장 진인은 앞으로 달려가며 손을 들었다. 일제히 공격하라는 신호였다. 그러자 유가촌의 사방에서 유, 불, 도, 속의 각양각색의 사람들이 유가촌 안으로 뛰어 들어갔다.

"눈에 띄는 놈은 모조리 죽이고 두 여인을 빨리 찾아라!"

그가 소리치자 문 안 쪽에서 몇몇 검은 옷의 무인들이 병장기를 꼬나들고 튀어나왔다.

챙챙챙챙.

곧 그들과 정파인들 간의 전투가 벌어졌고 그사이 손이 노는 몇몇 정파인들이 한 집씩 샅샅이 뒤져 나갔다.

그로부터 일각 후 정파인들과 싸우던 흑의인들은 모두 차가운 시체가 되고 말았다. 정파인들의 무공이 강했기보단 흑의인들의 무공이 보잘것없었다.

"모두 샅샅이 뒤져라. 그녀들은 이곳에 있는 게 틀림없다!"

다시 이각이 흐르자 한 무인이 뭔가를 들쳐 업고 밖으로 나왔다.

"찾았습니다."

그 무인의 말에 장 진인은 재빨리 그쪽으로 달려갔다. 아닌 게 아니라 그 무인의 등에는 한 여인이 엎어져 있었다. 얼굴은 멍투성이였고 옷은 여기저기 찢겨져 있는 데다 전신이 피투성이였지만, 그녀가 향접사예설임을 장 진인은 알아볼 수 있었다. 어떻게 해서 이런 꼴이 됐는지는 모르지만 어쨌든 두 명 중 하나를 찾았기에 그는 흡족해하며 소리쳤다.

"한 명은 찾았다! 나머지 한 명을 찾아라!"

하지만 끝내 나머지 한 명인 예청만은 찾을 수가 없었다.

"스승님, 모두 샅샅이 뒤져 보았으나 나머지 한 여인은 없었습니다. 이미 다른 곳으로 빼돌린 뒤가 아닐까요?"

자신의 제자의 말에 장 진인은 그도 그럴 듯싶어 외쳤다.

"수색을 중단하라! 이만 철수한다!"

한 명 가지고도 협박은 충분히 할 수 있었다. 해서 그는 이만 철수하라는 명령을 내린 것이다. 그사이 몇몇 의술을 아는 이가 예설을 응급조치했고 곧 그들은 유가촌을 떠났다.

그로부터 일각 후 유가촌에 한 가닥 빛 줄기가 빠른 속도로 날아들었다.

"아청! 아설! 내가 왔소! 내가 왔소!"

위문은 소리치며 여기저기를 돌아다녔다. 하지만 인기척은 느껴지지 않았고 아무런 흔적도 발견할 수 없었다. 좀 전까지 이곳엔 십 몇 구의 시체들이 널브러져 있었건만 그것들이 다 어디로 갔는지 모를 일이었다. 위문이 미친 듯이 사방을 휘젓고 있을 때 뒤늦게 따라온 무인들이 유가촌 안에 들어서며 흔적을 살폈다. 마교의 정예 중엔 추적술에 능한 자가 몇몇 있었다. 그들은 이곳에 오자마자 흔적을 살폈고 원하던 것을 어렵지 않게 찾아낼 수 있었다.

"문주님."

"그래, 뭘 찾았는가?"

"예, 이각 전 이곳을 급히 떠난 무리가 있었습니다. 수는 대략 백사십 정도로 보입니다."

"이놈들! 우리가 온다는 걸 눈치 챘구나! 이각이라면 충분히 따라잡을 수 있는 거다. 놈들은 어디로 갔느냐?"

"남동쪽 방향입니다."

그의 말이 떨어지기 무섭게 한줄기 빛이 남동쪽으로 사라져 갔다. 그가 위문임을 안 사군악은 급히 소리쳤다.

"모두 자신이 낼 수 있는 가장 빠른 속도로 경공을 펼쳐라! 놈들과 우리의 격차는 이각! 반드시 따라잡아야 한다. 어서!"

하며 그는 앞장서서 남동쪽으로 달려갔다. 그리고 그의 뒤를 따라 1백여 명의 흑의인들이 달려갔다.

'아청, 아설, 제발… 제발 무사히 있어주오. 제발…….'

위문은 앞으로 달려가며 빌고 또 빌었다. 이제 그의 삶에 있어 예청과 예설은 떼어놓을 수 없는 존재들이었다. 만약 그녀들이 잘못된다면… 그렇게 된다면… 그는 미쳐 버리고 말 것이었다. 시간이 흐를수록 그의 두 눈은 핏발이 서기 시작했고, 그의 가슴엔 알 수 없는 분노가 치밀어 올랐다. 그때 그의 눈에 저 멀리 달려가고 있는 백의를 입은 몇몇의 사람들이 눈에 띄었다.

"아청! 아설!"

점점 숨이 가빠오기 시작했고 그들과 거리가 좁혀질수록 분노가 전신을 휘감기 시작했다. 그는 더 빠른 속도로 경공을 전개했다. 일행의 후미를 따라잡았고 후미의 위를 지나쳐 선두까지 따라잡았다.

"모두 멈춰라!"

갑자기 앞을 막고 나타난 괴인 때문에 장 진인은 모두에게 멈추라고 소리쳤다. 흰 백의를 입었지만 으르렁거리며 씩씩거리는 데다 풀어헤쳐진 머리카락 때문에 괴인은 묘한 분위기를 만들어내고 있었다. 그리고 그의 전신에서 짙게 풍겨 나오는 살기로 봐선 결코 좋은 용무로 찾아온 것은 아닌 듯했다. 그렇다면 방법은 한 가지뿐.

"모두 공격해라!"

그때 위문의 눈에 한 광경이 들어왔다. 그의 눈엔 오직 그것밖에 보이지 않았다. 한 사람의 어깨에 들쳐 업혀져 있는 피투성이의 여인, 그녀의 얼굴을 보는 순간 위문은 이성을 잃고 말았다.

"아―설! 으아아악!"

자신을 향해 검을 들고 공격해 오는 백의인들을 보며, 위문은 미친 듯이 비명을 지르면서 마주 달려가며 두 팔을 펼쳤다. 그의 두 손바닥이 쫙 펴짐과 동시에 두 팔에서 시퍼런 강기가 한없이 늘어나기 시작했다.

"수, 수강이닷! 으악!"

"으아악!"

"으악!"

병장기가 부딪치는 소리는 하나도 들려오질 않고 오로지 백의인들의 처절한 비명 소리만이 울려 퍼졌다. 두 줄기 수강은 걸리는 건 모조리 베어버리고 있었다. 그것이 검이든, 사람이든, 바위든, 나무든 할 것 없이 거치적거리는 건 모조리 베어 넘기고 있었던 것이다. 실로 만부막적(萬夫莫敵). 위문의 손짓 몇 번에 1백여 명이 손 한번 써보지 못하고 토막이 나고 말았다. 하지만 그것이 끝이 아니었다. 위문은 계속 미친 듯이 공격해 들어갔고 하나둘씩 백의인들은 쓰러져 갔다. 아무런 공격도 방어도 할 수가 없었다. 10장이 넘어가는 긴 두 줄기 강기 앞엔 그 어떤 것도 소용이 없었던 것이다.

"이, 이 악마 같은 놈!"

장 진인은 발작적으로 위문을 덮쳐 갔지만 그 역시 위문의 손짓 한 번에 허리가 잘려져 두 토막이 나고 말았다. 이제 살아남아 있는 백의인은 오직 한 명, 바로 예설을 어깨에 들쳐 업고 있는 백의인뿐이었다. 그는 전신을 사시나무 떨듯 부르르 떨며 뒷걸음질쳤지만 곧 위문의 수강에 몸이 반 토막이 나고 말았다.

"아설! 아설!"

위문은 재빨리 예설에게 달려가 그녀의 몸을 안았다. 하지만 그 몸은 이미 식어가고 있었다. 위문은 재빨리 예설의 몸에 진기를 주입했다. 그가 진기를 주입하고 있을 때 그제야 사군악과 흑의인들이 모습을 드러내었다. 그들이 이곳에 도착해 가장 먼저 느낀 것은 처참함이었다. 그들은 마도의 사람들, 피와 죽음엔 면역이 되어 있는 사람들이었다. 하지만 그런 그들도 눈앞의 광경엔 고개가 돌려졌다. 여기저기에 내장을 쏟으며 널브러져 있는 시체들, 어느 것 하나도 성한 시체가 없었다. 모두 토막이 나 있었고, 그것은 주위의 나무들과 바위들도 마찬가지였다. 마치 천신(天神)의 검이 이곳을 휩쓸고 지나간 듯했다.

"아설, 아설! 빙장 어른! 여깁니다. 여기요!"

위문은 예설의 몸에 진기를 계속 주입하며 사군악을 애타게 불렀다. 사군악은 위문의 목소리에 급히 그에게로 달려갔다. 위문은 죽은 듯이 잠들어 있는 예설의 몸에 손을 대고 있었다. 그가 진기를 주입하고 있는 것을 안 사군악은 급히 달려가며 소리쳤다.

"그만 하게! 오히려 역효과가 날 수도 있으니."

하며 그는 위문의 몸을 떼어놓고 응급조치를 취하기 시작했다. 그러면서 위문에게 말했다.

"자네는 어서 가서 마의를 숙소에 데려다 놓게. 내 설아를 응급조치한 뒤 곧바로 뒤따라가겠네. 어서."

"아설은 살아날 수… 있겠죠?"

눈물을 보이는 위문을 보며 사군악은 억지로 고개를 끄덕이고는 재촉했다.

"어서 가게. 어서."

"아, 알겠습니다."

위문은 가장 빠른 속도로 달려갔다. 그가 사라지자 사군악은 응급조치를 한 뒤 직접 그녀를 들쳐 업고 몇몇에게 명령을 내렸다.

"자네와 자네는 지금 천마신교의 내실에 모여 있는 분들에게 이 사실을 알리게. 그리고 시체들을 처리하게 사람들을 보내달라 하고. 나머지는 이곳으로부터 반경 1백 장을 완전히 포위해라. 여기 널브러져 있는 시체들의 흔적을 깨끗이 없앨 때까지 개미 새끼 하나 들어올 수 없도록 말이다. 모두 알겠나!"

"예, 문주님."

명령을 끝낸 사군악은 예설을 들쳐 업고 급히 달려가기 시작했다. 위문이 진기를 주입한 까닭에 다시 한 가닥 실낱같은 희망이 생겨났으나 그 희망은 점점 사라져 가고 있었다. 다시 예설의 몸이 차갑게 식어가기 시작했던 것이다. 하지만 사군악은 예설이 살아날 거라 굳게 믿고 있었다. 마의, 마의가 있는 한 말이다.

*   *   *

"으음… 날이 저물어가건만 도대체 왜 아직까지 소식이 없는 건지……."

벌써 돌아올 때가 지났건만 아무런 소식이 없자 화중문은 실내를 서성이며 불안한 마음을 감추지 못했다. 그것은 모여 있는 다른 이들도 마찬가지, 모두들 초조한 마음을 억누르지 못하고 있었다. 당당한 정파의 사람들로서 이런 납치극을 벌였다는 것은 절대로 알려져서는 안 되는 일이었다. 그들 1백 40명의 정예들이라면 아무런 흔적도 남기지 않고 일을 처리할 것이라고 믿고 있긴 했지만 시간이 흐를수록 그 믿음은 점점 흔들리고 있었다.

'만약 그들과 싸움이 벌어졌다면… 우리 쪽이 이겼을 것이다. 한 명한 명이 일당백의 정예들, 우리 구파와 오대세가의 수뇌들이 모두 공격한다 해도 쉽게 그들을 이길 수는 없을 테니까. 문제는 기밀의 유지인데… 아무도 이 일을 눈치 채지 못해야 할 텐데…….'

화중문이 이런 생각을 하고 있을 때, 종리화가 급히 내실 안으로 들어왔다. 그녀가 무슨 소식을 가져왔을 거라 짐작한 수뇌들은 급히 그녀를 불렀고 종리화는 시간에 쫓기는 듯 다급히 입을 열었다.

"후욱, 후우… 실패한 것 같아요. 지금 유가촌으로부터 10리 정도 떨어진 곳에 사파의 고수들이 반경 1백 장 정도를 포위하고 있어요. 그들이 포위하고 있는 곳의 안으로 우리 쪽 무사를 침투시키려 해보았지만 모두 실패하고 말았어요. 그것으로 봐서 장 진인과 1백 40명의 정예들은 그곳에 있는 것 같습니다. 어서 그들을 구하러 사람들을 보내야 합니다."

"그들의 실력이라면 사파 놈들 수천이 덤벼도 상대할 수 있을 것인데 지금 포위된 상태란 말인가?"

믿기지 않는다는 화중문의 물음에 종리화는 다급히 말했다.

"지금 그게 중요한 게 아니에요. 이대로 둔다면 그들은 모두 죽고 말 겁니다. 어서 사람들을 보내야 합니다."

　사태의 심각성을 알았는지 화중문은 옆의 총관에게 말했다.

　"자네는 여유있는 모든 무사들을 이곳으로 모아주게. 그리고 장문인들께선 자파의 고수들을 불러 모을 수 있는 한도 내로 모두 불러주시기 바랍니다."

　만약 장 진인 일행이 아직 포위되어 있다면 그들을 포위하고 있는 사파 놈들을 모조리 죽여서라도 그들을 구해야 한다고 수뇌들은 다짐하고 있었다.

　한편, 그 시각 마의는 일이 커지고 있음을 직감적으로 깨닫고 있었다. 위문이 미친놈처럼 달려와 어서 자기를 따라가자고 할 때부터 뭔가 이상함을 느꼈었는데 곧 이어 사군악이 시체가 다된 예설을 데리고 오자 큰 문제가 발생했음을 깨달았던 것이다. 그도 예청과 예설이 실종된 것을 들어서 알고 있었다. 그리고 다른 마도인과 마찬가지로 그 것은 정파 놈들의 치졸한 간계라고 생각했었고. 그런데 이렇게 예설이 피투성이가 되어 돌아왔으니 생각할 수 있는 거라곤 정파 놈들이 이렇게 만들었다는 것뿐이었다. 만약 이대로 예설이 죽기라도 한다면 사군악은 불같이 화를 낼 것이고, 그 화는 모두 정파 놈들에게로 돌려질 것이었다. 그렇다면 그 오만한 정파 놈들은 자신들의 짓이 아니라고 발뺌하며 오히려 사군악을 몰아붙일 것이고, 그렇게 되면 정마대전으로 이어질 가능성이 농후했다. 그는 오래전부터 정과 마는 공존하는 게 가장 좋다고 생각해 왔었다. 서로 대등하게 힘의 균형을 유지하며 공존해 가는 것, 그것이 그가 바라는 것이었다. 하지만 정마대전으로 사태가 이어진다면 이번엔 서로 다치는 것으로 끝나지 않을 것이었다.

어느 한쪽이 전멸할 때까지 싸우리라는 게 그의 생각이었다. 현재 마도는 위문이란 전무후무한 초절정 고수를 보유한 상태, 또한 지금 그 위문은 예설의 중상과 예청의 실종으로 이성을 잃어가고 있는 상태였다. 듣자 하니 그의 무공은 칠패천의 수뇌들보다도 더 강하다고 했다. 그러니 마도는 위문을 앞세워 정파를 끝장내려 할 것이 틀림없었고, 정파는 그 엄청난 숫자로 몰아붙일 것이다. 현재 정과 마가 대등한 관계를 유지할 수 있는 것은 정파의 숫자가 압도적으로 많기는 했으나 그들이 단결하지 못했기 때문이었다. 하지만 정마대전이 벌어지면 그들은 하나의 힘으로 단결할 것이고, 그렇게 되면 또다시 양쪽이 양패구상할 확률이 높았다. 그렇게 되면 다시 어둠 속에 숨어 있는 사의 세력이 세상을 피로 물들일 게 틀림없었다.

여기까지 생각한 마의는 고개를 절레절레 흔들었다. 너무 비약적인 상상이라고 생각되었던 것이다. 하지만 정말 그렇게 될 수도 있으니 어떻게든 예설을 살리는 게 중요했다.

마의가 열심히 예설을 치료하고 있을 때 위문은 문밖에서 서성거리며 예설이 살아나기를 기도하고 있었다. 사군악은 좀 전까지 그와 함께 이곳을 지키고 있었으나 시체들이 모두 도착했다는 부하의 말에 그곳으로 달려가 버리고 없었다.

'제발, 제발 살아만 나주오. 제발……'

위문은 무의식적으로 오른 손목을 쓰다듬었다. 그곳에 나 있는 이빨 자국은 아직 그대로 있었다. 다른 상처들은 그가 반박귀진의 경지에 오르며 모두 사라져 버렸지만 이 상처만큼은 그대로 남아 있었던 것이다.

그의 손을 깨물었던 여자 아이, 그리고 그를 공공연히 좋아한다고 떠들고 다녔던 여인, 또한 그녀와 함께한 행복했던 시간들이 주마등처럼 떠올랐다가 사라졌다.

'그녀가 잘못된다면… 잘못된다면! 으드드득! 가만두지 않겠다! 누구든 모조리 죽여 버리겠다! 모조리! 모조리 다 죽여 버리겠다!'

막연한 상대에 대한 분노가 용솟음쳤다. 주먹에 힘이 들어가고 피가 들끓기 시작했다. 만약 이대로 예설이 죽기라도 한다면 무서운 살성 하나가 탄생하게 될 것만 같았다.

그 시각 마도의 수뇌들은 저마다 코를 막고 1백 40여 구의 토막 난 시체들을 살피기에 여념이 없었다. 워낙에 손상된 시체들이라 그들이 직접 나서야만 시체들의 신원을 확인할 수 있었기 때문이다. 그리고 그들이 어떻게 죽었는지도.

"으음, 정말 가공하군. 사 문주, 정말 이 시체들이 그 아이의 작품임이 확실하오?"

한 시체의 절단 면을 살피던 수라회주 유철휘는 혀를 내두르며 사군악에게 물었다. 여태껏 수많은 시체들을 봐왔지만 이렇게 깨끗하게 잘려 나간 건 처음 봤기 때문이었다.

"그렇소. 이 모든 시체들은 그 아이 혼자 만든 것이오."

"마중천자님, 사인이 무엇인지 아시겠어요?"

요희궁주 우문혜미의 물음에 마중천자는 놀랍다는 듯 고개를 끄덕이며 말했다.

"강기, 매우 숙련된 강기에 잘려 나간 것이네. 이 모든 시체들이 전부."

"설마, 그럴 리가… 제아무리 공력이 높다 해도 두세 번만 쓰면 진기가 고갈될 것인데, 이렇게 많은 사람들을… 이들을 다 죽이려면 강기를 수십 번은 더 써야 했을 것인데, 정말 시체들이 강기에 잘려진 것이 틀림없습니까?"

유철휘의 부정적인 물음에 마중천자는 고개를 다시 끄덕였다.

"그 아이는 초식의 틀을 벗어났나 보네. 초식을 이용해 강기를 쓴 게 아니라 자유자재로 강기를 쓸 수 있는 경지에 오른 것 같네."

마중천자의 말에 모두들 그의 얼굴을 보며 멍한 표정을 지었다. 검귀(劍鬼)라고 불리우는 유철휘조차 경악과 놀람으로 마중천자를 바라보았다.

"그, 그 말씀은… 그 아이가 초식을 벗어난 진정한 강기를 깨달았다는 겁니까?"

그의 조심스런 질문에 모두의 시선은 다시 마중천자에게로 향했다.

진정한 강기.

이론상으로만 가능하다고 알려진 지고무상한 신공.

무림 역사상 그 누구도 성공하지 못한 불가능의 무학.

한 번 손짓에 능히 산을 베고 바다를 가른다고 알려진 인간의 한계를 벗어난 무공.

그것을 익힌 자가 있다니…….

"그렇네. 그렇지 않고서야 이렇게 많은 시체들이 생길 리가 없지."

마중천자의 확정적인 말에 모두들 경악한 표정을 감추지 않았다. 그리고 그들은 사군악에게로 시선을 돌렸다. 모두의 시선을 받은 사군악은 그도 놀랍다는 듯 천천히 입을 열었다.

"그 아이가 강기에 관심이 많다는 것은 알았지만 정말 익혔을 줄은 몰랐습니다. 그건 이론상으로만 가능한 무학인데…….."

사군악의 모습을 보며 마중천자를 제외한 나머지 5인은 저마다 한 가지 생각을 품었다.

'앞으로 금붕문과 우의를 돈독하게 해서 어떻게든 본 파의 우방으로 만들어야 한다.'

금붕문을 적으로 돌린다면 최악의 상대가 될 것이 틀림없었다. 그들도 강기를 막을 자신은 없었으니까 말이다. 하지만 반대로 금붕문과 손을 잡는다면 매우 든든한 우방이 되어줄 것이 분명했다. 또한 그들의 입지도 더욱 굳어지게 될 것이었다. 그들이 이런 생각을 하고 있을 때 마중천자는 무엇을 보았는지 한 시체 쪽으로 걸어가 그 시체의 얼굴을 살폈다.

"으음, 큰일이군."

그의 약간 어두운 말에 모두들 마중천자에게로 걸어갔다.

"무슨 일입니까?"

"여기 이 시체를 보게."

마중천자가 시체의 얼굴을 보여주자 가장 먼저 요마 우문혜미가 반응했다.

"이, 이자는 장천일! 장천일 진인!"

모두의 눈이 커지고 만수마제 혁련기가 소스라치게 놀라며 외쳤다.

"공동파 장문인이 어떻게!"

"허리가 깨끗이 잘려 나갔네. 단 일 초에."

꾸울꺽.

사군악과 마중천자를 제외한 5인이 사군악을 다시 한 번 쳐다보며 마른침을 삼켰다.

장천일이 누군가? 구대문파 중 하나인 공동파의 장문인이자 극음의 장법인 삼음장을 십성으로 익힌 희대의 고수가 아닌가 말이다. 그들과 동급의 실력을 가진 인물이 단 일 초에 두 토막이 났다니… 다시 한 번 위문의 무서움을 실감하는 순간이었다. 그리고 그들에게 금붕문과의 제휴를 더욱 절실히 원하게 해주는 계기가 되었고. 하지만 마중천자의 신음은 그 이유 때문이 아니었다.

"으음, 어찌 됐든 구대문파 중 한 문파의 장문인을 죽였으니 정파에서 가만있지 않을 것이네. 이 일을 어쩌하면 좋겠나?"

"안으로 들어가서 자세히 얘기하는 게 좋겠습니다."

사군악의 제의에 모두들 고개를 끄덕였고 마중천자는 안으로 들어가며 만독문주(萬毒門主) 만독마황(萬毒魔皇) 제륭악(齊隆惡)에게 부탁했다.

"제 문주는 수하들을 시켜 저 시체들을 모두 처리해 주시오."

만독문엔 시체를 처리하는 아주 깨끗한 방법이 존재했는데 그것은 화골산(化骨散)이란 액체였다. 그 화골산을 시체에 한 방울만 떨어뜨려 주면 시체의 살과 화골산이 반응해서 순식간에 시체를 흔적도 없이 녹여 버린다. 자연 아무런 흔적도 남지 않게 되는 것이었다. 만독마황 제륭악은 마중천자의 말이 무슨 뜻인지를 알고는 그의 수하에게 화골산으로 시체들을 깨끗이 처리하라고 명령한 뒤 안으로 들어갔다. 그때, 우문혜미가 무슨 생각이 들었는지 다급하게 외쳤다.

"잠깐만요! 제 문주님께선 명령을 철회해 주세요."

그녀의 다급한 외침에 제륭악은 막 화골산을 시체에 뿌리려 하고 있는 수하들에게 손짓해 동작을 멈추도록 했다.

"우문 궁주, 왜 그러는 것이오?"

마중천자의 의문에 우문혜미는 시체들을 가리키며 말했다.

"저 시체들은 언제라도 처리할 수 있으니 조금 미루는 게 좋을 것 같아요. 또 저 시체들도 어딘가에 쓸모가 있을 것 같구요."

"쓸모가 있다니?"

"그건… 안에 들어가서 말씀드리죠. 제게 한 가지 생각이 떠올랐거든요."

그녀의 지모가 뛰어남을 모두가 잘 알고 있기에 마중천자는 수하들에게 시체들을 다시 포대에 담게 했다. 시체들은 포대에 담겨져 어딘가로 옮겨졌고 수뇌들은 방 안으로 들어갔다. 그리고 밤이 깊어가도록 칠패천의 수뇌들은 머리를 맞대고 앞으로 어떻게 할 건지 상의하기 시작했다.

*   *   *

다음날 아침, 마의는 조심스럽게 사군악의 처소로 찾아갔다. 물론 위문이 눈치 채지 못하게 말이다.

"이른 아침에 웬일인가? 설마 설아가 잘못되기라도 했단 말인가?"

마의의 얼굴이 굳어 있음을 보고 사군악은 불길한 예감이 들어 다급히 물어보았다. 마의는 한숨을 크게 내쉬며 탁자로 걸어가 의자에 털썩 주저앉았다.

"어서 말해 보게. 정말 그 아이가 잘못되기라도 했단 말인가?"

사군악의 눈이 이글거렸고 전신에 살기가 물신 풍겨 나왔다. 만약 예설이 잘못되기라도 하면 정파 놈들을 모조리 죽여 버릴 것만 같은 그런 눈빛이었다.

"살릴 수 있소. 치료만 잘 받는다면 충분히 살아날 수 있소."

"다행이네. 한데 왜 얼굴을 그렇게 굳히고 있는 것인가?"

살릴 수 있다고 말하는 마의의 얼굴이 그리 좋지 못했기에 사군악은 노파심에 물어보았다. 마의는 다시 큰 한숨을 내쉬었다.

"에휴… 하지만 큰 문제가 있단 말이오. 뭔지 모르지만 그 아이는 지금 내 치료를 거부하고 있소. 내가 아무리 죽은 놈도 살리는 마의라 하나 환자가 살 의욕이 없는데 어쩌겠소?"

"그게 무슨 소린가? 설아가 치료를 거부하고 있다니?! 좀 자세히 말해 보게!"

"그 아이의 마음이 살아나길 거부하고 있소. 죽기로 작정이라도 했는지 전혀 마음을 열지 않고 있단 말이오."

"그 아이는 의식이 없을 텐데 자네가 그걸 어떻게 안단 말인가?"

"그러니 더 문제지. 도대체 납치돼서 무슨 일을 겪었는지 몰라도 무의식 중에서도 어서 빨리 죽기를 원하고 있단 말이오. 마음이 치료를 거부하니 내가 아무리 치료를 하려고 해도 역부족이오. 그래서 이렇게 상의하러 온 것이고."

"이런, 빌어먹을! 자네는 마의가 아닌가? 중원 최고의 의원인 마의가 아닌가? 그런데도 불가능하단 말인가?"

"스스로 살고자 하는 의지만 가지면 내가 어떻게 해보겠는데, 살고자 하는 마음이 없으니 나더러 어쩌란 말이오?"

"그, 그럼 어쩌면 좋은가? 자네에겐 필시 묘안이 있겠지?"

잔뜩 희망을 가지고 묻는 사군악을 보며 마의는 말했다.

"문주의 사위가 환자의 곁에서 희망을 주는 말을 계속해 준다면 가능할지도 모르지만 지금 그놈은 제정신이 아니니 어쩌겠소?"

"아니, 사위가 제정신이 아니라니?"

"에휴… 따라와 보시구려……."

허탈한 탄식을 하며 마의는 몸을 일으켰다. 그 뒤 바로 사군악도 몸을 일으켰고 둘은 예설이 누워 있는 곳으로 향했다.

"저게 지금 당신 사위의 모습이오."

마의가 가리킨 곳을 보자 그곳엔 쪼그리고 앉아 두 무릎 사이에 얼굴을 묻고 있는 위문이 보였다. 사군악이 그 모습에 말이 없자 마의가 다시 말했다.

"어제부터 계속 저러고 있소. 저러다 가끔 하늘을 쳐다보는데 눈동자에 초점이 없더란 말이오."

마의가 말을 다 끝내기도 전에 사군악은 위문에게 달려가 소리쳤다.

"사위! 괜찮은가, 사위?"

하지만 위문은 사군악의 말을 못 들었는지 그대로 얼굴을 두 무릎 사이에 처박고 있었다. 그에 사군악은 급히 위문의 두 어깨를 흔들었다.

"사위, 사위!"

그렇게 계속 흔들자 위문이 정신을 차린 듯 멍한 표정으로 고개를 들며 역시 멍한 음성으로 말했다.

"빙장 어른 오셨습니까?"

그의 눈동자엔 여전히 초점이 없었다. 그에 사군악은 위문의 따귀를 거세게 치며 소리쳤다.

짜악!

"어서 정신 차리게! 지금 설아는 자네의 도움을 필요로 하고 있네!"

사군악의 입에서 '설아' 란 말이 나오자마자 위문의 얼굴이 급변했다.

"아설, 아설이 깨어났습니까? 그녀는, 그녀는 어떤가요? 괜찮은가요?"

재빨리 몸을 일으키며 애절한 눈빛으로 자신을 쳐다보는 위문을 보며 사군악은 한숨을 내쉬며 말했다.

"안으로 들어가 보게. 그리고 설아에게 계속 말을 걸어주게나. 부탁하네."

그의 말이 끝나기 무섭게 위문은 방 안으로 달려 들어갔다. 방 안엔 온통 약재들로 가득 차 발 디딜 틈이 없었고, 그 약재들 속에 예설은 누워 있었다. 위문은 급히 예설에게 달려갔다. 예설의 얼굴은 초췌했고 생기라곤 찾아볼 수가 없었다. 그런 예설의 모습에 위문은 그녀의 몸을 흔들며 소리쳤다.

"어서 깨어나시오. 내가 왔소! 아설. 내가, 이 위문이 왔단 말이오! 그대를 사랑하는 위문이 왔단 말이오. 우리에겐 앞으로 많은 날들이 있지 않소! 어서 깨어나시오. 어서!"

위문이 소리칠 때 마의가 안으로 들어왔고, 그는 예설의 곁으로 다가가 침통을 꺼내 들었다.

"자네는 옆에서 계속 말을 걸어주게."

하며 마의는 위문을 예설에게서 약간 떨어뜨려 놓았다. 위문은 마의의 말대로 약간 떨어져 계속 예설에게 말을 붙였다. 그사이 마의는 예설의 옷을 모두 벗겨 나신으로 만들었고 침통에서 하나씩 금침을 꺼내 예설의 몸에 꽂았다. 그렇게 한 시진이 흐르자 예설의 몸엔 수백 개의 침들이 꽂혀져 있게 되었다. 이 대법은 마의의 가문 비전의 회생술(回生術)로써, 바로 마의의 명성을 높여준 금침윤회대법(金針輪回大法)이라 불리우는 것이었다. 이 대법은 한 가닥 숨만 붙어 있으면 누구라도 살릴 수 있는 절세의 대법이었다. 하지만 환자의 살아나야겠다는 의지가 필요한데 과연 예설이 위문의 목소리를 들었을지 모를 일이었다.

시간이 흐르자 마의는 금침들을 꽂았던 순서대로 하나둘씩 뽑아냈고 그사이 위문은 계속 예설에게 말을 걸었다. 침이 다 뽑히자 마의는 예설의 나신에 이불을 덮어주며 위문에게 말했다.

"자네, 이대로 하루를 버틸 수 있겠는가?"

계속 말을 걸어주며 하루 동안 예설의 곁에 있을 수 있냐는 것이었다. 위문은 힘차게 고개를 끄덕였고 마의는 그런 위문의 어깨를 두들려 주며 몸을 일으켰다.

"하루가 지나봐야 알 수 있을 것이네. 그럼 수고해 주게."

마의가 나가고 방 안엔 위문과 예설만이 남았다. 위문은 예설의 희디흰 손을 꼭 잡으며 애절한 목소리로 입을 열었다. 주절주절 넋두리에 가까운 이야기들이 그의 입에서 흘러나왔다.

"아설, 기억나시오? 그대와 내가 처음 만났을 때를 말이오? 그때 당신은 사미승이었던 내 손목을 물었었지. 후후, 당신이 내게 남긴 상처로 인해 내가 얼마나 수난을 겪었는지 당신은 모를 것이오. 우선 스승님께 불려가 치도곤을 맞았지. 그때 얼마나 많이 맞았는지 몇 달 동안 제대로 걷지를 못했다오. 하지만 난 아픈 엉덩이를 제대로 치료도 못했소. 어떻게 아셨는지 방장스님이 내게 오시더니 참회당(懺悔堂)으로 가라는 게 아니겠소? 그곳에 가보니 여덟 분의 장로님들이 날 기다리고 계시더군. 그분들은 원형으로 빙 둘러앉아 계셨는데 날 중앙으로 끌고 가셨지. 그리곤 가부좌를 틀고 앉으라고 하시는 게 아니겠소? 그때 내 엉덩이는 피멍이 들어 제대로 앉지도 못하는 상태였는데 말이오.

하지만 난 꾹 참고 그 자리에 앉았다오. 내가 앉자 장로님들이 어떻게 하셨는지 아오? 후후, 모두 목탁을 두들기시며 불경을 읊으셨다오. 주된 내용은 악귀를 물리치는 내용이었소. 내 마음속에 악귀가 자리 잡게 되었다는 것이었지. 난 하루에 세 시진씩 한 달 간을 그렇게 살았다오. 매일 밤 엉덩이에 핏물과 승포가 엉겨 붙어 그걸 떼어낼 때마다 난 날 이렇게 만든 당신을 미워했었다오. 하지만 그럴 때마다 당신의 귀여운 얼굴이 떠오르더군. 그때 난 그것조차 내 마음속에 악귀가 들어서 그런 것이라 생각했었소. 그리고 얼른 당신의 얼굴을 지워 버리곤 했지. 후후후, 지금 생각하면 그것도 다 운명이었던 것 같소. 당신과 내가 끊으려야 끊을 수 없는 실에 묶여 있었던 것도 같고. 하하, 내 수난은 거기서 끝난 게 아니었지. 난 장경각을 청소하는 일을 하고 있었는데 장경각에 책을 보러 오는 수많은 사형들과 시숙들이 날 볼 때마다 놀려댔다오. '우우, 법문의 얼굴엔 색기가 가득하구나', '아미타불, 내가 보니 법문의 얼굴엔 도화살(桃花煞)이 끼었어. 아마 앞으로 더 많은 여시주들의 수난을 당하게 될걸?', '모두 법문에게 달려들어! 어디 그 소문의 이빨 자국 좀 보자. 하하하, 정말 선명하게 나 있잖아? 어느 여시주가 이런 짓을 했을까?', '우와, 법문은 좋겠다. 여시주에게 사랑의 정표도 다 받고…'. 후후, 특히 동문들은 매일같이 찾아와 날 놀리곤 했다오. 게다가 사찰에 다시 여시주들이 몰려오는 바람에 난 더욱 난감해졌지. 정말 지금 생각해 보면 왜 그렇게 여시주들이 날 보려고 했었는지 모르겠소. 난 그저 얼굴이 조금 귀여웠던 사미승일 뿐이었는데 말이야. 하긴… 당신이 반했을 정도니 내가 좀 잘생겼는지도 모르지. 하하하. 다시 사찰에 여시주들이 들끓자 방장스님은 짜증이 나셨는지 날 참선암으로 보내 버리셨소. 난 그곳에서 3년 간을 혼자 벽만 보고 살았지. 당신은 하루 종일 벽만 보면 어떤 생각이 드는지 모를 것이오. 그때 부처님을 생각지 않고 고생이라고만 여겼더라면 난 아마 미쳐 버리고 말았을 거라오. 하하, 하지만 말이오, 사실 이곳에서 당신을 다시 만났을 때 난 당신에 대한 증오보단 다시 만난 반가움이 더 컸던 것 같소. 물론 그걸 내색할 수는 없었지만 말이오. 어서 깨어나구려… 우린 같이 할 것이 너무도 많소. 그대와 나, 그리고 아청. 우리 셋은 함께할 것이 너무도 많단 말이오. 제발 깨어나구려… 그대가 일어난다면 내 당신이 원하는 건 뭐든지 다 하리다. 진심이오. 그리고 우리 어서 빨리 혼인하도록 합시다. 그러니 어서 빨리 일어나구려……."

위문은 목이 쉬도록 밤새워 예설에게 이야기를 건넸다. 그녀가 마치 듣고 있기라도 한 듯이…….

예설은 꿈속에서 위문을 보았다. 그리고 그가 하는 이야기를 들었다. 그 뒤 장면이 바뀌며 산속의 조그마한 집 안에 그녀와 위문, 예청이 함께 식사하는 장면이 떠올랐다. 단란한 가정, 그리고 행복감. 세상 모든 것을 다 준다 해도 바꾸고 싶지 않은 만족감이 느껴졌다.

그때, 위문의 모습과 예청의 모습이 천천히 바뀌기 시작했다. 두 명의 흑의인, 시체 썩은 것 같은 악취를 풍기며 위문과 예청이 있었던 자리에 두 명의 흑의인들이 나타났다. 그녀는 비명을 지르고 싶었다. 하지만 목소리가 나오질 않았다. 그리고 몸을 조금도 움직일 수 없었다.

"흐흐흐, 어르신이 쾌락을 느끼게 해주마."

음산한 목소리와 함께 흑의인이 그녀에게 다가왔다. 그녀는 도망치려 했지만 그 자리에서 꼼짝할 수가 없었다. 흑의인이 그녀의 옷을 찢어내기 시작했다. 그리고 그 흑의인의 등 뒤에 수십, 수백, 수천의 흑의인들이 침을 흘리고 있는 게 보였다.

"까아아악! 안 돼!"

예설은 몸을 거세게 흔들며 도망치려고 애썼다. 그때 그녀의 두 어깨를 잡는 손이 있었다.

"아설! 아설! 정신이 드시오? 나 위문이오. 위문이란 말이오, 아설!"

낯익은 목소리에 천천히 눈을 뜨자 그곳엔 초췌해 보이는 위문의 얼굴이 있었다.

"으아앙! 위 대가. 으아아앙……!"

예설은 안도의 숨을 내쉬며 위문을 껴안고 서러움의 눈물을 흘렸다. 위문은 그녀를 마주 껴안으며 다독거렸다.

"이제 괜찮소. 이제 괜찮아… 내가 있소. 내가 그대의 곁에 있소."

위문은 기쁨의 눈물을 흘렸다. 그녀가 살아난 것이다. 그녀가… 살아난 것이다. 지금 그에게 이보다 더 기쁜 일은 없었다.

"여긴 어디예요?"

"그대의 방이오. 여긴 안전하니 맘 푹 놓으시오."

"언닌? 언닌 찾았나요?"

예설의 물음에 위문은 약간 난감해하더니 사실대로 말했다.

"아청도 곧 찾을 것이오. 그러니 어서 기운을 차리구려. 그녀가 돌아왔을 때 이런 모습을 보여주면 안 되잖소?"

아직 못 찾았다는 말에 예설은 다급히 입을 열었다.

"내가, 내가 알아요! 언니가 있는 곳을 내가 알아요."

"그, 그게 정말이오?"

위문의 놀란 물음에 예설은 황급히 고개를 끄덕였다. 감옥에 갇혀 있을 때 흑의인들이 하는 말을 어렴풋이 들었던 것이다. 그들은 분명히 다른 계집을 아미산으로 보내 버렸다고 했다.

"아미산에, 언니는 아미산에 있어요. 제가 똑똑히 들었어요."

그녀의 확정적인 말에 위문은 함박웃음을 터뜨렸다.

"하하, 잘됐구려. 내 당장 그녀를 데려오겠소. 아니, 어서 빨리 일어
나구려. 우리 함께 아청을 찾으러 떠납시다."

"그래요, 우리 함께 언니를 찾으러 가요."

말을 하는 예설의 얼굴이 급속도로 밝아져 갔다. 또한 창백하던 얼
굴에 생기가 가득 차 넘쳐흐를 지경이 되었다. 예설이 급속도로 좋아
지자 위문은 너무도 기뻐 환호를 질렀다.

"하하하, 당신 혹시 꾀병이 아니었소? 이렇게 빨리 회복되다니 말이
오. 하하, 어서 빨리 일어나요. 우리 함께 그녀를, 아청을 찾으러 갑시
다."

위문의 미소를 보며 예설 또한 빙긋이 웃었다. 하지만 그녀의 웃음
의 의미는 위문과는 전혀 다른 것이었다. 그녀가 깨어날 수 있었던 것
은 예청이 있는 곳을 위문에게 전해야 한다는 것과 위문에게 작별을
고하기 위해서라는 걸 그녀는 느끼고 있었다. 또한 그녀의 생명이 얼
마 남지 않았다는 것도……

그녀는 여러 흑의인들에게 윤간(輪姦)을 당했다. 그때 이미 그녀의
생명은 끊어졌던 것이다. 위문에게 바쳐야 할 정조를 상실한 이상 그
녀는 살아갈 이유를 잃어버렸다. 물론 위문은 이 사실을 안다고 해도
여전히 그녀를 사랑해 줄 것이었다. 그는 착했으니까.

하지만 그녀 자신이 용납할 수 없었다. 또한 위문에겐 그녀의 언니
이자 그녀보다 더 예쁘고 현숙한 예청이 있으니 그녀가 죽는다 하더라
도 위문은 예청과 함께 행복한 삶을 꾸려 나갈 수 있을 것이다.

어차피 만신창이가 된 데다 가만두어도 죽었을 목숨이었으니 더 이상 삶에 집착하고 싶지는 않았다. 그래서 그녀는 현재 마지막 생명의 불꽃을 태우고 있는 중이었다.

하지만 그것을 모르는 위문은 기쁨에 들떠 예설의 두 손을 꼬옥 잡았다.

"여기서 기다리시오. 내 마의 선배님을 불러오리다."

"안 돼요. 가지 마세요. 저와 함께 있어줘요."

위문이 마의를 부르러 가려 하자 예설은 그를 제지했다. 시간이 조금밖에 남지 않았다. 그사이 그녀는 위문에게 하고 싶은 말들을 다 해야만 했다.

"알겠소. 내 그대의 곁을 절대 떠나지 않겠소. 그러니 안심하구려."

"위 대가, 언니를 꼭 구하세요, 꼭. 저와 약속해 주실 수 있죠?"

"그걸 말이라 하오? 내 무슨 일이 있어도 그녀를 반드시 구할 것이오. 약속하리다."

"고마워요. 그리고 절 영원히 잊지 않겠다고 맹세해 주세요."

"그걸 말이라고 하는 거요? 우린 영원히 함께 있을 거요! 당신과 나, 그리고 아청은 영원히 함께 있을 거요! 그 누구도 우리를 떼어놓을 순 없소! 또한 난 당신을 잊으려야 잊을 수가 없는 몸이라오. 당신이 내게 남긴 정표가 있는 이상은 말이오."

하며 위문은 오른쪽 소매를 걷어 선명하게 나 있는 이빨 자국을 예설에게 보여주었다. 그 이빨 자국을 보며 예설은 싱긋이 웃어 보였다. 그러다 그녀는 무슨 생각이 들었는지 크게 경악하며 위문의 얼굴을 쳐다보았다.

"다, 당신! 기억을, 기억을 잃지 않았군요? 그렇군요?"

그녀나 예청은 위문에게 그의 오른 손목에 있는 이빨 자국에 관해서는 아무런 말도 하지 않았었다. 한데 위문이 그걸 알고 있다니… 위문은 약간 놀랐지만 다시 빙긋 웃으며 말했다.

 "미안하오. 사실 난 기억을 잃지 않았다오. 과거에서 도망치고 싶어 여태껏 기억을 잃은 척했던 거라오. 여태껏 숨겨왔던 걸 용서해 주시오."

 위문의 말에 예설은 복받쳐 오르는 감정을 참을 수가 없었다. 사실 여태 그녀는 반쪽 사랑을 해오고 있다고 생각했었다. 기억을 잃은 사람에게 억지를 써서 그의 연인으로 행세하고 있다고, 그저 그렇게 하고 있을 뿐이라고 자책감을 많이 느꼈었다. 그녀는 불안했다. 그리고 두려웠다. 과연 그가 기억을 잃지 않았다면 자신을 사랑했을까? 하고.

 하지만 그가 기억을 잃지 않았다니? 그 말은 그가 진심으로 그녀를 사랑하고 있다는 말이었다. 그녀는 여태껏 반쪽 사랑을 해왔던 것이 아니라 완전한 사랑을 해왔다는 것이다!

 "고마워요… 위 대가… 안아주세요."

 예설은 감동의 눈물을 흘리며 위문에게 안겼다. 위문은 예설의 가냘픈 몸을 거세게 껴안았다. 그때, 그의 귓가에 희미한 목소리가 들려왔다.

 "안녕… 당신을 만나 난… 행복했어요……."

 처음엔 환청인가 보다라고 생각했다. 하지만 좀 전까지만 해도 따뜻했던 예설의 몸이 급속도로 차갑게 식어가자 위문은 불길한 예감에 포옹을 풀고 예설의 얼굴을 살폈다. 그녀의 눈은 이미 감겨 있었고 숨소리가 들려오질 않고 있었다.

 그녀의 생명은… 이미 끊겨 있었던 것이다.

"아, 아설! 아설! 정신 차리시오, 아설! 이, 이럴 수가… 이럴 수가! 아설! 아설!"

위문은 미친 듯이 예설의 몸을 흔들었다. 그리고 고함을 질렀다. 절규에 가까운 고함이었다. 하지만… 예설은 눈을 뜨지 않았다. 다만 그녀의 몸이 더욱 차갑게 식어갔을 뿐이었다.

"흐흐흐흐흑… 아설, 아설……. 제발 정신 좀 차리란 말이오! 제바아알……."

예설의 차가운 시신을 붙들고 위문은 서럽게 흐느꼈다. 도저히 인정할 수 없었다. 예설이 죽다니… 그의 예설이 죽다니……. 그의 절규는 마의와 사군악이 부하의 보고를 듣고 급히 달려온 뒤에도 계속되었다.

이렇게 사예설은 19세 꽃다운 나이에 그녀의 연인인 위문의 품에 안겨 생에 작별을 고했다. 이 사건으로 인해 어떤 혈풍이 불어 닥칠 것인지…….

제15장
그녀를 찾아서

그녀를 찾아서

예설이 죽은 날의 오후, 목이 빠져라 소식을 기다리고 있던 정파의 수뇌들은 종리화의 보고에 허탈한 마음을 감출 수가 없었다.

"우리가 도착했을 땐 이미 상황이 종료된 뒤였어요. 전투의 흔적은 깨끗이 치워져 있었고 1백 40명의 우리 쪽 사람들은 아마도 그들에게 잡혀간 듯해요."

말을 하며 그녀는 원망의 눈초리로 수뇌들을 쳐다보았는데 그것은 수뇌들이 늑장을 부렸기 때문이었다. 보낼 수하들을 뽑는 데도 시간이 걸렸지만 이 문제는 어떻게, 이것은 누가, 저건 어떻게 하며 탁상공론으로 많은 시간을 잡아먹었던 것이다. 그 시간에 수하들을 보냈더라면 1백 40명을 무사히 구할 수 있었을 거라고 그녀는 생각했다. 하지만 그런 그녀와는 상관없이 수뇌들은 뒷북을 치는 소리를 하기 시작했다.

"정말 그들이 사파 놈들에게 잡혀갔을까? 그들은 최고의 정예들, 또한 장 진인까지 있었는데…….”

화중문의 미심쩍은 말에 조양수가 맞장구쳤다.

“그러게 말이오. 사파의 잡것들이 수천이 덤벼도 그들이라면 모두 쓸어버릴 수 있었을 텐데… 험험, 내 생각엔 그들이 일을 끝내고 어디서 기력을 보충하고 있지 않나 하오.”

“오오, 그럴 수도 있겠군요.”

조양수의 어이없는 말에 수뇌들은 그럴 수도 있겠다는 듯이 고개를 끄덕였다. 그만큼 그들은 1백 40명의 무공에 믿음을 가지고 있었다. 그들은 비록 적전제자들은 아니었지만 그 바로 밑의 실력을 가지고 있는 뛰어난 인재들이었으니까. 하지만 종리화는 이 말 같잖은 소리를 꺼낸 조양수를 바보 쳐다보듯이 애처롭게 바라보며 속으로 욕을 퍼부었다.

‘이 세상 물정 모르는 양반아, 사파가 여태껏 놀고 있었는 줄 아냐? 그들도 우리만큼 실력있는 인재들을 많이 키워놓았단 말이다. 그리고 그들이 8강에 진출한 내당당주의 여자를 보호하는 데 삼류 무사들을 보냈을 것 같으냐? 내가 그들이라면 최고의 정예들만 보냈을 거다. 누구도 납치하지 못하도록 말이다. 한데 말하는 소리라곤… 뭐, 그들이 일을 끝내고 어디서 쉬고 있어? 그럼 왜 그들의 흔적이 하나도 안 보이겠냐? 이미 화산을 이 잡듯이 다 뒤져 보았는데! 저런 멍청한 머리로 어떻게 일파의 주인이 됐는지. 쯧쯧.’

하지만 이건 어디까지나 속마음일 뿐, 종리화는 최대한으로 예의를 갖추며 수뇌들에게 말했다.

“저도 그럴 수도 있겠다는 생각에 이미 화산 전역을 다 뒤져 보았어요. 하지만 그들의 행적은 발견할 수 없었습니다. 또한 어젯밤부터 마교도들이 묵고 있는 곳의 경비가 몇 배로 강화되었습니다. 그리고 수뇌들은 다 그 안에 모여 있는 것으로 밝혀졌구요. 그것으로 보아 1백 40명의 정예들은 그들에게 잡혀 있는 게 분명합니다."

그녀가 그렇게 확정적인 듯 말해 보았지만 수뇌들은 이미 그녀의 말을 듣고 있지 않았다.

"이대로 기다려 보는 게 좋을 듯싶소. 그들이 돌아올지도 모르니 말이오."

"그게 좋겠군요."

그때 화산파의 문하 하나가 급히 안으로 들어와 부복 자세를 취했다.

"무슨 일이냐?"

화중문의 물음에 그 수하는 재빨리 말했다.

"예, 천마신교의 사자가 지금 와 있습니다. 그는 장문인들께 할 말이 있다고 합니다."

"천마신교의 사자가?"

"아니, 그들이 왜?"

수뇌들이 놀라는 건 당연했다. 이렇게 비무대회 중에 상대 측에서 사자가 온 것은 비무대회가 시작된 이래 처음 있는 일이었기 때문이다.

"여러분, 어떻게 하는 게 좋겠습니까?"

화중문이 좌중에게 묻자 그중 혜불 성승이 입을 열었다.

"아미타불, 우선은 만나보는 게 좋을 듯하오."

그의 말에 모두들 고개를 끄덕였다. 만나서 손해될 것은 없었으니까. 화중문은 이 소식을 알려온 수하에게 그 사자를 들어오게 하라고 지시했다. 그리고 잠시 후, 마기가 철철 넘쳐흐르는 흑의괴인 하나가 내실 안으로 들어왔다. 그 흑의인은 안에 들어서자 품속에서 서찰을 꺼냈다. 수뇌들은 자신들에게 예의를 갖추지 않는 흑의인의 행동이 괘씸했지만 우선 서찰부터 읽어보기로 했다. 곧 서찰은 화중문의 손에 쥐어졌고 화중문은 그 서찰을 읽은 뒤 다른 수뇌들에게 넘겨주었다.

"으음, 나가서 기다리게."

화중문은 신음을 참으며 흑의인을 내보내고는 그가 나가자 주위를 둘러보며 물었다.

"무슨 이유로 갑자기 만나자는 것일까요?"

서찰엔 단도직입적으로 내일 정오에 만나길 원하니 만날 장소를 서찰을 가지고 온 수하에게 알려서 보내라는 내용만이 쓰여져 있었다. 화중문의 물음에 종리화가 재빨리 답했다.

"이유는 하나뿐이에요. 그들은 인질을 담보로 우릴 협박할 속셈인 겁니다."

그녀의 말에 수뇌들은 놀람을 감추지 못했고 화중문은 신음을 흘리며 입을 열었다.

"으음… 정말 그럴 수도 있겠군……."

그때 조양수가 반박하고 나섰다.

"내 생각은 다르오. 그들은 필시 우리와 협상하려는 것일 게요. 우리가 그 금붕문 내당당주인지 뭔지의 여자를 잡고 있단 걸 알고는 그녀와의 교환 조건을 묻기 위해 만나자는 것일 게요."

아직도 미련을 버리지 못하고 있는 조양수였다. 그는 1백 40명과 장진인이 이미 예청과 예설을 보호하고 있다고 굳게 믿고 있었다. 그의 말에 종리화는 짜증이 치밀었으나 상대가 상대인지라 짜증을 억누르며 조심스레 자신의 의견을 피력했다.

"그럴 수도 있지만 우선은 여러 가지 가능성을 염두에 두어야 합니다. 그러니……."

종리화는 한참 동안 목이 터져라 어디서 만나야 될지, 어떻게 대화를 이끌어가야 할지 등등을 역설했다. 그녀의 말들은 모두 타당한 것들이어서 수뇌들은 그녀의 말을 세이경청할 수밖엔 없었다.

다음날 정오.

정파 측의 대표인 화중문과 마도 측의 대표인 마중천자는 매화청에서 만남을 가졌다. 마중천자는 들어와 자리에 앉자마자 화중문의 인사치례를 무시하며 바로 본론을 꺼냈다.

"단도직입적으로 묻겠소. 원하는 게 뭐요?"

"원하는 거라뇨? 무슨 말인지 잘 모르겠군요."

"그대들이 금붕신군의 딸, 아니, 예청을 데리고 있지 않소? 그러니어서 그녀를 우리에게 인도하는 조건으로 뭘 원하는지 말해 보시오."

'역시 조 장문인의 말이 맞았구나. 장 진인 일행이 성공했군.'

화중문은 속으로 쾌재를 부르며 짐짓 모른다는 듯 뜸을 들였다.

"그게 무슨 말씀이십니까? 저희가 금붕신군의 딸을 데리고 있다뇨?"

화중문이 뜸을 들이자 마중천자는 미리 준비해 두었던 말을 꺼냈다.

"그대는 공동파 장문인과 1백 40명의 정예들의 행방이 궁금하지 않소?"

요마 우문혜미의 정보에 따르면 정파는 장천일과 1백 40명의 정예들이 어떻게 되었는지 전혀 모르고 있다고 했다. 그들의 죽음은 워낙 순식간에 벌어진 일이었고, 사군악의 명령대로 뒤처리를 깨끗이 하였기에 정파는 그들의 흔적을 전혀 찾지 못하고 있다고 말이다. 역시 그가 제대로 찌른 듯 화중문의 안색이 급변했다.

'아니! 그의 말을 들어보니 장 진인과 1백 40명의 정예들은 이미 저들의 수중에 있다는 게 아닌가? 그럼 저들은 왜 우리가 예청을 데리고 있다고 생각하는 것이지?

"하하하, 무슨 말씀이신지… 장 진인은 지금 저희와 함께 있거늘……."

어색하게 웃으며 말을 꺼내는 화중문을 보며 마중천자는 더 이상 얘기할 가치가 없다는 듯 자리에서 일어나며 매몰차게 외쳤다.

"그렇소? 그럼 우리가 데리고 있는 자는 장 진인이 아니란 말이군? 하면 그자를 죽여도 별 탈은 없을 것 같군. 또한 1백 40명 역시 같이 죽여 버려도 그대들은 아무런 상관이 없겠군. 그들은 그대들과 아무런 상관이 없는 자들이니 말이오. 그럼, 이만 가보겠소."

하며 그는 몸을 돌려 걸어가기 시작했는데 다급해진 화중문은 재빨리 외쳤다.

"잠깐! 지금 우리 손에 예청이 있다는 것을 잊지 말기 바라오!"

이유야 어찌 되었든 저들은 정파 측에서 예청을 데리고 있다고 믿는 듯했다. 해서 화중문은 될 대로 되라는 심정으로 크게 소리친 것이었다. 그의 말이 적중했는지 마중천자는 다시 몸을 돌리며 말했다.

"이제야 제대로 말을 하기 시작하는군."

"…앉으시죠. 우린 대화가 필요한 것 같군요."

마중천자는 다시 자리에 앉았고 그가 앉자 화중문은 입을 열었다.

"장 진인과 1백 40명은 모두 무사합니까?"

"그렇소. 부상자가 많긴 하나 모두 살아 있소. 예청도 무사하오?"

"그렇습니다. 그녀는 털끝 하나의 상처도 없이 무사한 상탭니다."

"이제 본좌의 조건을 말하겠소. 본좌는 예청과 그들을 교환했으면 하오. 결코 그대들에게 손해 될 일은 아니라 보오. 예청 한 명을 넘겨 주는 대가로 그대들은 1백 40명과 장 진인을 돌려받게 되니 말이오."

다른 수뇌들과 상의한 끝에 마중천자는 가짜들을 만들 결심을 했다. 어차피 교환 때만 모습을 보이면 되니 인피면구(人皮面具)를 씌워 그들이 건재함을 보여준 뒤, 예청을 먼저 돌려받고 그 뒤에 정파 측에 '장 진인과 1백 40명은 모두 죽었소'라고 말해 줄 생각이었다. 우선 예청만 고이 돌려받고 나면 그 뒷일은 아무런 상관이 없다고 수뇌들의 회의에서 결정났던 것이다. 마도는 위문이란 전무후무한 고수를 확보한 상태, 정파와 한판 붙는다 해도 전혀 꿀릴 게 없었다. 그때 화중문은 깊은 생각에 빠져 있었다.

'결코 밑지는 장사가 아니다. 하지만 그렇게 되면 비무대회는 어떻게 한단 말인가? 이미 금붕문 내당당주를 이길 수 있는 자는 없다고 판단되었다. 이대로 둔다면 그가 우승할 것이 뻔한데… 예청이 어디 있는지 모르나 저들의 손엔 없는 것이 확실하다. 또한 저들은 우리가 데리고 있다고 믿고 있다. 그리고 이 기회에 공동파의 세력을 약화시킬 필요가 있다. 그들은 현재 구파 중 세력이 세 손가락 안에 들 정도로 강하니까.'

"으음… 불가하오. 그대들의 조건을 받아들일 수 없소."

"다시 한 번 말해 주겠소?"

마중천자는 잘못 들었는지 의심스러워 다시 말해 줄 것을 요구했다. 그에 화중문은 또박또박 말해 주었다.

"그대들의 조건을 받아들일 수 없다고 했소."

"왜지? 결코 그대들에게 밑지는 일이 아닐 텐데?"

마중천자의 말에 화중문은 기다렸다는 듯이 재빨리 입을 열었다.

"단, 장 진인을 교환 조건에서 뺀다면 응할 생각이 있긴 하지만 말이오, 험험."

그의 말뜻을 모를 마중천자가 아니다. 장 진인이 사라진다면 공동파의 세력이 약화될 것이니 그 틈에 화산파가 공동파를 누르고 입지를 공고히 다질 수 있을 것이었다. 이런 상황에서까지 실리를 챙기려는 화중문을 보며 마중천자는 고소를 금할 수가 없었다. 하지만 그는 내색하지 않으며 흔쾌히 고개를 끄덕였다.

"무슨 뜻인지 알겠소. 조건은 그것뿐이오?"

"그렇습니다. 또한 교환을 지금부터 두 달 뒤에 하는 것이 어떻겠습니까?"

"그게 무슨 말이오? 두 달 뒤면 비무대회가 끝난 뒤일 텐데."

잔뜩 의문이 섞인 마중천자의 말에 화중문은 조심스럽게 어제 회의에서 거론된 문제를 말했다.

"지관 8강전은 이틀 후에 시작되니 어쩔 수 없는 일이지만 천관은 미룰 수가 있지 않겠습니까? 저희는 천관을 두 달 후로 미뤘으면 합니다."

지관에선 최종적으로 4명을 뽑게 된다. 그리고 그들 4명과 이미 천관에 올라 있는 4명의 무인이 서로 섞여 최후의 한 명을 가리게 되는 것이었다. 예정대로라면 천관은 지관 8강전이 끝나고 열흘 뒤에 열리게 되어 있었다. 하지만 정파는 두 달 간의 시간을 벌어 그사이 예청자매의 행방을 쫓고 1백 40명의 인질들을 빼내올 속셈을 가지고 있었다. 마중천자는 잠시 생각한 끝에 한 가지 가능성을 더 만들어두는 것도 괜찮을 듯싶어 고개를 끄덕였다. 두 달 간의 여유 시간 동안 예청을 찾는다면 위험 부담이 큰 교환을 하지 않아도 되니까 밀이다. 그러니 그로선 거절할 이유가 없었다.

"좋소. 그렇게 하도록 하지. 정파가 무슨 속셈인진 모르나 한발 양보하기로 하지. 단, 공포할 때 정파 측의 피치 못할 사유로 연기하게 되었다고 말하시오. 그게 조건이오."

"으음… 좋습니다. 그럼 두 달 후 교환을 하고 그 다음날부터 천관을 시작하는 걸로 알고 있겠습니다."

"좋소."

*　　　　*　　　　*

예설의 시신은 비밀리에 금붕문 총단으로 옮겨졌다. 정파 측에서 예설의 죽음을 아직 모르고 있으니 그들에게 알려지는 일은 피해야 했다. 해서 원래라면 장례를 치러야 했지만 장례는 비무대회가 끝나고 사군악과 위문이 금붕문 총단으로 돌아간 뒤 치르기로 했다. 장례를 치른다면 정파 측에서 예설의 죽음을 알 것이고 그것을 파헤치게 될 것이다. 그렇게 되면 예설의 죽음과 관련이 있는 장 진인과 1백 40명의 죽음에 대해서도 알게 될 가능성이 컸으므로 예설의 시신은 조용히 화산을 떠났던 것이다.

사군악은 맘 같아선 당장에 정파 놈들을 다 찢어 죽이고만 싶었다. 하지만 마중천자와 다른 수뇌들이 극구 말린 까닭에 화를 억누르고 있는 중이었다. 게다가 예설의 죽음에 직접적인 관련이 있는 놈들인 장 진인과 1백 40명이 모두 위문의 손에 죽었으므로 일단 복수는 했다고 볼 수 있었기에 그는 어느 정도 마음을 추스를 수 있었다. 그리고 그에겐 해결해야 할 문제가 하나 남아 있었다.

위문은 예설이 죽은 뒤부터 넋이 나가 버린 듯 방에 틀어박혀 벽만 보고 앉아 있었는데, 그는 그런 위문을 비무대회에 올려 보내기 위해 갖은 애를 써야 했던 것이다.

퍼억— 퍼억!

사군악은 멍하니 벽만 보고 있는 위문의 따귀를 거세게 때렸다. 그리곤 소리쳤다.

"언제까지 이렇게 있을 것이냐! 설아는 죽었지만 청아는 아직 살아 있지 않느냐! 네놈은 청아를 구하지 않을 셈이냐!"

오늘이 비무대회 날이건만 아직 제정신을 차리지 못하고 있었기에 사군악은 지금 속이 다 탈 지경이었다. 예설의 죽음에 그도 충격을 받았다. 하지만 그보다 3백 년 동안 참아왔던 마도의 염원을 이루는 것이 더 중요했다. 그리고 마도의 희망은 오직 위문뿐이었다. 한데 그 위문이 이렇게 멍하니 있으니……

따귀를 맞고도 위문은 정신을 차리지 못했다. 그래서 사군악은 다시 수십 차례 위문의 따귀를 갈겼다. 곧 위문의 두 뺨은 퉁퉁 부어올랐고 피멍까지 들었다. 그렇게 맞고서야 위문은 정신이 드는지 사군악을 보며 물었다.

"그녀의 행방은 찾았습니까?"

아직 눈에 힘이 들어가진 않았으나 다시 입을 연 위문을 보고 사군악은 안도의 한숨을 내쉬며 재빨리 대답했다.

"휴우… 찾지 못했네. 하지만 곧 찾을 것이야. 내 말을 들어보니 천관은 앞으로 두 달 후에 시작된다고 하네. 그럼 두 달이란 여유 시간이 생긴 것이지. 그동안에 반드시 청아를 찾을 것이야. 그러니 어서 정신

차리게나."

"…아설의 시신은 금붕문으로 옮겨졌나요?"

"그래, 순조롭게 가고 있네. 비무대회가 끝나면 그 애의 장례를 성대히 치러주세. 그 애도 자네가 이렇게 실의에 빠져 있는 건 원하지 않을 것이네."

"두 달 동안의 여유가 있다고 하셨습니까?"

"그래. 천관은 앞으로 두 달 뒤에 열릴 것이네."

"그럼… 여기서 아미산은 며칠이면 갈 수가 있나요?"

두서없이 물음을 던지는 위문을 잠깐 의아한 듯 바라보다가 사군악은 한숨을 내쉬며 말했다.

"자네라면 20일 정도면 갈 수 있을 것이네. 그건 왜 묻는가?"

"두 달 동안의 여유 시간이 있다고 하셨죠?"

"그래. 이제 정신이 좀 드는가?"

풀려 있던 눈이 점차 원 상태로 돌아오자 사군악은 다행이라고 여기며 물어보았다. 이상한 것만 물어보기에 맛이 간 건 아닌가 하고 걱정했었는데 이렇게 정신을 차렸으니 말이다. 하지만 위문은 사군악의 말엔 대답하지 않고 다시 물었다.

"아미산까지 가는 지도를 좀 구할 수 있을까요?"

하며 그는 몸을 일으켰는데 얼굴엔 사라졌던 생기가 돌아와 있었다. 이유야 어찌 됐든 위문이 정신을 차렸기에 사군악은 웃으며 고개를 끄덕였다.

"그래, 내 당장 구해주겠네. 정신이 드는가?"

"예. 그보다 8강전은 언제 열립니까?"

"오늘이네. 출전할 수 있겠나?"

얼굴에 미소를 감추지 못하며 사군악이 묻자 위문은 고개를 끄덕였다.

"예. 그리고 오늘 8강전이 끝나면 지관은 끝나는 것입니까?"

"그래. 8강전이 끝나면 지관은 끝나고 두 달 뒤에 천관이 시작될 것이네."

"빙장 어른… 지도를 오늘 내로 구해주실 수 있겠습니까?"

"자네가 왜 그러는지 모르겠지만 구해주겠네."

뭔가 이유가 있음을 눈치 챈 사군악은 군말없이 구해주겠다고 했다.

"그리고 오늘 대회가 끝나고 산을 내려가도 되겠습니까? 두 달 뒤엔 돌아오겠습니다."

"그렇게 하게."

"지금부터 지관 8강전이자 천관에 오를 수 있는 최후의 관문이 시작됩니다. 첫 번째 대결은 금붕문 내당당주와 무당파 최고의 후기지수인 태극일검 임유성 소협의 대결입니다."

무유숭의 말이 끝나자 복면은 하지 않고 죽립만 쓴 위문과 당당하다 못해 오만하게 보이기까지 한 임유성이 비무대 위로 올라왔다. 임유성은 갖은 멋을 부리며 위문에게 외쳤다.

"네놈의 요행도 여기서 끝이다! 내 검은 사마를 척멸하는 하늘의 검, 내 사악한 네놈을 응징하리라!"

하며 그는 위문에게 검을 꼬나 들고 덤벼들었다. 하지만 지금 위문은 임유성과 노닥거리고 있을 시간이 없었다. 그는 비무대 위에 오를 때부터 속전속결로 상대를 해치울 결심을 굳혔다. 해서 그는 태극무경 상의 무공인 혼원장법(混元掌法) 후사식 중 최후 절초를 제외하고 가장 막강한 위력을 자랑하는 멸혼(滅魂)의 기수식을 취했다. 그리고 임유성의 검이 면전까지 다가오길 기다렸다가 두 손으로 반원을 그리며 앞으로 쭈욱 내밀었다.

슈아악! 펑펑!

"으아악!"

예정된 결과대로 임유성은 겁없이 덤벼들다 입에서 피분수를 그려 내며 저 멀리 튕겨났다. 위문은 더 볼 것도 없다는 듯이 급히 비무대 아래로 내려갔다.

"스, 승자는 금붕문 내당당주이오."

비무대 아래에 있는 마도인들의 함성을 받으며 위문은 급히 걸음을 옮겨 마도의 수뇌들이 모여 있는 곳으로 걸어갔다. 너무도 충격적인 좀 전의 상황에 정신을 못 차리고 있던 수뇌들은 위문이 다가오자 흠칫하며 약간 경계의 눈빛을 띠었다. 태극일검 임유성이라 하면 무당 장문인 소요자와 맞먹는 무공 실력을 갖추고 있다고 알려진 절세의 기재로 강호에 그 이름이 드높았다. 한데 그 임유성을 한 방에 날려 버리다니… 그들은 혹시 무슨 해코지를 당할까 봐 경계를 한 것이었다. 하지만 위문은 그들에게 정중히 인사를 하며 사군악에게 말했다.

"지도는 구하셨는지요?"

"여기, 여기 있네."

위문의 놀라운 무위에 사군악 역시 놀란 상태였다. 해서 그는 약간 말을 더듬으며 급히 품속에서 지도를 꺼냈다.

"그럼 이만 실례하겠습니다."

볼일을 다 본 위문이 내려가려 하자 사군악은 급히 그를 불렀다.

"사위, 지금 출발하려나?"

"예, 다녀오겠습니다."

"명심하게. 두 달 안엔 돌아와야 하네."

"예."

그 말을 끝으로 위문은 사라져 버렸다. 그러자 마중천자가 사군악에게 물었다.

"사 문주, 무슨 일인가?"

"예, 아무래도 저 아이가 제 딸이 있는 곳을 알아낸 것 같습니다. 그래서 지금 딸아이를 구하러 간 것이구요."

"그게 무슨 말이오? 저 아이가 직접 나서다니? 그런 일은 다른 놈들에게 맡겨야 하는 거 아니오? 자칫 잘못하다 사고라도 당하면 어쩌려고……."

혈귀사신 독고패의 말에 사군악은 쓴웃음을 지으며 말했다.

"저도 어쩔 수가 없었습니다. 설아의 죽음으로 절망에 빠져 있다가 청아를 구해야 한다는 일념으로 저렇게 회복된 것이니까요."

"으음, 그럼 저 아이 혼자 보내도 되겠소?"

마중천자가 신중하게 묻자 사군악은 다시 한 번 쓴웃음을 지으며 말했다.

"저도 걱정이 되지만 어쩔 수 없지요. 또 제 손으로 직접 구하는 게 좋을 듯싶습니다. 그래야 후회도 하지 않을 것이구요."

"그래도 혹시 모르니 몇 명을 붙여주는 게 어떨까요? 물론 저 아이가 모르게요."

우문혜미의 제안에 마중천자는 고개를 끄덕이며 물었다.

"으음, 그게 좋겠소. 그럼 누굴 보낼까?"

"제 밑에 추적술에 능한 아이 몇이 있으니 그 애들을 보내도록 하죠."

"그럼 그렇게 해주시오, 우문 궁주."

"사 문주님, 저 아이는 어디로 간다고 하던가요?"

"…아미산으로 간다고 했소."

＊　　　＊　　　＊

"으음, 도대체 알 수가 없단 말이야. 저들이 장 진인과 1백 40명의 정예들을 감금하고 있다면 그들이 실패했다는 말인데, 저들은 왜 우리가 예청을 데리고 있다고 생각하는 것인지, 원……."

화중문이 고개를 설레설레 젓자 조양수가 맞장구를 쳤다.

"그러게 말이오. 도대체 그놈들의 속셈을 알 수가 없군. 정말 우리가 예청을 데리고 있다고 생각하는 것인지, 아니면 다른 음모가 있는 것인지……."

긴급으로 소집된 수뇌 회의이건만 해결책은 토의하지 않고 헛소리만 해대는 꼴을 보며 종리화는 더 이상 두고 볼 순 없다는 생각에 재빨리 입을 열었다.

"지금 저희에게 중요한 것은 앞으로 어떻게 해야 할 건지를 상의하는 것이라고 봅니다."

그녀는 더 이상 말을 하지 않고 그대로 입을 다물었다. 더 이상 입을 연다면 수뇌들에게 불쾌감을 줄 수도 있었다. 또한 그녀는 수뇌들의 의견을 모아서 자신의 생각을 정리해야 했기에 더 말하고 싶은 생각도 없었다. 그녀가 회의를 바른길로 들어가게 하자 드디어 수뇌들은 앞으로의 일을 토의하기 시작했다.

"사파 놈들이 왜 그렇게 자신들에게 불리한 교환을 하자고 제의해 왔을까요?"

절진 사태의 의문에 해남파 장문인 양지강이 맞장구를 쳤다.

"그러게 말이오. 이건 누가 봐도 그들에게 불리한 조건이오. 예청 하나만 내놓으면 1백 40명과 장 진인을 돌려주겠다니 말이오."

"그놈들은 도대체 무슨 속셈을 가지고 있는지……."

소요자의 탄식에 곤륜파 장문인 운학 도장은 무슨 생각이 떠올랐는지 탁자를 쾅! 치며 흥분해서 외쳤다.

"혹시 그들이 교환할 때 음모를 꾸미고 있다면?"

"아니, 그게 무슨 말이오?"

"잘 생각해 보시오. 그 교환 때는 우리들도 참석해야 할 것이오. 교환의 중요성을 생각한다면 말이오. 그리고 사파의 수뇌들도 모두 나오겠지. 만약 그들이 그때……."

"우리를 암습할 속셈으로!"

운학 도장의 생각이 뭔지를 눈치 챈 절진 사태가 역시 흥분해 소리쳤다. 그러자 모두들 웅성거리기 시작했다. 만약 교환 장소에 사파의 고수들이 배치되어 수뇌들을 암습할 계획이라면? 정파는 크나큰 타격을 받을 것이었다.

"흐음, 정말 그럴 수도 있겠군. 그놈들이라면 그런 비열한 짓을 하고도 남을 테니까 말이오."

화중문까지 합세하자 곧 수뇌들은 이렇게 해야 한다느니 저렇게 해야 한다느니 하며 열띤 토론을 하기 시작했다. 한편 그때, 종리화의 머리 속은 재빠르게 돌아가고 있었다.

'정말 그럴 수도 있어. 만약 사파가 암습할 계획을 세워놓았다면 우린 큰 타격을 받게 될 거야. 그들의 계획이 성공만 한다면 앞으로 정파는 몇십 년 간 회복 못할 타격을 받게 되는 것이니까. 하지만… 정말 그들이 그런 간계를 세웠을까? 그들은 전통적으로 힘을 중시하며 지모를 쓰는 걸 등한시해 왔어. 우직하다 못해 멍청하기까지 한 그들이 정말 그런 간계를 세웠을까? 사실 그들이 지모를 쓰지 않은 덕분에 우리는 그들을 쉽게 억눌러 올 수 있었어. 그들도 이제야 지략의 중요성을 깨닫고 간계를 쓰기로 한 것일까? 그럴까? 가만, 처음부터 정리를 해보자. 장 진인 일행은 사파에 잡혀 있는 게 확실해. 마교의 숙소에 경비가 한층 더 삼엄해졌고, 고수들이 들락날락하는 걸로 봐서 그들은 그곳에 감금되어 있을 거야. 그렇다면 그들이 임무에 실패했다는 말인데… 왜 사파에선 우리더러 예청을 내놓으라고 하는 것이지? 장 진인 일행은 예청 자매를 납치하지 못했을 텐… 아! 그래! 그러고 보니 그들은 우리에게 예청만을 내놓으라고 했어. 예설에 관한 건 이야기하지 않았지. 그럼 그들이 예설은 데리고 있다는 말인데… 도대체 뭐지? 그들도 예청의 행방을 모르고, 우리도 예청의 행방을 모른다? 제3세력의 농간? 사파? 고루혈교? 환사문?

여기까지 생각한 그녀는 고개를 설레설레 저었다. 불가능한 일이라고 생각되었던 것이다.

'아니야, 그럴 리가 없어. 개방은 고루혈교나 환사문의 준동을 전혀 감지하지 못했다고 했어. 그런만큼 그들이 개입했을 가능성은 희박하다고 봐야 해. 물론 몇 가지 의심스러운 일들이 있긴 하나 그것만 가지고는 그들이 움직이고 있다고는 설명하기가 힘들어.'

개방과 하오문은 중원에서 일, 이 위를 다투는 최고의 정보 단체들이다. 하지만 근래에 들어 하오문이 개방보다 정보력에서 앞서고 있는

데 그 이유가 바로 사파의 준동과 관련이 있었다. 개방 세력의 절반이 사파의 준동을 감시하고 있었으니까.

'이런 가능성은 어떨까? 장 진인 일행은 예청과 예설을 납치하는 데 성공한다. 그러나 그들을 데리고 오던 도중 사파의 추격대들에게 잡히고 만다. 그들과 장 진인 일행은 전투를 벌였고, 장 진인은 전세가 불리함을 깨닫고 믿을 만한 수하들에게 예청과 예설을 먼저 우리에게 데려가도록 한다. 하지만 그중 예설을 데리고 가던 수하들은 추격대에 붙들려 예설을 빼앗기고 만다. 그럼 그들이 예설에 대해 언급하지 않은 이유가 설명이 되지. 그리고 다행스럽게도 예청을 데리고 가던 수하들은 추격대의 추격을 뿌리친다. 만약 그들 중 화산의 문하가 있다면 화산의 지리를 잘 알 테니 아무도 모르는 곳에 숨을 수도 있었을 거야. 그리고 지금 그들이 상처를 치유하느라 여기에 못 오고 있는 것이라면? 이런 가정이라면 설명이 되는데…… 이런 것은 어떨까? 예청의 무공 또한 만만치 않은 것이야. 그녀는 절진 사태에게서 직접 무공을 사사받았으니까. 그런 그녀이니 장 진인 일행과 추격대가 싸우는 틈을 타 도망친 것이라면? 그녀가 아무도 모르는 곳에서 상처를 치유하고 있다면? 화산은 넓어. 우리가 모든 인원을 풀어서 수색을 했다고는 하나 미처 찾지 못한 곳도 있을 가능성이 있어. 만약 예청이 그런 곳에 몸을 숨기고 있다면? 그럼 그들도 예청의 행방을 모르고 우리도 예청의 행방을 모르는 게 설명이 되는데…… 그래, 앞의 것보단 이게 더 가능성이 높겠구나. 그럼 화산을 한 번 더 샅샅이 뒤져 봐야겠어. 혹 예청을 찾을지도 모르니까. 그리고… 사파일 가능성은 없겠지. 5백 년 전 환사문은 절대제황의 손에 지리멸렬되었어. 그때 환사문주를 비롯한 몇몇의 시신이 끝끝내 발견되진 않았으나 목격자의 말로는 그들은 천 길 낭떠러지 아래로 떨어졌다고 했어. 그러니 시체조차 찾을 수 없는 게 당연한 일이었지. 설령 그들이 살아남아 다시 세력을 일으키려한다 해도 불가능한 일일 것이야. 겨우 그들 몇몇으로 어떻게 재기할 수 있겠어? 아마 지금도 어둠 속에서 힘을 키우고 있겠지. 아니면 이미 죽어버렸거나. 고루혈교 역시 마찬가지야. 3백 년 전, 본 세가의 가주셨던 종리천기(鍾里天氣) 어르신을 비롯한 오대세가와 정·마의 합공으로 그들은 소멸되었어. 설령 그들이 살아남았다 해도 중원을 상대로 도박할 여력은 남아 있지 않을 거야. 또한 개방도 그들의 움직임을 포착하지 못했으니 그들이 개입했을 가능성은 전혀 없는 일이지.'

종리화는 생각을 마치고 아직도 토론을 벌이고 있는 좌중을 조용히 시켰다. 그리곤 천천히, 또박또박하게 자신이 생각했던 것들을 이야기하기 시작했다. 하지만 그녀는 사파의 개입 여부에 관해선 한마디도 꺼내지 않았다. 그럴 가능성도 없었지만 더 큰 이유는 그렇게 믿고 싶지 않았기 때문이었다. 그녀 역시 아무리 지모가 뛰어나고 냉철하다고 해도 한 명의 여인이었다. 그렇기에 어릴 때부터 귀에 못이 박히게 들어온 사파의 처절하리만치 끔찍한 잔인함, 피에 대한 광기, 포악성이 떠올라 무의식적으로 그들이 개입했다고는 믿고 싶지 않았던 것이다. 그들의 끈질긴 생명력을 귀에 못이 박히게 들어왔음에도 불구하고……

*　　　*　　　*

"우문 궁주, 인피면구의 작업은 잘되고 있소?"

마중천자의 물음에 우문혜미는 밝게 웃으며 대답했다.

"호호호, 이미 재료는 다 갖춰졌어요. 이제 만드는 일만 남았죠."

그녀의 대답에 별로 말이 없는 만독문주 만독마황 제룡악이 음산하게 웃으며 말했다.

"클클클, 그대가 시체를 어딘가에 쓸 데가 있다고 하더니 그렇게 요긴하게 쓸 줄은 생각도 못했소이다. 클클클."

"크하하, 그러게 말이오."

제룡악의 말에 만수문주 만수마제 혁련기가 동조하고 나섰다. 그런 그들의 모습을 보며 우문혜미는 웃어야 할지 울어야 할지 알 수가 없었다. 인피면구를 만들기 위해선 그 원본이 있어야 한다. 그러니 시체들의 얼굴이 당연히 필요한 것이다. 또한 인피면구보다 시체의 얼굴가죽을 벗겨서 그대로 사용하는 게 훨씬 좋은 방법이었다. 그러니 이래저래 시체는 쓸모가 있는 것인데 저들은 그게 마냥 신기한지 웃고 있으니… 하긴, 머리 속에 든 것이라곤 무공밖에 없는 자들이니 당연한 것이겠지만 그래도 씁쓸한 마음을 감출 수는 없었다. 만약 저들이 조금만 더 머리를 쓸 줄 알았다면 당금 강호에 마도의 세력은 더욱더 커졌을 테니까 말이다. 하지만 그녀는 그런 속마음을 내색하지 않으며 다시 한 번 간드러지게 웃음을 터뜨리곤 입을 열었다.

"호호호, 그렇게 칭찬해 주시니 몸 둘 바를 모르겠군요."

그녀가 말을 끝내자 마중천자가 걱정스럽단 표정을 지으며 말했다.

"한데 정말 요희궁의 힘만으로 두 달 안에 1백 40여 개의 인피면구를 만들 수 있겠소?"

"호호호, 그럼요. 모두들 걱정하실 필요 없어요. 인피면구를 만드는 것은 본 궁의 전문 중 하나니까요."

기루의 여자들은 무조건 예뻐야 한다는 게 요희궁에서 대대로 전해

내려오는 상업 전략이었다. 예쁜 여자들이 많은 기루에 손님이 많이 드는 것은 당연한 일이었으니까. 그래서 요희궁은 대대로 성형에 관한 기술들이 발전해 왔다. 몸매는 가꿀 수 있지만 얼굴은 태어날 때부터 정해져 있는 것이기에 고칠 필요가 있는 여인들은 고쳐서 예쁘게 만들어야 했으니까. 또한 인피면구의 제조에도 요희궁은 탁월한 기술을 보유하고 있었다. 몸매는 예술이나 얼굴은 도저히 못 봐주는 여인들, 성형으로도 고쳐지기가 불가능한 여인들에게는 돼지 가죽으로 만든 인피면구를 씌워서 예쁘게 보이도록 만들었으니까. 그래서 이번 인피면구의 작업이 요희궁에게 떨어졌고, 아마도 그것들은 두 달 안에 모두 완성될 것이었다.

"그럼 이 문제는 해결된 것 같고 다음으로 넘어가 봅시다. 우문 궁주."

마중천자가 말하라는 뜻으로 우문혜미를 부르자 우문혜미는 마중천자에게 한 번 고개를 끄덕여 보이고는 이내 입을 열었다.

"아시겠지만 인피면구를 씌울 애들이 필요해요. 그런데 아무나 데려와서 할 수가 없는 관계로 각 파에서 무공이 쓸 만한 아이들을 많이 뽑아주셨으면 좋겠어요."

"으음, 그렇군. 한데 왜 많이 뽑으란 것이오? 1백 40명 정도만 뽑으면 되는 것 아니오?"

사군악의 의문에 우문혜미는 다시 한 번 간드러지게 웃으며 대답했다.

"호호호, 그게 그렇게 쉬운 문제가 아니에요. 아무리 교환 때 잠시 모습을 나타낼 뿐이라고 하지만 정파 쪽에 눈썰미가 있는 놈들이 있을 가능성이 커요. 그들의 눈에 얼굴은 낯이 익으나 키가 작다든지, 아니면 더 뚱뚱하다든지 하는 결점이 보일 가능성이 있으니 그에 대한 대비를 해야죠."

"그대의 말뜻은?"

마중천자가 알겠다는 뜻으로 확답을 요구하자 우문혜미는 고개를 끄덕이며 말했다.

"그래요. 몸매가 비슷한 아이를 찾아서 인피면구를 씌워야죠. 그러니 여러분들께선 되도록 많은 아이들을 준비시켜 주세요. 일단 준비만 시켜주시면 고르는 건 본 궁의 아이들이 하도록 할 테니까요."

"흐음, 모두 들었으리라 생각하오. 그러니 하루라도 빨리 수하들을 모으도록 합시다."

마중천자의 말에 모두들 고개를 끄덕이며 알았다는 표시를 했다. 그때, 밖에서 한 사내가 손에 두툼한 책자를 들고 안으로 들어왔다. 그는 곧 마중천자에게로 다가가 손에 들고 있던 책자를 공손히 내려놓았고 그에게 뭐라 몇 마디 소곤거린 후 천천히 밖으로 나가 버렸다. 마중천자는 책을 집어 한 번 들어보더니 읽어보지도 않고 그대로 우문혜미에게 건넸다.

"이게 뭔가요, 교주님?"

"내 인피면구를 만드는 데 도움이 될까 해서 사망한 1백 40명의 신상을 파악해 오라고 지시했었소. 그게 지금 도착한 것이라오."

"오호호호, 교주님께서 선수를 치셨군요. 그건 제가 준비하려고 했는데, 아무튼 고맙게 쓰도록 하겠어요."

"그래 주길 바라오."

우문혜미는 아무 생각 없이 책을 펼쳐 쓰윽 훑어보았다. 그러다 그녀는 눈을 화등잔만하게 뜨고 믿을 수 없다는 표정으로 책을 읽어 내려가기 시작했다. 책을 읽는 그녀의 표정이 점점 더 놀람으로 변해가자 수뇌들은 궁금함을 참지 못했다. 우문혜미는 말없이 책자를 옆으로 돌렸고 곧 수뇌들은 모두 경악으로 입을 쩌억 벌릴 수밖에 없었다. 그들은 멍한 시선으로 천천히 사군악을 바라보기 시작했다. 그들의 눈엔 숨길 수 없는 질투와 두려움이 담겨 있었다. 모두의 눈길을 받은 사군악은 멋쩍은 미소를 지으며 말했다.

"험험, 그들이 이렇게 뛰어난 고수들인 줄은 미처 몰랐군요."

그도 적잖이 놀란 상태였다. 위문 혼자 모두 죽여 버렸기에 자신도 마음만 먹으면 모두 죽일 수 있을 거라 생각해 왔었는데, 여기 적혀 있는 무당칠검(武當七劍)만 하더라도 혼자서 싸운다면 오백 초는 넘겨야지 이길 수 있을 정도였다. 그 정도로 강한 놈들이라는 얘기다. 한데 그런 놈들이 1백 40명이라니… 그가 놀라는 것도 무리가 아니었다. 다른 수뇌들 역시 자신도 마음만 먹으면 모조리 다 죽일 수 있을 것이라 믿어왔었다. 이 책자를 보기 전까지는 말이다. 하지만 여기 적혀 있는 열 명하고 싸운 데도 승패를 점치기가 어려운 것이 사실이었다. 한데 위문은 이들을 혼자서, 그것도 삼시간에 모조리 죽여 버리지 않았던가?

'우리 모두가 덤벼도 그를 이기는 것은 불가능하다.'

수뇌들은 이 사실을 깨닫고 있었다. 또한 금봉문과의 우의를 돈독하게 해야 한다는 굳은 결심이 생겨났고. 그때 마중천자가 화제를 바꾸기 위해 입을 열었다.

"험험, 우문 궁주는 그 자료를 토대로 인피면구 작업에 각별히 신경 써주기 바라오. 그럼 다음으로 넘어가겠소이다."

다른 수뇌들도 더 이상 이 문제를 거론하고 싶지 않았다. 생각해 봤

자 배만 더 아파질 것이기에. 그래서 마중천자가 화제를 바꾸자 얼른
동조하며 나머지 몇 가지 문제를 토론하기 시작했다.

그렇게 밤은 깊어가고 있었다.

제16장

뜻밖의 도움

뜻밖의 도움

위문은 화산을 내려가며 생각에 잠겼다.

'경공을 써서 최대한으로 달려가자. 가면서 어떻게 해야 할지 생각하면 되겠지.'

마음을 정하고는 내공을 끌어 모아 정말 한줄기 빛과 같은 속도로 위문은 달려갔다. 그는 사람이 다니지 않는 산길로만 달렸고, 가다가 허기가 지면 솔잎과 약초를 따서 허기를 채웠다. 그렇게 보름을 정말 먹고 잘 때 빼곤 죽어라고 달려서 그는 아미산을 오르는 길목이랄 수 있는 제법 큰 규모의 마을에 당도하게 되었다.

'오늘은 여기에서 쉬고 내일 아미산을 오르도록 하자.'

마을은 비교적 한적한 편이었다. 하긴 모든 사람들의 관심이 비무대회에 몰려 있는 까닭에 문제를 일으키는 주범인 무림인들이 다 화산으로 구경 갔을 테니 한적하게 느껴지는 건 당연한 일일 테지만. 위문은

거리를 돌아다니다 한 객잔 앞에서 걸음을 멈췄다. 화화객잔(花花客棧)
이란 곳이었는데 외양이 깨끗한 걸로 봐서 꽤 고급 객잔인 듯했다. 위
문은 여기서 묵기로 하고 객잔 안으로 들어갔다. 그가 들어갔을 때 객
잔 안엔 몇몇의 사람들만이 듬성듬성 떨어져 앉아 동료들과 대화를 하
고 있었다. 그가 주위를 둘러보고 있자 한쪽에서 손님이 들어오기를
기다리고 있던 점원 하나가 재빨리 그에게 접근했다.

"어서옵쇼. 헤헤헤, 손님. 여기서 묵고 가실 건갑쇼?"

"그렇습니다. 빈방이 있습니까?"

위문이 자신에게 존대를 하자 점원은 속으로 안도의 한숨을 내쉬었
다. 죽립을 쓰고 있기에 관부에 쫓겨 다니는 도망자가 아닌가 하고 의
심을 했으나 부드러운 목소리와 존칭어를 쓰는 걸로 보아 대강 상대
의 신분을 눈치 챌 수 있었기 때문이다. 그의 오랜 경험으로 미루어보
면 이런 자는 얼굴이 알려져 있는 유명한 서생일 가능성이 컸다. 아마
도 집에서 공부만 하다 세상 나들이를 나온 것일 것이다. 또 자신의 얼
굴을 알아보는 이가 있을까 하여 죽립을 쓴 것일 테고. 이런 자들이 씀
씀이가 크다는 것을 알고 있는 점원은 더 머리를 조아리며 굽실거렸다.

"헤헤헤, 소인을 따라오시죠. 전망이 좋은 곳으로 안내해 드리겠습
니다."

위문은 고개를 끄덕이고 점원을 따라갔다. 점원이 안내한 곳은 객잔
뒤쪽의 별채였다. 위문은 그곳에 사군악이 한사코 챙겨준 짐을 풀고
점원에게 수고비로 몇 푼을 쥐어주었다. 그러면서 그는 물었다.

"아미파로 가는 길을 알고 있습니까?"

"헤헤헤, 그러문입쇼. 알고 있다마다요."

위문은 다시 몇 푼을 건네며 물었다.

"그곳으로 가는 길을 알려주시지요."

"예, 예, 그곳으로 가려면은……."

점원은 자신이 알고 있는 대로 위문에게 말해 주었다. 위문은 자세히 말해 준 점원이 고마워 다시 몇 푼의 돈을 건넸다.

"고맙습니다. 그리고 이곳에서 식사도 가능합니까?"

"예, 여기로 가져다 드릴깝쇼?"

"아닙니다. 나가서 먹지요. 그럼."

위문은 점원을 내보내고 침대에 걸터앉았다. 그리고 자신의 생각을 정리하기 시작했다.

'예청은 아미파에 있는 게 확실하다. 문제는 어떻게 그곳으로 들어가는가인데… 우선 참배객처럼 하여 그곳으로 들어가자. 마침 빙장 어른이 돈을 넉넉하게 넣어주신 까닭에 시주를 많이 하면 무사히 안으로 들어갈 수 있을 것이다. 그리고 밤에 그녀가 있을 만한 곳을 찾아다니면 그녀를 찾을 수 있겠지. 그녀는 무사할까? 혹 고문을 당하지는 않았을까? 살아 있을까? 제발 무사히 있어주오. 내가 그대를 구하러 갈 때까지…….'

예청을 생각하자 호흡이 가빠지고 약간 흥분이 되었다. 또한 막연한 분노가 생겨났다. 위문은 마음이 심란해져 오자 정좌를 하고 마음을 가다듬었다. 그리곤 방을 나와 들어올 때 보았던 식사를 할 수 있는 곳으로 걸음을 옮겼다.

그가 식당 쪽에 도착했을 땐 막 객잔 안으로 한 쌍의 남녀가 들어오고 있는 중이었다. 위문이 그들을 주시하게 된 것은 여인의 대담한 행동 때문이었다. 여인은 17~8세 정도로 되어 보이는 앳된 얼굴의 소유자였는데 놀랍게도 사내의 팔짱을 끼고 있었다. 부부라 할지라도 바깥에 나와서는 서로 약간 떨어져서 걷는 게 이 시대의 일반적인 모습이었는데 보란 듯이 사내의 팔짱을 끼고 있으니 자연 관심이 생길 수밖에 없었다. 이미 자리를 잡고 식사를 하고 있던 몇몇 사람들이 그들을 주시하자 사내는 낯이 뜨거운지 급히 여인의 팔짱을 뿌리치며 성큼 걸어가 한 탁자에 앉았다. 그러자 여인은 쪼르르 달려가 다시 사내의 옆에 의자를 끌어당겨 앉았다. 그리고 다시 사내의 팔짱을 꼈다.

"사, 사매, 이것 좀 놓거라. 다른 사람들이 보지 않느냐?"

"아이~ 사형, 뭐가 부끄럽다고 그래요?"

사내는 다시 여인의 팔을 뿌리쳤으나 여인은 한사코 사내의 팔짱을 꼈다. 위문은 그들의 모습이 너무도 보기 좋아 바로 그들의 옆 자리에 자리를 잡았다. 예전이었다면 혀를 끌끌 차면서 세상 말세라고 한탄했겠지만 지금은 그도 사랑이 뭔지 알고 있기 때문이었다.

"사매, 어서 먹고 돌아가자꾸나. 만약 사부님이 아시기라도 하면……."

사내는 다시 여인의 팔짱을 풀며 조심스럽게 말했다. 그러자 여인은 코웃음을 치며 자신만만하게 말했다.

"흥, 화산에 있는 아빠가 어떻게 알겠어요? 또 아빠가 알면 어때요? 아무 걱정 하지 마시라구요. 오랜만에 밖에 나왔는데 좀 더 놀다 가야죠."

"하지만 사부님께서 밖에 나가지 말라고 하셨잖아? 그런데 이렇게 나왔으니… 식사만 하고 돌아가자. 알겠지?"

"흥, 재미없긴. 싫어요, 난 더 놀다 갈 거예요. 시장 구경도 하고 산에도 가보고 그럴 거예요. 그리고 사형도 나랑 같이 가야 할걸요? 나혼자 가다가 산적이라도 만나면 안 되니까. 호호호."

이들의 대화를 들어보니 대충 어떻게 된 사연인지 알 것 같았다. 둘 다 허리에 검을 차고 있으니 근처에 있는 무림 방파의 문하들일 것이다. 그리고 여인은 그 문파의 문주의 딸인 것 같았다. 그럼 뻔한 이야기, 평소에 관심이 있던 사형을 꼬셔서 이렇게 억지로 나들이를 나온 것이겠지. 안 나오면 아버지에게 말해서 쫓아내겠다고 협박이라도 했는지 모르지.

'후훗, 그녀는 아설과 닮은 것 같군. 그녀도 날 대놓고 좋아한다고 했었으니까.'

그가 예설과의 추억에 잠기려 할 때 점원이 다가와 말을 걸었다.

"헤헤헤, 손님. 뭘로 드릴깝쇼?"

"소채와… 술이 있습니까?"

처음엔 그저 소채만 시키려 했으나 갑자기 술이 먹고 싶어졌다. 위문은 태어나서 지금까지 단 한 번도 술을 마셔본 적이 없었다. 하지만 지금은 그 맛도 모르는 술이 간절히 생각났다. 왜 그런지 알 수는 없었지만.

'취하면 근심을 덜어버릴 수 있다고 하던데… 사실일까?'

뒤늦게 자신이 술을 마시고 싶어하는 이유를 깨달았을 때 점원이 허리를 굽실거리며 말했다.

"헤헤헤, 그러문입쇼. 있고말고요. 저희 객잔의 명물인 국화주(菊花酒)가 있는데 그걸로 드릴깝쇼?"

"그걸로 주시죠."

그는 소채와 술을 시켜놓곤 다시 옆 자리에 앉아 있는 연인의 대화를 엿듣기 시작했다.

"사형, 요새 무공 증진은 좀 있으세요?"

"휴우… 내 자질이 둔한 탓인지 아직 화룡검법(火龍劍法)을 오성까지밖에 못 깨달았단다."

"우와! 오성씩이나요? 사형은 입문한 지 4년밖에 되지 않았잖아요. 오성이나 익혔으면 정말 대단한 성취라구요."

"하하, 그게 그렇게 되나……."

유청(流靑)은 멋쩍은지 머리를 긁적였다. 사매의 칭찬에 쑥스럽기도 했지만 계산된 행동이기도 했다. 자신은 어떻게든 착하고 순박한 사람으로 보여야 했으니까. 정말 장주의 딸인 목단화(睦丹花)가 자신에게 관심을 가지게 된 것은 뜻하지 않은 행운이었다.

그는 목적을 달성하기 위해선 고강한 무공이 필요했다. 하지만 출신이 불분명한 그에게 장주가 비전무공을 가르쳐 줄 리가 없었다. 만약 목단화가 장주에게 떼를 쓰지 않았다면 그는 지금도 시시한 검법이나 익히고 있을 게 분명했다. 하지만 목단화의 도움으로 그는 화룡장(火龍莊)의 비전인 화룡검법을 배울 수 있게 되었고, 지금은 화룡검법을 오성이나 익힌 고수가 되었다. 물론 화룡장이 사파 계열의 문파라서 약간 찜찜한 게 있긴 했지만 그는 찬밥 더운밥을 가릴 처지가 아니었기에 4년 동안 화룡장에 머물며 때를 기다리고 있는 중이었다. 게다가 화룡장은 아미산에 가장 가깝게 위치한 문파였기에 그의 조건에 딱 들어맞는 곳이기도 했다.

'사매에겐 미안한 일이지만 목적을 위해선 어쩔 수 없는 일이다. 그래, 마음을 굳게 먹자.'

유청은 다시 한 번 자신에게 다짐하고는 목단화와 이야기를 하며 식사를 했다. 그들이 식사를 거의 끝냈을 때 객잔 안으로 일단의 인영들이 들어왔다. 그들도 저마다 허리에 검을 차고 있었는데 그들 중 몇몇의 얼굴을 알아본 유청은 옆의 목단화에게 작은 목소리로 말했다.

"사매, 어서 나가자. 절검문(切劍門) 녀석들이 여기로 들어왔다."

"뭐요? 절검문?"

유청의 다급한 말에 목단화는 소스라치게 놀라며 되물었다.

"그래, 저기를 봐라."

유청이 가리킨 입구 쪽을 보자 과연 그곳엔 절검문 문도 다섯이 어슬렁거리며 걸어오고 있었다.

"아이 따분해. 나도 화산에 가고 싶었는데, 에이씨!"

"그러게 말이야. 사부님도 너무하시지. 제기랄, 달랑 몇 명만 뽑아서 데리고 가다니 말야. 아아, 뭐 재미난 일 없나?"

그들은 자연스럽게 욕설을 지껄이며 근처의 탁자에 자리를 잡았다.

"사매, 일어나자."

유청은 말을 하며 자리에서 일어났다. 그리곤 목단화의 손을 잡아끌며 계산대 쪽으로 천천히 걸어갔다. 제발 절검문 문도들의 눈에 띄지 않기를 빌면서. 하지만 그들이 거의 계산대 앞까지 다다랐을 때 뒤에서 거친 고함 소리가 터져 나왔다.

"이거 어떻게 된 거야? 사파의 쓰레기들이 버젓이 객잔에 들어오다니 말야!"

"뭐! 감히 사파 놈들이 객잔 안에 들어와?"

"그래, 저기를 보라구. 꼬라지를 보니 화서방(火鼠房) 놈들이잖아. 세상이 어떻게 돌아가고 있는 건지… 에잉~ 쯧쯧."

절검문 문도 다섯은 화룡장을 화서방이라 비웃으며 못 볼 것이라도 봤다는 듯이 동시에 자리에서 일어나 유청 일행 쪽으로 걸어갔다. 그리곤 그중 우두머리로 보이는 자가 계산대에 앉아 있는 주인에게 소리쳤다.

"어이, 주인장. 언제부터 화화객잔에 사파 놈들을 들이기 시작했지?"

"아, 아닙니다. 저, 전 정말 몰랐습니다. 정말입니다."

주인은 재빨리 일어나 허리를 90도로 꺾으며 굽실거렸다.

"하긴 사파 놈들은 워낙에 약삭빠른 놈들이니 당신은 몰랐을 수도 있겠군."

"헤헤, 그렇습니다. 전 정말 몰랐습니다."

그러자 절검문 문도들은 주인에겐 일을 다 봤다는 듯이 몸을 돌리며 유청의 어깨를 거칠게 쳤다.

"네놈들이 여기 있으니까 밥맛이 뚝 떨어지잖아? 어떻게 할 거야? 어?"

"우린 지금 나가는 길이었소. 비켜주시오."

유청이 정중하게 말했지만 절검문 문도들은 그들을 놓아줄 생각이 없는 듯했다.

"네놈들 때문에 입맛이 싹 달아나 버렸다는 말이야. 이 일을 어떻게 책임질 거냐구?"

말을 하며 그는 유청의 뺨을 몇 차례 두들겼다. 그러자 목단화가 발끈해서 외쳤다.

"도대체 우리에게 왜 이러는 거죠? 우리를 건드리면 무사할 줄 알아요?"

"당연히 무사할 줄 알지. 화서방 놈들이 전부 덤벼도 우리 다섯이면 다 쓸어버릴 수가 있다구. 케케케케."

"본 방을 모욕하지 마시오. 참는 것도 한계가 있음이오."

유청이 비웃는 말에 발끈해서 외치자 절검문 문도들은 기다렸다는 듯이 노골적으로 비웃으며 말했다.

"호오, 그래서? 못 참으면 어쩔 건데? 우리랑 한판 붙어보실려구?"

"으음, 따라 나오시오. 여기선 싸울 수가 없으니 밖으로 나갑시다."

"사, 사형, 어쩌려고……."

유청이 강경하게 나오자 목단화는 걱정에 유청을 말리려고 했다. 하지만 유청은 이미 마음을 굳힌 상태였다.

"사매는 가만히 있거라. 내 알아서 하마."

"하하, 이거 오랜만에 몸 좀 풀겠군. 도망치면 알아서 하라구."

절검문 문도들은 끝까지 비웃음을 던지며 유청과 목단화를 포위하듯 둘러싼 형태로 객잔을 나섰다.

그들이 사라지자 위문은 자리에서 일어났다. 아마 저 연인이 절검문 문도 다섯을 이기기는 어려울 것이다. 그리고 같은 마도에 몸담고 있는 입장이니 저들이 불리해 보이면 도와줄 생각이었다. 그는 객잔 밖으로 나가 공터로 가고 있는 저들을 뒤따라갔다. 그들은 마을의 구석에 위치한 공터로 가서 걸음을 멈췄다. 위문은 공터에서 10장쯤 떨어진 지붕 위로 올라가 몸을 숨겼다.

"사매는 어서 집으로 돌아가거라."

유청은 목단화를 자신의 뒤에 숨기며 집으로 돌아가라고 말했다. 하지만 목단화는 자신의 검을 뽑으며 당차게 말했다.

"싫어요. 저도 싸울 거예요. 사형 혼자 싸우게 내버려 둘 수는 없어요."

"난 괜찮으니 어서 돌아가거라. 네가 다친다면 난 사부님을 뵐 면목이 없게 된다."

"하지만……."

"어서 가래도! 내 말을 안 들을 셈이냐?"

유청은 처음으로 목단화에게 큰 소리를 쳤다. 그는 지금 저들 다섯을 상대로 싸울 자신이 있었다. 하지만 목단화가 끼어든다면 그녀를 보호하느라 제 실력을 다 발휘 못할 것이다. 또한 그녀가 상처라도 입으면 더 이상 화룡장에 남아 무공을 익힐 수가 없게 된다. 그것만은 어떻게든 피해야 하는 일이었다. 해서 그는 목단화에게 강경하게 말할 수밖에 없었다. 목단화는 유청의 이런 진지한 모습을 처음 보았다. 그리고 더 마음이 끌리는 것을 느꼈다. 또한 왠지 저들을 상대로 이길 것이란 기대감도 생겼다. 그녀는 유청을 한번 그윽한 눈으로 보았다가 이내 결심을 하고는 뒷걸음질을 쳐 그대로 화룡장으로 뛰어갔다.

"헤헤헤, 작별은 다 끝났나?"

"그렇소. 난 화룡방 문하제자인 유청이라 하오."

유청은 당당하게 허리를 꼿꼿이 펴며 자신의 신분을 말했다. 그러자 절검문 문도들도 건들거리며 저마다 자신들의 이름을 밝혔다.

"나는 절검문 문도 좌소칠(左小七)이라고 한다."

"헤헤, 난 목소사(木小事)라고 하지."

"으음, 본좌는 창건유(蒼巾有)라고 한단다."

"나는……."

이렇게 대결하기 전에 자신의 신분을 밝히는 것은 정파의 사람끼리 대결할 때에나 쓰는 것이었다. 하지만 마도에 몸담고 있는 유청이 먼저 자신의 소개를 했기에 절검문 문도들도 체면상 예의를 차려주었던 것이다.

"그럼 시작합시다."

소개가 끝나고 유청은 검을 뽑으며 외쳤다.

"이얍!"

"간닷!"

그와 동시에 다섯의 절검문 문도들 역시 검을 뽑아 들고 유청에게 덤벼들었다. 다섯 중 둘이 허공으로 떠올라 유청의 미간을 노렸고, 하나는 유청의 다리를, 나머지 둘은 양 옆구리를 노리고 덤벼들었다. 유청은 왼쪽으로 피하며 자신의 오른쪽 옆구리를 노렸던 자의 옆구리에 검을 찔러 넣었다. 그자는 흠칫 놀라며 재빨리 피하긴 했으나 완전히 피하진 못해 옆구리가 세 치 정도 찢어지고 말았다. 충분히 막을 수 있는 공격이었으나 상대를 너무 경시하고 있었기에 생긴 결과였다.

동료가 어이없게 부상을 당하자 나머지 넷은 상대를 경시하던 마음을 버리고 침착하게 유청을 공격해 갔다. 절검문은 이름 높은 무공을 보유하고 있지는 못했지만 그 합벽술만큼은 누구나 인정할 만큼 뛰어났다. 네 명이 동시에 자신에게 뛰어들자 유청은 재빨리 왼쪽으로 크게 피했다. 하지만 그곳엔 좀 전 그에게 상처를 입었던 자가 검을 들고 기다리고 있었다. 그는 유청이 뛰어오자 재빨리 유청의 허리를 양단할 기세로 검을 있는 힘껏 휘둘렀다. 유청은 자신에게 날아오는 검을 피하지 않고 자신의 검으로 맞받아쳤다.

까강!

유청의 힘이 더 센 듯 그와 검을 부딪친 상대가 휘청이며 뒤로 물러났다. 유청은 그자에게 달려가 끝장을 내려 했으나 그의 오른쪽 옆구리로 두 자루의 검이 찔러 들어왔다. 검의 예기가 날카로움을 느낀 유청은 공력을 있는 대로 끌어올리며 두 자루의 검을 맞받아쳤다.

까강! 깡!

다시 요란한 쇳소리가 들리고 유청과 두 사내는 두 걸음씩 뒤로 물러났다. 그때 유청의 등에 두 자루의 검이 각기 사혈을 노리고 날아들었다. 유청은 다급한 마음에 앞으로 달려가 검을 피했다. 그러자 그의 앞에 있던 두 사내가 기다렸다는 듯이 검을 휘둘렀고 유청은 그대로 공중으로 뛰어 그 검들을 피했다.

"이야압! 죽어랏!"

유청이 공중으로 떠오르자 그에게 상처를 입었던 자가 괴성을 지르며 뛰어올라 사력을 다해 세 가지 변초로 유청의 눈을 현혹하며 아랫배를 찔러갔다. 유청은 상대의 검을 맞받아치며 목줄기에 검을 꽂았다. 그의 검은 그대로 상대의 목을 관통했고 상대는 비명도 지르지 못하고 죽고 말았다. 유청이 막 상대의 목에서 검을 뽑으려 할 때 그의 등과 양 옆구리를 노리고 네 자루의 검들이 날아왔다. 유청은 재빨리 천근추(千斤墜)를 사용해 허공에 떠 있는 몸을 빨리 내려오게 했다. 하지만 한발 늦은 까닭에 세 자루의 검은 무사히 피했으나 나머지 한 자루의 검을 피하지 못해 뱃가죽이 반 자 정도나 길게 찢어지고 말았다.

쿵! 털썩!

유청의 몸이 바닥과 부딪치며 요란한 소리를 내었고, 그 광경에 네 명의 절검문 문도들은 씩씩거리며 유청에게 접근했다.

"이, 이 빌어먹을 놈! 감히 절검문의 문도를 죽이다니! 네놈은 오늘 여기서 뼈를 묻을 줄 알아라!"

자신들의 동료가 죽임을 당하자 나머지 넷이 흉험한 기세를 내뿜으며 끝장을 내기 위해 유청에게 덤벼들었다. 그때 유청은 잘린 뱃가죽을 움켜쥐고 막 일어나고 있던 참이었다. 다행히 내장은 상하지 않은 듯했으나 빨리 치료를 받아야 할 만큼 위중한 상태였다. 해서 그는 계속 뒷걸음질치며 절검문 문도들의 공격을 피하기에만 여념이 없었다. 이대로라면 유청은 곧 죽을 것이 틀림없었다.

캉! 쨍그랑!

하지만 이변이 일어났다. 막 네 자루의 검이 유청의 몸을 관통하려 할 때, 네 자루의 검이 동시에 요란한 소리를 내며 부러져 버린 것이다. 네 명의 절검문 문도들이 갑자기 일어난 사태에 황당해할 때 그들의 앞으로 죽립을 쓴 한 인영이 나타났다.

"귀하가 우리들의 검을 부러뜨렸소?"

한 사내의 말에 위문은 말없이 고개를 끄덕였다. 그러자 그 사내가 다시 말했다.

"이것은 귀하와 상관없는 일이니 참견하지 말고 가시오."

그는 어떻게 자신의 검이 부러졌는지 알지 못했다. 그리고 다른 사람이 있다는 것조차 눈치 채지 못했었다. 그 말은 지금 눈앞에 있는 이 자의 무공이 보통이 아니라는 것, 그러니 그와 상관없는 일임을 밝혀 그를 떠나보낼 생각이었다.

하지만 위문은 조용히 갈 마음이 없었다. 지금 배에 상처를 입은 남자에겐 치료가 필요했다. 그가 죽는다면 그의 연인으로 보였던 여인은 실의에 빠질 것이다. 자신이 예설을 잃고 절망에 빠졌던 것처럼. 사랑하는 사람을 잃는 고통이 어떤 것인지 너무도 잘 알고 있는 그였기에 남의 일같이 느껴지지가 않았다. 위문이 아무 말이 없자 그에게 말을 걸었던 사내가 다시 말했다.

"우리는 절검문의 문도요. 그리고 저자는 우리 문도 중 하나를 죽였소. 그러니 복수는 당연한 것, 제삼자인 귀하는 빠져 주기 바라오."

죽은 예설을 생각하자 다시 알 수 없는 분노가 끓어올랐다. 진정하려고 했지만 더욱더 피가 들끓고 분노가 용솟음쳤다.

"돌아가시오. 이분 역시 큰 상처를 입었습니다. 이만하면 복수는 한 셈이 아닙니까?"

끓어오르는 분노를 억누르며 위문은 차분히 말했다. 하지만 그의 내부가 지금 어떤 상태인지 모르는 한 녀석이 옆의 사내에게 말했다.

"형님, 뭘 망설이는 겁니까? 저 자식도 같이 죽여 버리면 간단한 것을 가지고. 어서 해치웁시다!"

그와 동시에 말을 했던 사내가 옆의 동료들에게 눈짓하더니 그대로 뛰어올라 위문을 덮쳐 갔다. 그걸 그냥 보고만 있을 위문이 아니다. 끓어오르는 피를 식힐 상대가 필요했는데 마침 잘된 일이었다. 그는 그대로 왼손을 앞으로 뻗으며 혼원장법 제일초 풍엽비(風葉飛)를 시전했다. 그러자 그의 손바닥에서 날카로운 바람이 생성되어 그에게 덮쳐들던 사내의 전신을 강타했다.

퍼펑!

"케케엑!"

피육이 터지는 소리가 들리고 동시에 단발마의 비명과 함께 위문에게 덮쳐들었던 사내의 육신은 수십 조각으로 나뉘어져 생을 마감하고 말았다. 그 사내가 뛰어들고 바로 그 뒤를 이어 두 사내가 위문에게 뛰어들었던 참이었는데 그들은 위문이 사용한 혼원장법 제이초 귀혼강(鬼魂剛)을 맞고 가슴이 빠개져 그대로 즉사하고 말았다. 그리고 위문은 거기서 손을 멈추지 않고 뒤에서 벌벌 떨고 있는 마지막 사내에게 달려가 그대로 그의 가슴에 일장을 가했다. 그 사내는 멍하니 방어할 생각도 않고 있다가 그대로 입에서 피분수를 토하며 저 멀리 나가떨어지고 말았다.

이렇게 네 명을 순식간에 죽여 버린 후 위문은 씩씩거리며 주위를 두리번거렸다. 아직 열기가 식지 않았기에 더 상대할 녀석이 없는지 찾은 것이었다. 그런 그의 눈에 배를 움켜쥐고 있는 유청의 모습이 들어왔다. 다시 알 수 없는 살심이 일으켜지고… 위문은 이대로 있다간 저 사람마저 죽여 버릴 것 같아 그대로 경공을 써서 저 멀리 달려갔다. 자신을 구한 뒤 한마디 인사도 없이 괴인이 사라져 버리자 유청은 황당함을 느꼈지만 곧 자신의 몸 상태를 깨닫고 억지로 걸음을 옮겼다. 그가 그렇게 걸음을 일각 정도 옮겼을 때 저 멀리서 수십 명의 사람들이 유청 쪽으로 부리나케 달려왔다. 선두엔 좀 전 도망쳤던 목단화가 눈물을 흘리며 달려오고 있는 게 보였다.

그들이 자신의 동문들임을 알자 유청은 안도의 한숨을 내쉬며 그대로 바닥에 엎어지고 말았다. 마지막 그의 눈에 비친 것은 자신을 업고 있는 삼 사형의 모습과 그의 목소리였다.

"다행히 살아 있다. 피를 많이 흘려서 정신을 잃은 것뿐이니까 빨리 치료하면 회복될 수 있을 거다. 어서 본 장으로 돌아가자."

이렇게 유청이 구조되었을 때, 미친 듯이 달려 숲 속으로 들어간 위문은 한 나무를 부둥켜안고 씩씩거리며 숨을 골랐다. 왜 이런지 알 수가 없었다. 예설을 생각할 때마다, 그리고 예청을 생각할 때마다 알 수 없는 분노가 용솟음쳤다. 뭔가 부숴 버리고 싶고 파괴해 버리고 싶었다. 좀 전에는 자신이 구해주려 했던 남자까지 죽일 뻔하지 않았던가?

'점점 인내심이 없어지고 있다. 그리고 두렵다. 점점 이상해지는 내 자신이… 개미 한 마리도 못 죽였던 내가 사람을 아무런 망설임도 없이 죽이다니… 도대체 왜? 왜? …그래, 아청. 그녀 때문일 거야. 그녀 때문이겠지… 그녀만 찾으면 괜찮아질 거야.'

자신의 막연한 분노가 예청을 찾지 못해서 생긴 조급함으로 판단한 위문은 어서 빨리 그녀를 찾아야겠단 결심을 하고 내일 아침 일찍 아미산을 오르기로 마음을 굳혔다. 그리고 앞으로 분노를 자제하는 데 노력하기로 다짐하며 천천히 객잔 쪽으로 걸음을 옮겼다.

　다음날 정오, 위문은 밤잠을 설친 까닭에 이제야 부스스 눈을 떴다. 그는 해가 중천에 떠 있음을 보고 급히 짐을 챙겨 방을 빠져나왔다. 그가 식당에 도착했을 때 식당엔 단 한 명의 사람도 앉아 있질 않았다. 오직 계산대에 있는 주인밖엔. 위문은 의아한 생각에 계산대 쪽으로 걸어가 주인에게 물었다.
　"사람들은 다 어디로 갔습니까?"
　그러자 주인은 아쉬운 표정으로 대답했다.
　"절검문이랑 화룡장은 예전부터 사이가 안 좋았는데 결국 오늘 크게 한 판 붙는다는군요. 그래서 다들 싸움이 벌어지는 화룡장으로 구경을 갔답니다."
　사실 그도 구경을 가고 싶었지만 객잔을 지켜야 하기에 못 가고 있었다. 그래서 얼굴에 아쉬움이 남아 있었던 것이다. 주인의 말에 위문은 어제 그가 도와주었던 사람이 화룡장의 문도이며 그가 죽였던 자들이 절검문의 문도였던 것을 기억해 냈다. 그렇다면 싸움은 그로 인해 비롯된 것일 가능성이 컸다. 거기까지 생각한 위문은 망설이지 않고 주인에게 돈을 건넨 뒤 화룡장의 위치를 물어 급히 객잔을 빠져나왔다.
　그가 얼마쯤 달려가자 사람들이 우르르 모여 있는 곳이 있었다. 그리고 그곳에서 '챙챙챙' 병장기 부딪치는 소리가 들려오고 있었다. 그곳이 화룡장의 정문 앞임을 깨달은 위문은 그쪽으로 몸을 날렸다. 그리곤 사람들의 머리 위를 뛰어넘어 재빨리 화룡장 안으로 들어갔다.

싸움은 이제 중반으로 접어들고 있었다. 홍의를 입고 있는 1백여 명의 화룡장 문도들과 백의를 입고 있는 1백 20여 명의 절검문 문도들이 정신없이 섞여 싸우고 있었다. 이미 각 측에서 몇 명씩의 부상자가 생겼고 바닥에 쓰러져 움직이지 않는 자들도 눈에 띄었다. 개중 가장 볼만한 싸움이자 가장 치열한 싸움은 두 중년인의 싸움이었는데 그들의 주위엔 사람들이 알아서 자리를 만들어주고 있었다. 둘 다 실력이 막상막하인 듯 좀처럼 승부가 나지 않고 일진일퇴를 거듭하며 계속 검을 주고받았다.

위문은 자신이 나서서 저들의 싸움을 말려야 한다고 생각했으나 섣불리 몸을 움직일 수가 없었다. 몸을 움직인다면 피가 들끓어 모두 죽여 버리는 불행한 사태가 발생할지도 모르는 일이기 때문이었다. 그렇다고 그냥 보고만 있자니 저들의 싸움에 원인을 제공한 것이 다름 아닌 자신이었기에 어떻게든 싸움을 말려야 한다는 생각이 앞섰다. 해서 그는 두 패의 우두머리들로 보이는 두 중년인이 싸우고 있는 쪽으로 달려갔다.

그는 그들에게 접근하자마자 둘 사이에 끼어들며 서로 상대의 목줄기를 향해 찔러가던 두 자루의 검을 맨손으로 움켜잡았다. 너무도 손쉽게 두 자루의 검은 그의 손에 쥐어졌고 검의 임자들은 이 황당한 사태에 어찌할 줄 모르고 멍하니 제자리에 멈춰 섰다. 위문은 두 사람이 멈추자 모두에게 들으라는 듯이 크게 외쳤다.

"모두 멈추시오! 멈추고 내 말을 들어보시오!"

그의 목소리는 처음엔 아무런 효력을 발휘하지 못했다. 하지만 하나둘씩 그들의 가장 선배들이 한 죽립을 쓴 사내에 의해 움직이지 못하고 있는 것을 발견하고는 손을 멈추기 시작했다. 이윽고 모든 이들이 싸움을 멈추고 위문을 바라보았다. 그러자 위문은 그때까지 잡고 있던 두 자루의 검을 놓으며 상대에게 포권을 취해 보였다.

"갑자기 나타나 무례를 범한 점을 사과드립니다. 두 문파가 의미없는 싸움을 하는 것 같기에 이렇게 나서게 되었습니다."

그의 말에 백의를 입은 중년인이 못마땅한 헛기침을 터뜨리며 말했다.

"헛허엄! 이것은 당신과 아무런 상관이 없는 일이오. 저 화서방 놈들과 본 문 사이의 일이니 제삼자는 빠져 주시오."

"뭣이라! 화서방? 제 놈들은 파검문(破劍門) 놈들인 주제에!"

화서방이란 말에 발끈한 홍의 중년인이 절검문을 파검문이라 낮춰 부르자 이번엔 백의 중년인이 검을 치켜세우며 언성을 높였다.

"감히 사파의 쓰레기 주제에 본 문을 모욕하다니! 모두 저 화서방 놈들을 죽여 버려라!"

그와 동시에 홍의 중년인 역시 검을 치켜세우며 외쳤다.

"파검문 녀석들을 한 놈도 살려 보내지 마라! 모조리 이곳에 뼈를 묻게 해라!"

그리곤 다시 싸움이 벌어졌다.

까강! 깡! 챙챙챙!

"모두 멈추시오! 모두 멈춰!"

위문은 아까보다 더 크게 소리쳤으나 모두 들은 척 만 척하고 싸움을 해 나가기에 바빴다. 위문은 계속 목청을 높여 싸움을 말려보려 했으나 한 번 붙은 불이 쉽게 꺼질 리가 없었다. 오히려 언성을 높인 까닭에 피가 흥분되기 시작했다. 그리고 살심이 끓어올랐다. 하지만 위문은 그런 자신의 변화를 느끼지 못하고 계속해서 싸움을 말리려고 노력했다.

"멈춰! 멈추란 말이야!"

아무리 소리쳐도 들은 척도 안 하자 위문은 화가 치밀었다.

"에잇!"

퍼펑!

"으아악!"

"크아악!"

근처에 싸우고 있던 두 명의 가슴을 으스러뜨려 날려 버리고 그는 전방에서 싸우고 있는 2백여 명의 사람들 속으로 파고들었다.

슈슈슈슉! 퍼퍼펑!

그의 손이 보이지 않을 정도로 움직이기 시작했고 그가 손을 한 번 내밀 때마다 두세 명씩 입에 피분수를 내뿜으며 저 멀리 튕겨 나갔다. 어느 순간 백의와 홍의의 싸움은 사라지고 두 패가 다 한 사내의 손을 멈추게 하기 위해 그를 공격했다.

하지만 이미 분노가 전신을 감싼 위문에겐 그들의 공격은 자살 행위나 다름없는 일이었다. 자신에게 검들이 날아오자 위문은 더욱 흥분해 그중 하나를 빼앗아 태극무경상의 검법인 태극검법(太極劍法)을 시전하기 시작했다. 그의 몸이 유연하게 움직임과 동시에 그에게 덤벼들던 사람들이 하나둘씩 토막이 나기 시작했다.

"으아아악!"

"으아악!"

처절한 비명 소리와 함께 사람들이 죽어갔다. 그렇게 반 각이 흐르자 장내엔 서 있는 절검문 문도와 화룡장 문도들은 단 한 명도 보이질 않았다. 이미 구경꾼들은 사라진 지 오래였다. 여기 있다간 저 살인귀의 손에 죽임을 당할 것 같아 모두 진작에 내뺐던 것이다.

"이! 이 악마 같은 놈! 죽어랏!"

그때 막 이 광경을 본 한 여인이 위문에게 미친 듯이 달려갔다. 그녀는 목단화로 지금까지 같이 싸우겠다고 우기는 유청을 달래놓고 나오는 길이었다. 하지만 그녀가 여기 도착했을 땐 위문이 막 마지막 사람을 죽이던 참이었다. 자연 목단화는 화룡장 문도들이 저자의 손에 죽었다고 생각했고 그에 이성을 상실해 이렇게 위문을 공격한 것이었다.

위문은 자신에게 달려오는 여인을 죽여 버리려고 검을 들어 올렸다. 하지만 그 여인이 어제 객잔에서 보았던 그 여인임을 깨닫고, 본능은 그냥 죽여 버리라고 했지만 이성이 그걸 거부하였기에 가벼운 상처만을 입히는 것으로 끝났다. 목단화가 어깨에 상처를 입고 쓰러지자 다시 한 사내가 위문을 덮쳐 왔다. 그는 유청이었는데 아무래도 느낌이 좋지 않아 이렇게 억지로 나온 것이었다. 그가 막 나왔을 땐 목단화가 쓰러지던 참이었다. 자연 그는 목단화가 죽었다고 생각했고 분노에 위문을 공격한 것이었다.

"네놈이 내 생명을 구해주어 착한 놈인 줄 알았으나 이렇게 잔인무도한 놈이었을 줄이야!"

유청은 달려가며 목이 터져라 외쳤는데 덕분에 그는 목숨을 잃지 않아도 되었다. 아무 생각 없이 상대를 죽이려던 위문은 그 상대가 어제 자신이 구해주었던 사내임을 깨닫곤 손을 멈췄기 때문이다. 위문은 상대의 발을 걸어 그를 넘어지게 했을 뿐 아무런 상처도 입히지 않았다.

"으윽!"

유청은 다시 일어나 위문을 공격하려 했으나 붕대로 감고 있던 상처가 터지는 바람에 배를 감싸 쥐고 무릎을 꿇었다. 그때 막 몸을 일으키던 목단화는 그 광경을 보고 유청을 목이 찢어져라 부르며 그에게 달려갔다.

"사형! 사형!"

목단화는 유청에게 달려가 그를 부축했다.

"사, 사매, 살아 있었구나. 으윽……!"

"그래요. 전 살아 있어요. 사형도 어서 일어나세요. 흑흑."

유청은 한동안 목단화를 보다가 위문에게 고개를 돌려 외쳤다.

"나만 죽이고 사매는 살려주시오! 부탁하오!"

"사, 사형, 무슨 말이에요! 사형이 죽으면 나도 따라 죽을 거예요. 흑흑."

그들의 처절한 모습에 위문은 더 이상 손을 쓰지 못하고 급히 경공을 전개해 저 멀리 몸을 날렸다. 몸을 날린 위문은 미친 듯이 달려갔다. 그렇게 한참을 달려 아미산 하부까지 다다랐고 더 깊숙이 달려가다가 눈앞에 연못을 발견하고는 그대로 연못 속으로 뛰어들었다.

풍덩!

심장이 터질 정도로 흥분되어 있는 상태였기에 그걸 식히기 위해서였다.

"이익!"

찬물에 어느 정도 정신이 돌아온 위문은 죽립을 거세게 풀어 저 멀리 내동댕이쳤다. 자기 자신이 이토록 혐오스러웠던 적은 없었다.

'이게 정말 나란 말인가? 이, 이런 살인귀가 정말 나란 말인가? 이런 내가 불과 몇 달 전까지만 해도 불제자였단 말인가? 혐오스럽다! 정말 내 자신이 혐오스럽다!'

위문은 속으로 절규하며 자신의 두 손을 내려다보았다. 2백 명이 넘는 사람들을 아무런 거리낌 없이 죽여 버린 손이었다.

'내가 왜 이러는 거지? 내가 왜 이러는 거야? 왜? 왜?'

두 손으로 머리칼을 쥐어뜯으며 그는 고뇌에 빠졌다. 약간만 흥분해도 자제력이 없어지고 이성을 잃어버리는 그였다. 모든 것은 예청과 예설이 실종된 뒤부터였다.

'아청, 내가 미쳐 버리기 전에 당신을 찾을 수 있게 도와주오. 제발……'

위문은 물속 깊이 들어가며 어떻게든 예청을 빨리 찾아야 한다는 결심을 다시 한 번 굳혔다. 그녀를 찾는다면 예전의 그로 돌아갈 수 있을 것만 같았다. 이런 조금만 화가 나도 참지 못하고 손을 쓰는 살인귀의 모습은 사라지고 온화하고 부드러운 예전의 모습으로 돌아갈 수 있을 것만 같았다.

그녀를 찾기만 한다면 말이다.

*　　　　*　　　　*

"범경(凡驚), 우리 목욕하러 가자!"

범난(凡暖)은 열심히 비질을 하고 있는 범경의 뒤로 몰래 다가가 소리쳤다.

털썩! 쿵!

그러자 범경은 화들짝 놀라 들고 있던 빗자루를 떨어뜨리며 엉덩방아를 찧었다.

"조, 조, 조, 조, 조, 좀 기, 기척이, 이라도 내고 다니세요, 사저…

하, 하마터면 가, 가, 간 떠, 떨어질 뻔… 했잖아요…….”

어수룩하기로 소문난 범경은 역시나 말을 더듬으며 수줍게 말했다. 하지만 범난은 이미 그런 범경의 모습에 익숙해진 상태, 해서 다른 동문들처럼 짜증을 내지는 않았다. 다만 웃으며 다시 말했을 뿐이다.

“어서 목욕하러 가자.”

“모, 목욕은 지난번에 하셨잖아요?”

“얘는 그게 언제 적 얘긴데 그러니? 벌써 사흘이 흘렀다구. 어서 가자. 내가 새로운 연못을 찾아냈거든. 어서.”

범난은 범경의 손을 억지로 잡아끌고 걸어가기 시작했다. 범난은 유독 범경을 좋아했다. 범경도 그녀처럼 고아인데다 그녀처럼 외로움을 잘 타는 성격이었기 때문이다. 또한 어린 시절 죽은 그녀의 여동생을 닮았기 때문이기도 하고. 그래서 다른 동문들은 범경을 가까이하지 않았지만 그녀만은 언제나 범경을 아껴주고 친동생처럼 대해주었다.

범난은 범경의 손을 이끌고 산의 하부까지 내려갔다.

“사, 사저, 어디까지 가시는 거예요?”

사찰에서 너무 멀리 떨어지자 범경은 두려워하며 쥐 죽은 듯한 목소리로 물었다. 그런 그녀를 범난은 안정시켰다.

“괜찮아. 이쪽은 사람이 다니지 않는 곳이야. 그리고 조금만 더 가면 도착해. 나도 우연히 그 연못을 찾았는데 물이 정말 깨끗하고 시원해. 너도 가보면 좋아할 거야.”

범경은 어릴 때 아미파에 거둬진 후 사찰을 떠나본 적이 한 번도 없었다. 해서 막연한 두려움이 생겼지만 옆에 그녀가 친언니처럼 생각하고 있는 범난이 있었기에 어느 정도 침착함을 유지할 수 있었다. 그렇게 다시 반 시진 정도를 걸어 범난과 범경은 나무들로 둘러싸인 작은 연못 앞에 도착할 수 있었다.

"어떠니?"

"저, 정말 깨끗하네요."

범경은 물에 손가락을 넣어보며 탄성을 질렀다. 범난의 말대로 물이 정말 밑바닥까지 보일 정도로 맑았기 때문이었다. 하지만 곧 범경은 아쉬운 듯 말했다.

"하, 하지만… 물이 좀 찬 것 같은데… 요?"

때는 완연한 가을이었다. 범경은 서늘한 날씨에 이런 차가운 연못에서 목욕하는 것이 약간은 내키지 않는 것 같았다. 하지만 범난은 그런 범경을 야단치지 않고 조용히 타일렀다.

"범경, 이것도 수행의 하나라고 생각해. 맑은 물에 들어가서 몸을 깨끗이 하고 정신을 바짝 차린 뒤 불법에 정진하는 거야. 그럼 불심이 더욱 깊어질걸?"

"그, 그럴까요?"

아미파에서 가장 중요시하는 것은 부처님에 대한 불심이었다. 모든 아미 제자들은 이 불심을 더욱 깊게 하는 데 전 생애를 다 바치게 되어 있었다. 예외가 있다면 장문인의 제자들인 이대제자들뿐, 그들은 아미의 무학의 맥을 잇는 데 선택된 기재들이었기에 불심보단 무공 정진에 더욱 노력했다.

또한 아미파에서 무공은 선택 사항일 뿐이었다. 무공에 관심이 있는 제자들은 장로들 중 한 명을 찾아가거나 이대제자들 중 한 명을 찾아가 무공을 가르쳐 달라고 한다. 그럼 그들이 찾아온 제자의 자질을 보고 그에 맞는 무공을 가르치는 것이었다. 이렇게 무공은 선택 사항이었지만 무공을 익히면 특권이 대단히 많았기에 대부분의 아미 제자들은 한두 가지씩 자신에 맞는 무공을 익히고 있었다. 하지만 그뿐, 더 많은 무공을 알려고 하거나 불법을 등한시하지는 않는다. 그들에게 있어 무공은 그저 자기 수양에 도움이 되는 일종의 도구였을 뿐이니까.

이런 이유로 인해 아미파의 저력이 소림과 맞먹을 정도로 대단한 것이었다. 여러 가지 무공을 익히지 않고 오직 한 가지나 두 가지의 무공만을 익혔기에 다른 이들에 비해서 더 깊게 그 무공을 파고들 수가 있었으니까 말이다. 범난과 범경 역시 장로들 중 한 분인 유진 사태(流診師太)에게서 한 가지씩의 무공을 배우고 있는 상태였다. 하지만 그녀들은 무공에 그다지 흥미를 느끼지 못해 무공보단 불법에 더욱 정진하고 있었다. 수행의 가장 처음 단계는 몸과 마음을 깨끗이 하는 일, 해서 그녀들은 다른 제자들처럼 목욕을 자주 하는 편이었다. 그리고 지금 다시 목욕을 하기 위해 승포를 하나둘씩 벗기 시작했다. 곧 그녀들은 나신이 되었고 그대로 연못 속으로 뛰어들었다.

"으으으……"

범경이 추운지 몸을 부르르 떨자 범난은 그런 그녀의 몸을 손으로 문질러 주며 부드럽게 말했다.

"춥다고 생각하지 말고 시원하다고 생각해 보렴. 그럼 추위가 사라질 거야."

범난의 말에 범경은 억지 미소를 지으며 고개를 끄덕였다. 그리고 정성 들여 몸을 씻어 나갔다. 그렇게 반 시진 정도 서로 도와가며 둘은 목욕을 했고 물장구를 치며 놀기도 했다. 그리고 목욕이 끝나자 천천히 연못 밖으로 나와 내공을 일으켰다. 몸을 닦을 수건이 없으니 내공으로 물기를 말리려는 것이었다. 범난의 내공이 더 강했기에 그녀는 자신의 몸을 먼저 말리고 손에 내공을 모아 범경의 몸을 문질러 주었다. 곧 범경 역시 물기를 완전히 없앴고 둘은 사이 좋게 승포를 하나둘씩 입었다.

흠칫!

그때 무얼 봤는지 범경의 얼굴이 굳어지며 몸을 움츠렸다. 그녀의 얼굴은 잘 익은 홍시마냥 붉어져 있었는데, 범난은 그런 그녀가 이상해 좀 전까지 그녀가 보고 있었던 쪽을 바라보았다.

흠칫!

그녀 역시 흠칫하며 재빨리 승포를 두르며 몸을 움츠렸다. 그녀들이 서 있는 연못가 쪽의 반대쪽에서 불빛이 보이고 있었던 것이다. 또한 연기까지 나는 것으로 보아 사람이 있는 것이 분명했다. 그렇다면…….

"범경, 어서 옷을 입어라."

범난은 얼굴을 굳히며 서둘러 옷을 입었다. 그리고 범경이 옷을 다 입기를 기다린 후 그녀에게 말했다.

"만약 누군가가 우리들의 모습을 봤다면 그 악적을 제거해야만 한다. 알겠니?"

범경은 그런 범난의 얼굴이 무서웠지만 그녀 역시 그렇게 생각하고 있었으므로 고개를 끄덕였다. 불제자가 최우선적으로 지켜야 할 것은 순결이다. 그녀들의 몸은 부처님의 것이기에 몸을 더럽힌다는 것은 곧 불제자로서의 자격을 잃는다는 것이나 다를 바가 없었다. 타인에게 알몸을 보인다는 것은 몸을 더럽힌 것이나 마찬가지. 그녀들의 순결을 지키기 위해선 그녀들의 몸을 본 자를 반드시 죽여야만 했다. 해서 범난과 범경은 얼굴을 굳히며 그 불빛이 보이고 있는 쪽으로 걸어갔다. 걸어가는 범경의 몸이 떨려왔다. 그녀가 왜 그런지 알고 있는 범난은 그녀의 손을 잡으며 말했다.

"마음을 굳게 먹으렴. 불제자의 몸을 훔쳐보는 것은 악한들뿐이란다. 그러니 그런 자를 죽여도 부처님은 우리를 용서하실 것이야. 알겠니?"

"…예. 하, 하지만… 전… 두려워요……."

무공도 건성으로 익혔을 뿐 실전 경험이라곤 전무한 범경이었기에 막상 싸운다고 생각하자 두려움이 밀려왔던 것이다. 그것을 범난도 알았음일까, 그녀는 범경에게 고마운 말을 해주었다.

"넌 지켜보기만 하거라. 내가 알아서 할 테니."

"고마워요… 사저……."

위문은 모닥불의 열기에 짐이 다 마른 것을 확인하고 짐을 머리맡에 베고 누웠다. 아무래도 오늘은 이곳에서 자야 할 것 같았다. 짐을 풀지 않고 물에 들어간 까닭에 그것을 말리는 데 많은 시간이 걸렸다. 특히 아미파에 시주해야 할 전표들이 물에 젖는 바람에 그것을 손상되지 않게 말리느라 진땀을 뺐다. 어쨌든 그렇게 짐을 다 말리고 낙엽 위에 누워 하늘을 보자 기울어지고 있는 해가 보였다. 조금 있으면 해가 저물 것이었다. 하루 종일 먹은 게 없어서 배가 고프긴 했으나 움직이기가 싫었다. 어쩌면 오늘 자신이 저지른 죄 때문에 배를 굶기는 것으로 자학하고 있는 건지도 모를 일이었다. 두 눈을 감자 예청과 예설의 모습이 떠올랐다.

"호호호."

"아이 차가워요."

그때 환청처럼 두 여인의 웃음소리가 들려왔다. 활짝 웃고 있는 그녀들, 그녀들이 목욕하는 모습이 그려졌다. 눈을 감고 있는 그의 얼굴이 붉어지고… 그의 상상 속에서 예청과 예설은 서로 물장구를 치며 놀고 있었다.

첨벙첨벙.

다시 실감나게 물 튀기는 소리가 들려왔다. 위문은 그렇게 오랫동안 눈을 감은 채 자신만의 상상에 젖어들었다. 그리곤 서서히 그녀들의 꿈을 꾸며 잠에 빠져들었다.

범난과 범경은 뭐라 입을 열 수가 없었다. 그저 멍하니 눈앞에 잠들어 있는 사내를 바라볼 뿐이었다. 그녀들이 불빛 가까이 접근했을 때 발견한 것은 이렇게 혼자 잠들어 있는 한 사내뿐이었다. 그녀들은 잠든 사내를 보자 안도의 한숨을 내쉬었다. 그녀들의 나신이 타인에게 보여지지 않았다는 것이었으니까. 사내의 얼굴을 보게 된 건 그 뒤의 일이었다. 먼저 범경이 사내의 얼굴을 보고 넋이 빠져 버렸다. 눈이 풀렸고 입이 바보처럼 헤벌려졌다. 그것은 범난도 마찬가지. 무엇에 홀린 것처럼 움직이지 않고 그저 멍하니 잠든 사내의 얼굴만을 뚫어지게 바라볼 뿐이었다. 그녀들이 정신을 차린 것은 어딘가에서 울려 퍼진 늑대의 울음소리 때문이었다.

아우우우~

흠칫!

늑대의 울음소리에 정신을 차린 범난과 범경은 깜짝 놀라 서로의 얼굴을 마주 보았다. 그리고 동시에 바닥에 정좌하고 앉아 두 눈을 감고 마음속으로 심마를 없애는 불경을 외웠다. 그렇게 한 식경을 정좌한 끝에 그녀들은 어느 정도 마음을 추스를 수 있었다.

"사, 사, 사저, 그, 그만 도, 돌아가야 하, 하지 않을까요?"

사내의 얼굴을 차마 보지 못해 뒤돌아선 채 범경이 범난에게 말했다. 그러자 역시 뒤돌아 서 있던 범난이 떨리는 목소리로 고개를 끄덕였다.

"그, 그러는 게 좋을 것⋯ 같구나."

그녀들은 뒤돌아보지 않고 서서히 걸음을 옮겼다. 그렇게 열 발자국 정도 걸어갔을 때 범경은 뒤를 힐끔힐끔 바라보며 아쉬운 얼굴을 하고 있었다. 그런 그녀에게 범난이 물었다.

"범경, 왜 그러니?"

그러자 범경은 주저하더니 조심스럽게 자신이 생각한 것을 말했다.

"사, 사저, 우리 저, 저기 저 시주를 깨워야 하는 것 아닐까⋯ 요? 저기서 잠들다간 느, 늑대에게⋯⋯."

"그러는⋯ 게 좋겠구나. 저기서 잠들다가 늑대라도 만나면⋯ 안 되니까."

범경이 사내의 얼굴을 다시 한 번 보고 싶어서란 걸 감추기 위해 그럴듯한 핑계를 대자, 범난은 망설이지 않고 기다렸다는 듯이 그녀의 말에 찬성하고 나섰다. 그녀 역시 사내의 얼굴을 다시 한 번 보고 싶었던 것이다. 그녀들은 몸을 돌려 잠들어 있는 사내 쪽으로 다시 걸어갔다. 그리고 사내의 얼굴을 다시 본 순간 그녀들은 좀 전과 마찬가지로 넋을 잃고 사내의 얼굴을 뚫어지게 바라보기 시작했다.

"으음⋯⋯."

그녀들의 따가운 시선을 느낀 것일까? 사내는 잠에서 깨어 천천히 눈을 떴다. 눈을 뜬 사내와 범난, 범경의 시선이 허공에서 부딪쳤다. 그와 동시에 범난과 범경은 다리에 힘이 풀려 그 자리에 주저앉고 말았다. 사내와 눈이 마주친 순간 전신에 힘이 다 빠져 버린 것이었다.

위문은 눈을 뜬 자신의 앞에 주저앉아 있는 두 비구니를 보며 의아한 감에 그녀들에게 물어보았다.

"두 분께선 소생에게 볼일이 있으신지요?"

하지만 그의 물음에 두 비구니는 대답이 없었다. 아직 정신을 차리지 못한 까닭이었다. 위문은 자신의 목소리가 작아서 듣지 못한 것이라 생각하고 목소리를 조금 높여 다시 물어보았다.

"소생에게 무슨 볼일이 계십니까?"

"아, 아미타불… 저희들은… 이곳을 지나다 우연히 시, 시주를 보게 되었습니다. 이곳 근처엔 늑대들이 많으니 다른 곳으로 가셔서 잠을 청하시지요."

위문의 말에 정신을 차린 범난은 애써 침착함을 유지하며 말했다. 그녀의 말에 위문은 감사의 인사를 건넸다.

"알려주셔서 감사합니다. 하마터면 큰일 날 뻔했군요."

말을 하며 그는 두 비구니에게 감사의 미소를 보냈는데 그 미소가 너무도 아름다워 범난은 고개를 돌려 버렸다. 그리고 아직 멍하니 있는 범경의 손을 잡으며 말했다.

"저, 저희는 이만 가봐야겠습니다. 살펴 내려가시기 바랍니다."

말을 끝내기 무섭게 범난은 위문의 얼굴을 보지도 않은 채 인사를 하고 범경의 손을 잡아끌고 위문과 반대쪽으로 걸어가기 시작했다. 그녀들이 그렇게 허둥지둥 걸어갈 때 뒤에서 위문의 목소리가 들려왔다.

"스님, 한 가지 여쭈어도 되겠습니까?"

흠칫!

위문의 목소리에 놀란 범난은 망설이다 몸을 돌렸다. 하지만 여전히 위문의 얼굴은 보지 않았다.

"무슨 일이신지요?"

"두 분께선 혹시 아미파에 몸담고 계신 분들이십니까?"

"…그렇습니다."

"마침 잘되었군요. 전 아미파에 참배를 하러 가던 길이었습니다. 실례가 안 된다면 동행해도 되겠습니까?"

"그, 그러시지요."

저도 모르게 승낙을 한 범난이었다. 뒤늦게 그녀는 자신의 말을 후회했지만 이미 엎질러진 물이었다.

"하하, 감사합니다."

위문은 자신의 짐을 챙겨 들고 범난에게로 걸어갔다. 마침 잘된 일이었다. 저들을 따라가면 아미파까지 순조롭게 갈 수가 있을 것이니 말이다.

"아미타불, 그럼 저희들을 따라오시기 바랍니다."

범난은 말을 하며 앞장서서 걸었다. 위문은 그런 두 비구니의 뒤를 따라 천천히 걸음을 옮겼다. 두 비구니는 아미파로 돌아가며 단 한 마디도 입을 열지 않았다. 그저 가끔씩 뒤를 힐끔거리며 위문이 잘 따라오고 있는지 확인했을 뿐이다. 위문 역시 말을 잘하는 성격은 아니었기에 그저 묵묵히 그녀들의 뒤만을 따라가고 있었다. 그렇게 한 시진 정도 걸어서 그들은 아미파의 정문 앞에 도착하게 되었다.

"버, 범난, 그… 뒤의 시주는 누구시니?"

정문을 지키는 비구니 중 하나가 범난, 범경의 뒤에 걸어오고 있는 위문의 얼굴을 보고는 당황해하며 범난에게 물었다.

"예, 저분은 본 사에 참배를 하기 위해 오신 분이세요."

"하지만 지금은… 밤이 깊었는데…….."

참배를 하러 오는 사람들의 출입 제한 시간은 술시(오후 7시)까지였다. 지금은 거의 해시(오후 9시)에 가까운 시간이었으니 타인은 들어올 수가 없었다. 그것을 잘 알고 있는 위문은 급히 말을 한 시주에게 다가가 합장을 해 보이며 부탁했다.

"스님, 전 먼 길을 달려왔습니다. 어떻게 안 되겠습니까?"

말을 하며 그는 미소를 지었는데 그의 미소를 받은 비구니는 저도 모르게 고개를 끄덕였다.

"그, 그러시지요. 범난, 네가 모시고 온 분이니 네가 지객당(知客堂)으로 모셔가렴."

위문의 미소 앞에선 어떤 여자라도 부탁을 거절하기는 힘들었다. 설령 그 상대가 출가한 비구니라 해도 말이다. 그런 이유로 위문은 순조롭게 아미파 안으로 들어갈 수 있었다. 범난은 범경을 그녀의 방으로 돌려보내고 위문을 참배객이 묵는 지객당으로 안내했다.

"아미타불, 이곳에서 머무시기 바랍니다. 그럼."

범난은 방을 안내하고 난 뒤 바로 작별 인사를 하고 몸을 돌려 자신의 방으로 달려갔다. 그녀의 등 뒤로 위문의 목소리가 들려왔다.

"오늘 감사했습니다, 스님."

자신의 마지막 말에 흠칫하더니 곧바로 뒤도 돌아보지 않고 저 멀리 사라지는 범난을 보며 위문은 한 가지 생각을 하기에 이르렀다.

'여자를 이용하자!'

자신의 얼굴이 여자들에게 어느 정도의 위력을 발휘하는지 익히 알고 있는 그였다. 여태까진 이것을 이용할 생각을 못했었지만, 불현듯 이것을 이용하면 더욱 빠른 시일 내에 예청을 찾을 수 있을 것 같았다. 상대가 비구니들이라 조금 꺼림칙한 마음이 있긴 했으나 그보단 예청을 찾는 게 더 중요했다. 지금 그에겐 예청을 찾을 수만 있다면 비구니를 유혹하는 일쯤은 충분히 할 수 있는 일이었던 것이다.

'아청은 감옥이나 어디 외진 곳에 감금되어 있을 가능성이 크다. 그러니 내일부터 그런 곳을 돌아다니며 찾아보자.'

소림에서는 벌을 줄 때 사악한 마두의 경우는 지하에 위치한 감옥에 수감한다. 또한 동문이 죄를 저질렀을 경우 참선암이나 수행암 등, 깊은 산속에 위치한 외진 곳으로 보내 버리는 게 다반사였다. 만약 예청이 아미의 동문으로 취급된다면 그녀는 아미산 어딘가에 위치한 외진 곳에 감금되어 있을 것이었고, 그녀가 사파의 요녀로 취급되었다면 아미파 어딘가에 위치한 지하 감옥에 수감되어 있을 것이었다. 소림과 아미의 규율은 비슷했으니까 말이다.

*   *   *

다음날부터 위문은 아미파 내를 분주히 돌아다녔다. 낮에는 근처에 있는 비구니들을 꼬셔 사내를 안내해 달라는 핑계로 여러 곳을 돌아다녔다. 그리고 돌아다닐 때, 지나가는 듯한 말투로 조심스럽게 근처에 비밀스런 곳이 있는지를 물어보곤 했다. 또한 밤에는 비구니들에게 들었던 장소를 직접 돌아다니며 예청을 찾아내기 위해 노력했다.

이 방법은 매우 짜증스럽고 시간도 많이 걸리는 일이었지만 그에겐 별다른 뾰족한 수가 없었다. 시일이 흐를수록 조급해지고 너무 짜증이 치밀어 올라 '그냥 몇 명을 잡아다가 무력으로 알아내 볼까?' 란 생각도 들었었다. 하지만 그 상대가 비구니들이었기에 차마 그런 방법을 쓸 수는 없었다. 그가 아무리 파계하여 속세의 사람이 되었다고는 하지만, 아직 그에게 불가인은 함부로 대할 수 없는 존재들이었으니까 말이다.

그렇게 보름이 흘렀다.

오늘도 그는 비구니들 중 가장 어수룩하다고 소문난 범경을 데리고 사내를 구경하고 있는 중이다. 그는 범경을 꼬셔 가본 적이 없는 북쪽을 구경시켜 달라고 했었다.

"호오, 이곳이 그렇게 오래된 곳이란 말이지요?"

"예, 예, 그래요… 이곳은 곽양(郭襄) 조사님이 아미를 세우시며 어… 동시에 지으신 건물이랍니다. 아, 아마 아미에서 가장 오래된 건물들 중 하나일 거예요."

조그마한 불당을 가리키며 위문이 묻자 범경은 부끄러워하면서도 자부심이 넘치는 말투로 대답했다. 이 조그마한 불당에서 아미의 조사이신 곽양 사태(郭襄師太)는 금정경(金頂經)을 창시했다고 전해져 내려오기에 이곳은 가장 신성한 건물들 중 하나이다. 때문에 범경은 되도록 경건한 말투로 말했다. 물론 말을 더듬어서 위문이 그 경건함을 눈치 챌 수는 없었지만. 그때 위문의 눈에 조그마한 불당 뒤로 보이는 안개가 자욱한 산등성이가 들어왔다. 그는 별 생각 없이 그곳을 가리키며 물었다.

"저곳엔 뭐가 있습니까? 날씨가 이토록 청명한데 저곳만은 안개로 뒤덮여 있군요."

그러자 범경은 정색하며 주위의 눈치를 살폈다.

"저, 저, 저, 저, 저곳엔 아, 아무것도 없답니다. 그, 그러니 다른 곳으로……"

그녀는 말을 하며 위문을 다른 곳으로 이끌려고 했는데 위문은 그런 그녀의 행동에 뭔가 그녀가 숨기는 게 있음을 알 수 있었다.

"호오, 저곳에 뭐가 있기에 범경 스님께서 이토록 당황하시는지 모르겠군요."

그가 다시 안개 낀 산등성이를 바라보며 묻자 범경은 더욱더 당황해 얼굴을 있는 대로 다 붉혔다. 그녀는 말을 할까 말까 망설였지만 위문의 뜨거운 눈빛을 받자마자 저도 모르게 입을 열고 말았다.

"저, 저곳은… 아미의 금역(禁域)이 있답니다. 그, 그러니, 그러니 저곳으로 가시면 큰일 난답니다. 어서 다른 곳으로……."

그녀의 말에 위문은 조금 흥분이 되기 시작했다. 몇몇 비구니들이 조심스럽게 저곳은 위험한 곳이니 들어가면 안 된다고 한 적은 있었지만 범경처럼 금역이라고 말한 적은 없었다. 금역이라 함은 죄인들을 가두는 곳이라는 뜻, 그곳에 예청이 있을 확률이 컸기에 위문은 더 자세히 캐묻기 위해 범경을 살살 꼬시기 시작했다.

"호오, 그러니 더 궁금해지는데요? 저곳엔 대체 무엇이 있습니까?"

"마, 말하면 안 된답니다. 소, 소승은 더 이상……."

"범경 스님, 소생은 이번에 아미산의 곳곳을 구경하러 온 유생입니다. 그러니 소생은 저곳도 구경하러 갈 것인데… 설마 저 산 전체가 금역이란 건 아니겠지요?"

범경의 말을 끊으며 부드러운 말투로 속삭이자 범경은 그에 혹해 안도의 한숨을 내쉬며 다행스럽다는 말투로 말했다.

"휴우… 예, 예, 물론 저 산 전체가 다 금역은 아니지요. 하지만 행여 금역 근처에 가셨다가는……."

"하하, 장부가 어찌 그런 것을 두려워하겠습니까? 설마 그곳에 간다 해도 죽이지는 않을 테지요."

"아, 아, 아, 아, 아닙니다. 시, 시주께서 그곳에 가셨다간⋯ 저, 정말 큰일 나실 겁니다. 그러니 행여 그곳에 가실 생각은 마시지요."

위문은 일부러 뜸을 좀 들였다. 생각하는 척을 한 것이다. 그리고는 조심스럽게 말했다.

"흐음⋯ 그렇다면 그 금역이란 곳이 어느 부분쯤에 있습니까?"

"그, 그것은 왜⋯⋯?"

"다른 게 아니라 제가 저 산을 구경할 때 혹 실수로 금역이란 곳을 가게 될 수도 있지 않겠습니까? 그래서 그곳의 위치를 알아 피해 가려고 그런답니다. 제가 아무것도 모르고 그곳으로 들어간다면 범경 스님의 말대로 큰일 나지 않겠습니까?"

위문의 꼬임에 넘어간 범경은 그런 이유라면 말해도 되겠다는 생각에 입을 열고 말았다.

"금역의 위치는⋯ 저 산 뒤편의 중간쯤이랍니다. 그, 그곳은 정말, 정말 위험한 곳이니 꼭 피해 가도록 하십시오."

회심의 미소를 지으며 위문은 흔쾌히 고개를 끄덕였다.

"하하, 명심하겠습니다. 제가 그곳 근처를 갈 땐 꼭 피해 가도록 하겠습니다."

위문의 말에 범경은 이 시주를 위험에서 구했다는 생각에 기쁜 마음이 들었다. 그의 말대로 아무것도 모르고 금역으로 들어갔다간 그곳에 있는 장로님에게 큰 봉변을 당할 것인데 저 시주는 그녀의 도움으로 금역의 위치를 알고 있기에 그곳 근처를 갈 땐 알아서 피해 갈 것이었다. 그러니 그녀는 저 시주를 위험에서 구했다는 자아도취에 빠진 것이었다.

이미 알아낼 것을 다 알아낸 위문이었지만 예의상 범경을 데리고 다니며 한 시진 정도를 더 놀아주었다. 보름 만에 한 가닥 희망을 발견하게 해준 그녀이니 약간의 보답은 해야 했으니까.

그날 밤, 위문은 소리없이 방문을 열고 밖으로 나왔다. 밖에는 아미파 곳곳을 지키는 비구니들이 있다. 하지만 위문은 전과 마찬가지로 아무 거리낌 없이 신법을 전개해 안개 낀 산등성이 쪽으로 달려갔다. 물론 아미파를 지키고 있는 비구니들 중 누구도 그의 모습을 본 비구니는 없었다.

'뒤편 중간 부분이라……'

위문은 산등성이에 도착해 쉬지 않고 바로 다시 몸을 날렸다. 예청이 그곳에 있다면 이 밤이 그를 가려주고 있을 때 그녀를 구해야 했다. 그러니 한시라도 시간을 낭비할 수는 없는 일이었다. 그는 어둠을 헤치며 바람같이 달려 산등성이 뒤편 중간 부분에 도착했다. 그리곤 더욱 안력을 돋우었다. 그의 내공이라면 이처럼 캄캄한 어둠이라 해도 대낮처럼 주위를 살필 수가 있었다.

그는 자세하게 주위를 둘러보며 천천히 걸음을 옮겼다. 다행히 산등성이가 그리 크지 않아 그는 한 식경 정도 만에 원하던 곳을 찾을 수가 있었다. 다른 곳보다도 더욱 짙은 어둠으로 가려져 있는 계곡, 그 계곡의 앞엔 커다란 바위에 음각으로 세 글자가 새겨져 있었다.

〈불회곡(不悔谷).〉

이 글자를 보자 더욱 믿음이 생겨나고 힘이 넘쳤다.
불회(不悔), 후회하지 않는다……

예청은 자신과의 사랑을 절대 후회하지 않을 것이다.

그렇다면…….

위문은 더 생각할 것 없이 짙은 어둠만이 존재하는 계곡 안으로 뛰어들었다. 그렇게 일각여를 달려가자 저 멀리에 희미한 불빛이 보였다. 타인이라면 절대 볼 수 없는 불빛이었지만 그는 뚜렷이 볼 수가 있었다. 그 불빛 쪽으로 달려가자 불빛은 더욱 선명하게 보이기 시작했다. 그리고 그가 그곳에 도착했을 때, 그는 동굴 하나를 발견할 수 있었다. 그리고 불빛은 그 동굴 안에서 새어 나오고 있었다.

'찾았다.'

희열에 찬 위문은 급히 동굴 안으로 들어가려고 했다. 하지만 그는 가다가 멈춰 섰다. 그리고 천천히 주위를 둘러보기 시작했다. 역시 그의 예상대로 동굴의 맞은편엔 작은 암자가 하나 어둠에 묻혀 있었다. 암자에서 불빛이 새어 나오지 않자 위문은 내심 다행이라 여겼다.

저 암자엔 늙은 고승과 그녀의 제자가 있을 것이다. 저 동굴 안에 죄인들이 있을 것이니 그들에게 식사를 가져다 주는 비구니와 탈주를 막을 비구니가 있어야 한다. 그러니 그 임무를 가지고 있는 비구니들이 거처하는 곳이 저 암자일 것이었다. 소림에서도 그랬으니까. 만약 불이 켜져 있었다면 위문은 일이 어렵게 됐을 것이라고 생각했다. 죄인들의 탈주를 막는 임무를 가진 비구니니 저 암자에 잠들어 있는 비구니의 무공은 뛰어날 것이었다. 그의 실력이면 제압하는 건 쉬운 일이나 소리없이 제압하는 건 쉬운 일이 아니다. 또한 그 와중에 다른 비구니가 소리라도 지른다면 여기저기서 비구니들이 몰려올 것이 뻔하다.

위문은 하늘이 돕는다는 생각을 하며 소리없이 동굴 안으로 몸을 날렸다. 동굴 안은 일정한 간격으로 횃불들이 배치되어 있었다. 위문은 천천히 그리고 조심스럽게 한 걸음씩 걸음을 내디뎠다. 그렇게 일각쯤 걸어 들어가자 동굴 전체를 막고 있는 거대한 철문이 그의 눈에 들어왔다. 그리고 그 철문 중간 부분에 열쇠를 끼워 넣는 작은 구멍이 보였다.

'열쇠를 가지러 가야 하나? 아니면 다른 방법을 찾아야 하나?'

생각은 짧았다. 어차피 방법은 하나뿐이었으니까. 열쇠는 동굴 반대편의 암자에 잠들어 있는 비구니가 가지고 있을 것이다. 그 비구니를 찾아가서 열쇠를 빼내오는 것은 위험한 일이었다. 그리고 그는 그보다 더 쉬운 방법을 알고 있었기에 조금도 지체없이 두 손을 철문에 갖다 대었다. 그의 두 손이 차츰 붉게 달아오르기 시작했다. 그리고 철문의 그가 손을 대고 있는 부분 역시 점점 붉어지기 시작했다. 그렇게 약간의 시간이 흐르자 철문이 소리없이 녹아들어 갔다. 시뻘건 쇳물이 철문 벽을 타고 흘러내렸고 다시 얼마간의 시간이 흐르자 철문엔 사람 둘이 넉넉히 들어갈 구멍이 생겨났다.

지금 위문이 쓴 방법은 어떠한 무공이나 양강의 심법이 아닌 그저 순수한 내공의 힘이었다. 그는 오기조원의 경지에 오르며 세상을 구성하는 다섯 가지 요소인 수(水), 금(金), 목(木), 화(火), 토(土)의 기운을 몸속에 내재하게 되었다. 때문에 그는 마음만 먹으면 물의 힘을 빌린 음공을 사용할 수도, 쇠의 힘을 빌려 손발을 강철같이 단단하게 만들 수도, 나무의 힘을 빌려 전신을 나무같이 만들어 도검에 흠집 하나 나지 않게 할 수도, 불의 힘을 빌린 양강의 무공을 사용할 수도, 대지의 힘을 빌려 쓸 수도 있었다. 해서 그는 불의 힘을 빌려 내공을 끌어올렸고 그 결과 이렇게 철문이 소리없이 녹아버렸던 것이다. 위문은 구멍이 생기자 약간의 호흡으로 숨을 고른 뒤 바로 철문 안으로 뛰어들었다.

그렇게 반 각 정도를 걸어 들어가자 그의 눈에 양 옆으로 길게 나열되어 있는 감옥들이 보였다. 그는 그중 가장 처음에 있는 왼쪽 감옥을 바라보았다. 감옥은 팔뚝 굵기만 한 쇠기둥들로 막혀 있었고 그 안엔 얼굴에 주름살이 가득 덮인 비구니가 정좌한 채로 앉아 있었다. 그녀의 모습을 보며 위문은 이곳의 경비가 왜 허술한지 대강 알 것 같았다. 그녀의 양 팔뚝과 양 발목엔 보기에도 섬뜩한 한 치는 넘을 듯한 굵기의 수갑이 채워져 있었고, 그 수갑의 한쪽엔 쇠사슬이 달려 길게 늘어져 있었다. 또한 그 쇠사슬 역시 굵기가 어린아이 주먹만한 것들이었고, 그 쇠사슬의 끝엔 어른 몸뚱이만한 철구가 매달려 있었다. 언뜻 보기에도 그 철구는 천 근은 족히 넘어 보였다. 그런 것이 네 개가 매달려 있으니… 자력으로 이곳을 도망치는 것은 거의 불가능한 일일 것이다.

또한 누군가 이곳에 침입해 죄인을 빼내려고 해도 은밀하게 쇠기둥을 자르고 손발을 묶고 있는 쇠사슬을 자르는 것은 불가능한 일일 것이다. 어떠한 보검으로도 그것들은 쉽게 잘리지 않을 것만 같았으니까. 그는 그 감옥을 지나쳐 다음 감옥으로 가려고 했다. 한데 그때 눈을 감고 있던 노승의 눈이 떠지며 목소리가 들려왔다.

"그대는 누구인가?"

"……."

내심 당황한 위문은 일순 뭐라 말을 못하고 그 자리에 그대로 섰다. 그러자 그 노승이 다시 물었다.

"그대는 누구이기에 여기까지 온 것인가?"

웅성웅성.

그러자 조용하던 감옥 여기저기서 웅성거리는 소리가 들려왔다. 아마도 이 노승의 말에 모두들 잠이 깬 듯했다. 위문은 다시 그 노승의 말에 대답하지 못했다. 여기저기서 들려오는 소리에 자칫 바깥에까지 그 소리가 들릴지도 모른다는 불안감 때문이었다. 위문이 말이 없자 노승은 다시 물었다.

"그대는 왜 여기에 온 것인가?"

"…제 여인을 찾으러 왔습니다."

위문은 정신을 추스르고 똑바로 노승의 눈을 마주 보며 한 자 한 자 또박또박하게 대답했다. 그의 눈엔 예청을 꼭 찾겠다는 굳은 의지가 들어 있었다. 그가 입을 열자 곧 주위가 더욱 소란스러워졌다. 그녀들이 들은 목소리는 남자, 남자가 이곳에 올 이유라곤 한 가지밖에 없었다. 그때 어디선가 모든 소란을 합친 듯한 절규가 터져 나왔다.

"유 랑! 유 랑이신가요? 유 랑! 당신이신가요?"

흠칫!

그녀의 고함이 너무도 컸기에 위문은 긴장하며 바깥을 응시했다. 누가 오지 않나 살핀 무의식적인 행동이었다. 그때 노승의 고함 소리가 들려왔다.

"모두 조용히 하지 못하겠느냐? 아직도 죄를 뉘우치지 못하다니!"

그녀가 이곳의 가장 연장자인 듯 곧 소란은 수그러들었다. 위문은 소란을 진정시켜 준 감사의 뜻으로 노승을 바라보았고 그 노승은 위문을 보며 물었다.

"그대는 저 아이를 데려가려 온 것인가?"

"…아닙니다. 전 예… 의청을 찾으러 왔습니다. 아마 이곳에 온 지 두 달이 채 안 되었을 겁니다."

그의 말이 끝나자 저 어디선가 흐느끼는 소리가 들려왔다. 자신의 연인이 아님을 확인하자 설움이 밀려온 것 같았다. 노승은 잠시 생각하더니 고개를 설레설레 저었다.

"자네가 찾는 아이는 이곳에 없는 것 같네. 이곳엔 지난 4년 동안 새로 들어온 아이는 없었다네."

"…그건 두고 보면 알겠지요."

노승의 말을 그는 인정하지 못했다. 그래서 더욱 굳어진 얼굴을 하고 감옥 하나하나를 자세히 살펴보기 시작했다. 예청이 있기를 바라면서. 하지만 노승의 말대로 어디에도 예청은 보이지 않았다. 모든 감옥 안엔 나이가 지긋한 중년의 비구니들만이 있었던 것이다. 단지 마지막 감옥 안에만 아직 앳된 미모를 간직하고 있는 비구니가 서럽게 흐느끼고 있었고. 위문이 그 감옥 앞에 서자 그녀는 더욱 서럽게 흐느꼈다.

"정말, 흐흐흑… 정말 유 랑이 아니신가요? 정말 유 랑이 아니세요? 흐흐흐흑… 전, 전 이렇게 유 랑이 오시기를 기다리고 있는데… 정말 흐흐흑… 정말 유 랑이 아니세요?"

바닥에 엎어져 두 손으로 지푸라기를 꽉 움켜잡은 채 서럽게 흐느끼는 그녀를 보며 위문은 '예청도 저렇게 애타게 날 기다리고 있을까?'란 생각을 해보았다. 맘 같아선 흐느끼고 있는 저 비구니를 구하고 싶었지만 그에겐 남의 일까지 신경 쓸 시간이 없었기에 두 눈을 질끈 감고 모질게 뒤돌아섰다. 그리곤 처음의 노승이 있는 감옥 앞으로 다가갔다.

"그 모습을 보니 못 찾은 것 같구만."

노승은 탄식조로 말했고 위문은 혹시나 하는 생각에 그녀에게 물어보았다.

"혹, 다른 감금 장소를 알고 있습니까?"

"모르겠네. 하지만 속세의 사내를 사랑한 죄를 범한 비구니는 이곳에 감금되게 되어 있다네. 다른 곳은 없을 것이네."

위문은 이곳에 더 이상 있을 필요가 없음을 깨달았다. 그래서 마지막으로 노승에게 말을 건넸다.

"소란을 피워서 죄송합니다. 그럼 이만."

그가 막 몸을 돌려 나가려고 하자 노승이 갑자기 그에게 물음을 던졌다.

"자네가 찾는 아이의 이름이 의청이라고 했나?"

"예, 알고 계십니까?"

위문은 황급히 노승에게 다가가 물었다. 그녀의 말투는 뒤늦게 모르던 것을 생각해 냈다는 것이었으니까. 그러자 노승은 잠시 생각에 잠기더니 이내 입을 열었다.

"… '의' 자는 이대제자들에게 붙는 이름이지. 그리고 그 이대제자들이 죄를 범했을 경우에는 이런 곳이 아니라 지하에 있는 감옥에 갇히게 된다네. 아마 자네가 찾고 있는 아이는 그곳에 있을 것 같구만."

"하, 하면 그곳의 위치를 알고 계십니까?"

희망이 생긴 위문은 다급히 물어보았고 노승은 인자하게 웃어 보이며 대답했다.

"그곳은 대불전의 금불상 뒤편에 있다네. 금불상의 뒤편에 보면 툭 튀어나온 부분이 있는데 그것을 누르면 지하로 내려가는 입구가 나타나지."

노승은 위문의 눈에서 그 옛날 그녀를 사랑했던 사내의 모습을 보았다. 그도 위문만큼이나 절실한 눈으로 그녀를 응시했었다. 그가 그녀의 동문들에게 죽어가던 그 순간에도… 그녀의 못다 한 사랑을 위문이 이루어주길 바라는 마음이 그녀에게 있었기에 그녀는 자신이 알고 있는 걸 모두 말해 준 것이었다.

노승의 말에 희열에 찬 위문은 웃으며 서둘렀다.

"하하, 정말 고맙습니다, 정말. 아니, 뒤로 물러나시지요. 제가 이 쇠창살을 자르고 스님을 구해드리겠습니다."

은혜에 보답하기 위해 위문은 노승을 구해주기로 했다. 하지만 노승은 고개를 설레설레 저었다.

"그만두게나. 난 이미 죽을 날짜가 얼마 남지 않은 늙은이라네. 이 나이에 밖에 나가서 뭘 하겠나? 마음만은 고맙게 받겠네."

"하, 하면 제가 뭔가 도울 일은 없겠습니까?"

위문은 꼭 보답을 하고 싶었다. 너무 중요한 정보를 들었기에. 그러자 노승은 뭔가를 생각하는 듯하더니 이내 탄식을 터뜨리며 말했다.

"휴우… 정 나를 돕고 싶거든 저기 맨 끝에 갇혀 있는 아이를 구해주도록 하게. 다른 아이들은 이곳에 있은 지 오래되어 속세의 정을 다 버렸지만 저 아이는 이곳에 온 지 4년 정도밖에 되지 않아 아직 속세를 그리워하고 있다네. 어린 나이에 쯧쯧, 저 아이를 볼 때면 너무 가슴이 아프다네. 정 구해주려거든 저 아이나 구해주도록 하게나."

"그, 그렇게 하지요. 그럼."

위문은 서둘러 맨 끝 감옥으로 갔다. 그곳엔 엎어져 울고 있던 비구니가 그와 노승과의 대화를 엿들었는지 기대와 불안이 뒤섞인 눈으로 그를 바라보고 있었다.

"뒤로 물러서시오. 이 쇠창살을 잘라야 하니."

비구니가 뒤로 물러서자 위문은 오른손에 반 자 정도 길이로 강기를 만들었다. 그리고 천천히 오른손을 쇠창살에 갖다 대었다. 쇠창살은 엿가락 잘리듯 부드럽게 잘려 나갔고 위문은 감옥 안으로 들어갈 수 있었다.

"가만히 있으시오. 수갑을 자를 테니."

위문은 강기로 손발을 묶고 있는 수갑을 조심스럽게 비구니의 살이 다치지 않도록 잘라냈다.

"걸을 수 있겠소?"

그의 물음에 비구니는 힘주어 고개를 끄덕였지만 그녀는 한 걸음 걷기도 전에 휘청거리며 쓰러지고 말았다.

"업히시오."

위문은 등을 내밀었고 비구니는 수줍어하면서도 순순히 위문의 등에 업혔다. 위문은 그녀를 업고 다시 노승 쪽으로 다가갔다.

"그럼, 이만."

"잘 가게나."

『비연사애』 3권으로 이어집니다

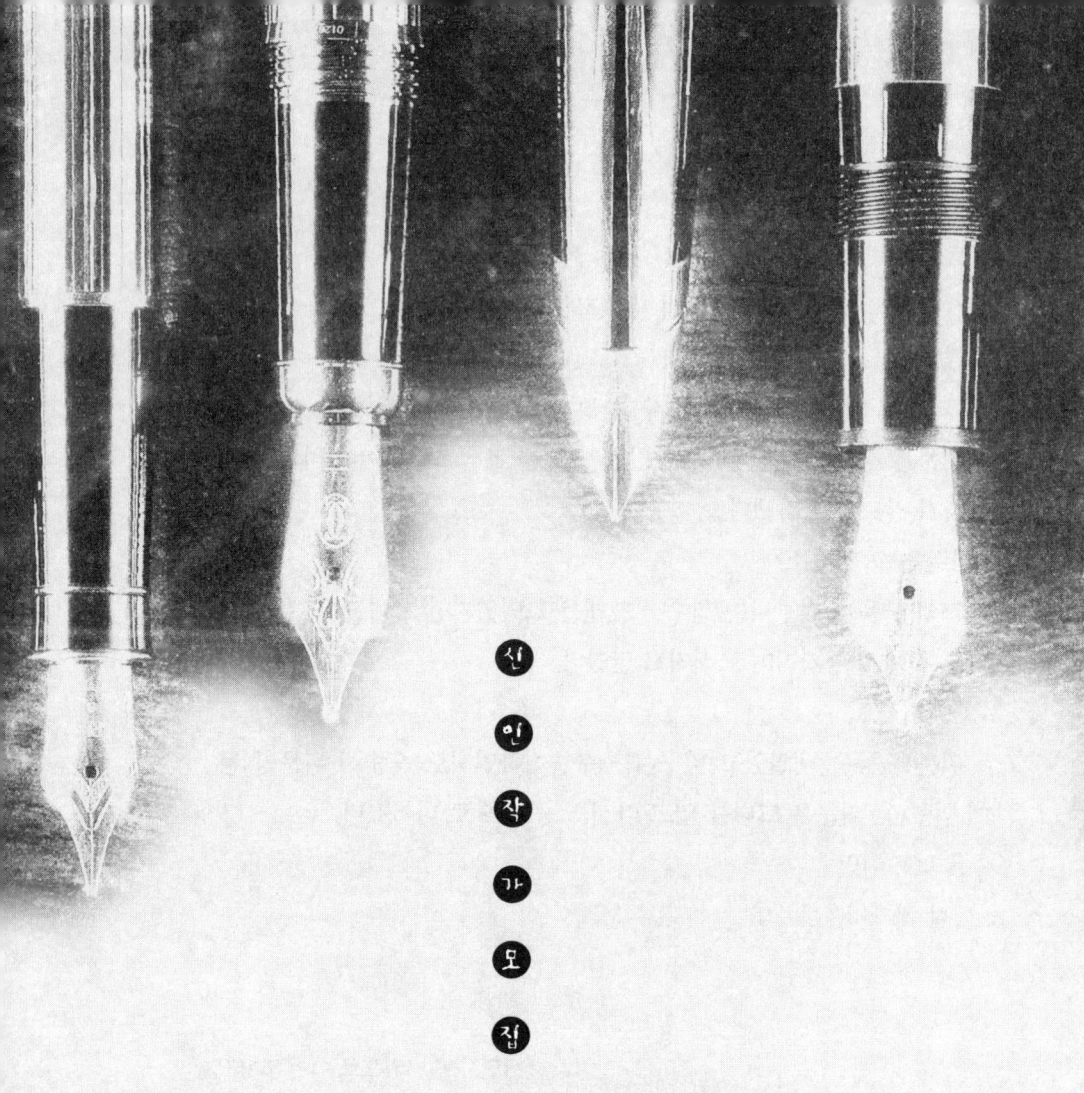

신
인
작
가
모
집

시작이 반이라고 했습니다.
작가의 길에 대한 보이지 않는 벽을 과감히 깨뜨리십시오!
청어람은 작가 지망생 여러분들의
멋진 방향타가 되어드리겠습니다.

저희 도서출판 청어람에서는
소설 신인 작가분들을 모집합니다.
판타지와 무협을 사랑하시는 분들의 많은 참여를 바랍니다.
소정의 원고(A4용지 150매)를 메일이나 우편으로 보내주시면
검토 후 출판 여부를 알려드리겠습니다.

주소:경기도 부천시 원미구 심곡1동 350-1 남성B/D 3F 우편번호420-011
TEL:032-656-4452 ·**FAX:**032-656-4453
http://**www.chungeoram.com**
e-mail:chungeoram@chungeoram.com